AU-DEDANS

Yannick Grannec

AU-DEDANS

Editions Anne Carrière

De la même auteure

La Déesse des petites victoires, éditions Anne Carrière, 2012 ; prix des Libraires 2013 ; Pocket, 2014

Le Bal mécanique, éditions Anne Carrière, 2016 ; Pocket, 2018

Les Simples, éditions Anne Carrière, 2019 ; Pocket, 2020

ISBN : 978-2-3808-2309-7

www. anne-carriere.fr

À ma dernière cigarette

There are so many things that I don't understand
There's a world within me that I cannot explain
Many rooms to explore but the doors look the same
I am lost I can't even remember my name.

Il y a tant de choses que je ne comprends pas
Il y a un monde au-dedans de moi que je ne peux expliquer
Tant de pièces à fouiller, mais les portes se ressemblent
Je suis perdu, je n'arrive même pas à me rappeler mon nom

Daft Punk, « Within »

Et maintenant, une fois encore, j'invite ma hideuse progéniture à aller et à prospérer.

Marie Shelley, préface à l'édition de 1830
de *Frankenstein ou le Prométhée moderne*

I

2019

1

Certains livres semblent n'avoir été écrits que pour vous, car tout y fait sens. Ouverts à une page au hasard, ils peuvent même servir d'objets de divination si vous cherchez un conseil ou un avertissement.

Joan Smith, *Prodigieuses progénitures*

Quand d'autres s'endormaient pour renoncer, enfin, à la conscience, Christa Cristofersson entamait sa deuxième journée de travail. Elle chérissait ses idées de la nuit et se jetait sur le smartphone dès le réveil pour les dicter à Andrew, son assistant. Mais, ce matin-là, au lever de son quarante-quatrième anniversaire, elle se contenta de lui demander une réservation sur le premier vol pour Sacramento.

À la clinique de Riverview, Christa trouva la chambre de Frida vide. Elle terrorisa le personnel jusqu'à ce qu'on repère celle-ci sur un des écrans de contrôle des caméras qui jalonnaient le parc. Sur l'une d'elles, elle identifia la vieille femme, visiblement trempée, qui marinait sur un banc face au bassin où s'ébrouaient deux cygnes. L'infirmier responsable avoua qu'il l'avait laissée là une heure auparavant pour prendre le soleil, quand un incident grave avec un autre patient l'avait accaparé. Il avait oublié Frida sous l'orage. Il se précipita pour la récupérer.

Christa se promit de secouer les puces de la direction avant de repartir. Ce type de négligence était inacceptable, elle brandirait des menaces et exigerait des sanctions, même si elle n'avait, en vérité, aucune intention de se mettre en quête d'un nouvel établissement.

Milton, son père, avait milité un temps pour transférer Frida dans une clinique de San Francisco moins onéreuse. Christa préférait tenir le problème à distance, car rapprocher d'eux Frida aurait été comme autoriser sa folie à contaminer leur monde. Chaque visite à Zombiland lui bouffait déjà bien trop le cœur. À la mort de ses grands-parents, elle avait hérité de la tutelle de cette femme de soixante-cinq ans internée depuis des décennies et qui, pour l'état civil, était sa mère biologique.

Christa n'était pas dénuée de compassion, mais chez elle l'instinct de survie primait. Selon sa théorie des *emocoins*, chacun possédait une quantité finie de disponibilité émotionnelle. Spéculer sur des contingences qui ne le méritaient pas ou trop investir dans des liens toxiques entamait, à terme, ce capital : votre propre intégrité psychique.

Quarante-quatre années auparavant, Frida s'était tirée de la clinique à peine après l'avoir pondue, en laissant un mot exigeant que l'enfant soit baptisée de ce prénom ridicule, « Christa », parce que, *sic*, elle adorait *la chanson « Me and Bobby McGee », écrite par Kristoffer Kristofferson,* et qu'elle croyait *au pouvoir de rédemption de Jésus-Christ.* Que Frida n'ait pas souhaité l'appeler Janis, en hommage à Janis Joplin qui avait popularisé le titre, resterait à jamais un mystère issu de son cerveau dysfonctionnel. Milton avait cédé à la volonté de celle qui était encore sa compagne. Il avait longtemps pensé qu'elle reviendrait.

Car Frida revenait parfois. Elle claquait des doigts, imposait ses lubies ou son dernier guru, tapait un peu d'argent et s'évaporait pour des mois. Milton, homme peu revanchard, disait Frida libre, fantasque, intrépide, toujours en quête de sensations fortes, mais Christa s'était forgé très tôt sa propre opinion. Frida était immature, égoïste, incapable de la moindre responsabilité ; une toxico du *carpe diem,* égarée anachronique du *flower power*. Elle avait dansé sa vie d'une fête à l'autre. De bras en bras. Et pour finir, de défonce en défonce. Jusqu'à un dernier voyage à l'acide dont elle n'était jamais redescendue.

Après l'avoir séchée et lui avoir fait enfiler des vêtements propres, l'infirmier assit la vieille femme sur un fauteuil près du lit, puis il monta le chauffage dans la chambre et alluma l'écran de télévision sur un feu de cheminée.

— Je sais que votre maman l'aime bien, dit-il.

Frida demeura dans la position exacte où le soignant l'avait installée, les mains sur les genoux, les yeux perdus dans la contemplation du foyer virtuel. Christa dut prendre sur elle pour ne pas se laisser atteindre par la vue de cette créature sèche, aux longs cheveux gris et à la peau parcheminée : elle contemplait là les ravages que le temps ferait subir à son propre corps, quels que soient ses efforts ou les interventions esthétiques.

Elle tenta, comme à chaque fois, d'entrer en communication avec Frida. « À quoi tu penses ? » Et Frida, comme à chaque fois, la fixa sans répondre.

À rien. Frida ne pensait à rien.

Les premières années d'internement, les diagnostics de la pathologie mentale avaient fluctué entre dépression sévère, psychose toxique et schizophrénie, mais si le repli autistique était flagrant, Frida n'avait jamais manifesté de délire paranoïde. Elle n'avait jamais témoigné non plus de tristesse particulière ni tenté de se suicider. En vérité, elle n'exprimait rien du tout. Le fantôme avait déserté la coquille, et la coquille avait survécu ainsi à trente-cinq années d'enfermement. Impuissante à la sortir de son apathie, la médecine s'était contentée de la garder en vie.

Vers la cinquantaine, Frida avait encore eu quelques bons moments. Elle était parfois capable de se souvenir des paroles d'une chanson et claquait des doigts au rythme d'une musique intérieure. Quand sa fille lui posait une question, elle tentait de répondre, cherchant des mots à la poursuite d'une pensée pauvre, tournée vers ses seules sensations physiques. Elle était internée depuis si longtemps que son monde s'était rétréci aux limites de son propre corps.

Désormais, rien ne la tirait plus de son apathie, ni la vue d'un visage familier, ni même les feulements de Janis Joplin, alors que, plus jeune, elle l'écoutait en boucle en criant au génie. *Freedom was just another word for nothing else to loose*[1]. Pétrifiée pendant des heures en face d'un écran éteint ou de son déjeuner refroidi, elle semblait comme mise sur veille. Mais si on l'incitait à manger, elle engloutissait le contenu de son plateau avant de retourner à sa vacuité. Incapable d'une initiative la plus élémentaire, elle serait restée sous la pluie jusqu'à la pneumonie et sous

1. « "Liberté" était juste un autre mot pour "plus rien à perdre" ». Citation de « Me and Bobby McGee ».

le soleil jusqu'aux brûlures. Son état nécessitait une attention constante, car elle était un véritable danger pour elle-même.

Frida ne protesta pas quand Christa lui introduisit un écouvillon dans la bouche pour prélever sa salive. Elle n'émit aucune surprise quand sa fille déposa un baiser sur sa joue, événement pourtant inédit. Elle ne sursauta pas quand la porte claqua derrière elle. Et elle n'exprima aucun regret de voir Christa la quitter, à peine arrivée. Frida se contenta de fixer l'écran jusqu'à l'heure où l'infirmier la déplaça jusqu'au réfectoire.

Christa s'échappa de l'établissement sans même prendre le temps de rabrouer la direction, comme elle se l'était promis. La direction, la regardant s'engouffrer dans son taxi depuis la fenêtre, manifesta ouvertement son soulagement.

Pendant le vol retour, Christa se sentit moite et sale : elle avait pour credo d'éviter les problèmes, pas de les fuir quand ils s'imposaient à elle. Le tangage de l'avion soumis à de fortes turbulences ajoutait à sa confusion mentale. Elle tentait de se convaincre qu'il s'agissait seulement d'une vague hypothèse. Pourquoi toujours envisager le pire ? Mais ses intuitions de la nuit l'avaient rarement trompée.

Elle avait récemment fait analyser son propre génome afin d'évaluer l'« expérience client » d'un projet encore à l'étude en R&D[1] : AlgoGen serait un service simple, rapide et accessible, sur le modèle des kits généalogiques. Après l'envoi postal d'un échantillon sur écouvillon, l'utilisateur bénéficierait d'un examen de son ADN couplé à un diagnostic probabiliste : une estimation statistique des maladies

1. Département de recherche et de développement d'une entreprise.

qu'il aurait à surveiller – pour ne pas dire à craindre – selon son profil génétique.

Le coût d'un séquençage génomique complet avait chuté de façon spectaculaire. Dix années auparavant, il fallait mettre sur la table dix millions de dollars ; il tournait désormais autour de mille dollars et toutes les projections à court terme tablaient sur un test à cent dollars. Christa avait déjà convaincu ses investisseurs et elle attendait, non sans impatience, le feu vert de la FDA [1] ; l'entreprise de biotechnologies qu'elle dirigeait, WeCare, n'était pas la seule à se positionner sur un marché estimé à plus de vingt milliards de dollars.

Christa avait ouvert l'enveloppe scellée qui contenait ses propres résultats avec une légère appréhension, doublée d'un plaisir morbide comparable à celui de se gratter une plaie.

Dans la catégorie « négligeable » du bilan, AlgoGen signalait la mutation d'un gène sur le chromosome 5 et la potentialité de développer la maladie de Damásio, une affection extrêmement rare, dont à peine dix cas étaient recensés aux États-Unis. Selon les algorithmes que Christa avait elle-même contribué à concevoir, la probabilité d'exprimer la maladie était de l'ordre de 1 sur 200 millions, soit l'équivalent de la chance de gagner au Powerball [2].

Aussi ne s'était-elle pas alarmée : d'après sa base de données médicales, le syndrome de Damásio était une obscure altération neurologique, touchant la régulation de l'humeur. Dans son bilan, bien plus inquiétante était sa propension notable au cancer du sein ou du foie.

1. Food and Drug Administration : Organisme autorisant, entre autres, la commercialisation des médicaments aux Etats-Unis.

2. Équivalent américain du Loto.

Elle s'était donc couchée en se promettant de ne plus jamais repousser ses mammographies, mais au réveil, une évidence avait envahi son champ de conscience : *Une altération neurologique ? Et si la rareté des cas identifiés n'était due qu'à de mauvais diagnostics ? Et si Frida m'avait refilé cette mutation ? Et si je l'avais transmise à mon tour aux enfants ?*

La mère de Christa, qui n'avait jamais pensé à aucun des anniversaires de sa fille, s'était fendue pour le quarante-quatrième d'une splendide épée de Damoclès.

2

> Frankenstein. *Comment aborder d'un œil neuf un roman dont tout le monde croit connaître l'histoire, qui a été réinterprété mille fois sur scène ou à l'écran et qui a fait l'objet d'autant de thèses universitaires ?*
> *Comment et surtout, pourquoi ?*
>
> Joan Smith, *Prodigieuses progénitures*

Quelques jours après sa visite à Riverview, Christa reçut les résultats de nouveaux tests : ceux effectués sur les brosses à dents de ses enfants s'avéraient négatifs à la maladie de Damásio ; en revanche, celui opéré sur le prélèvement buccal de Frida confirmait une mutation génétique identique à la sienne.

Christa prit immédiatement rendez-vous avec Jonas Jerkins, un neurologue et ami de longue date en qui elle avait toute confiance. Elle courait un risque énorme en consultant un spécialiste, car si l'information d'un potentiel problème cérébral filtrait, ses investisseurs n'hésiteraient pas à remettre en cause ses capacités de décision.

Christa ne put ignorer la scénographie que Jonas Jerkins – JJ pour les intimes – avait préparée à son intention. Lui, le désordonné chronique, avait débarrassé son bureau et aligné au cordeau quelques rares objets : une pile de dossiers ; une montre au cadran retourné – celle qu'elle lui avait offerte ; un antédiluvien modèle anatomique du cerveau ; une boîte de mouchoirs gainée de cuir et, légèrement tournée vers elle, une photographie de MacLean, son dogue allemand.

Elle s'exaspéra de cette délicatesse mâtinée de lâcheté : JJ avait une pénible propension à faire comprendre les choses sans oser les dire. *Aujourd'hui, Christa, considère-moi comme un professionnel rigoureux, mais non dénué de pédagogie. Je ne te cache pas que ce sera une expérience déplaisante pour nous deux, toutefois nous prendrons le temps qu'il faudra. Oh, à propos, je suis toujours célibataire.*

— Alors ? s'impatienta-t-elle. Tu as trouvé quelque chose ?

JJ émit un toussotement entendu et fit mine de consulter à nouveau le dossier. Christa lui concéda cette coquetterie ; malgré son planning chargé, il avait accepté de la recevoir en urgence et de lui faire passer une batterie d'examens.

« Une maladie de Damásio, rien que ça ? avait-il ricané quand, au téléphone, elle s'en était annoncée atteinte. Une altération des noyaux gris centraux entraînant un dysfonctionnement athymhormique ? Tu traînes trop sur les forums médicaux ! »

JJ affirma d'emblée que le bilan neurologique de Christa était parfaitement satisfaisant : selon les tests psychologiques qu'elle avait passés, son efficience cognitive globale était particulièrement haute, sa fluence lexicale et ses performances mnésiques normales. L'IRM fonctionnelle, quant à elle, n'avait décelé aucune insuffisance, anomalie ou lésion. L'examen par tomographie de son aire limbique alors qu'elle était soumise à des stimuli visuels chargés en déclencheurs émotionnels ne trahissait pas de sous-activation.

— Épargne-moi ton jargon cryptique, dit-elle.

— Cela veut dire que tu as toute ta tête et, si j'en crois les résultats, encore une âme.

Comme celui de la plupart des mortels, le cerveau de Christa frémissait devant une photographie de camps de concentration, d'accidentés de la route ou d'enfants en pleurs, et frétillait à la vue de vertes montagnes couvertes de fleurs, d'une image érotique ou d'un chaton. Même si elle n'était pas d'une folle extraversion, ses tests empathiques se tenaient dans l'intervalle standard. En résumé, elle n'était ni un ange ni une tueuse en série, bien qu'autrefois, glissa le neurologue avec un sourire, elle lui eût arraché le cœur à main nue.

Christa vit le pied droit de JJ s'agiter sous la table. Il semblait satisfait de son tacle, pensant sans doute plier sa consultation en vingt minutes, consolations et prescription d'anxiolytiques comprises. Elle savait qu'à cette heure MacLean piétinait derrière la porte en attendant son maître pour leur promenade du soir.

— Et si les effets étaient encore non décelables ? insista-t-elle.

— Le syndrome de Damásio est rarissime. Je n'en ai jamais rencontré de toute ma carrière.

— Je suis porteuse d'un gène avarié, rétorqua-t-elle. Même infime, la probabilité d'expression de la maladie existe. Ma mère en est la preuve.

— Je ne vais pas t'apprendre à quel point les statistiques peuvent être anxiogènes. Je te certifie, moi, que tu n'as aucune raison de t'inquiéter.

D'après ce que Christa avait glané sur internet, la maladie de Damásio était une pathologie spécifique de la régulation de l'humeur. Elle avait noté que les termes « humeur » ou « thymie » renvoyaient à une sorte de « température émotionnelle de base » soumise aux circonstances. En principe, un « thermostat » organique œuvrait à maintenir cette température constante par des boucles de rétroaction d'une grande complexité, mais en cas de défaillance de ce système de régulation, l'humeur pouvait s'échauffer en manie, se glacer en dépression ou, dans le cas de Christa, devenir « athymhormique », insensible aux événements. Si elle avait bien tout compris, elle se trouvait objectivement porteuse d'une mutation altérant la gestion des émotions. Alors, oui, tempêta-t-elle, elle avait de bonnes raisons de s'inquiéter et elle exigeait des détails.

— Si tu y tiens tant, je te fais le *giro turistico espresso*, capitula JJ.

Il souleva son modèle anatomique d'une main et prit une pose à la Hamlet, espérant sans doute décrocher un sourire à Christa. Elle ne cilla pas et il renonça rapidement à Shakespeare.

— *Grosso modo*, dit-il, l'ensemble de cette maquette représente le télencéphale, ce qu'on appelle communément le cerveau.

Il flatta les circonvolutions de bois avec la tendresse qu'il aurait pu réserver au dos de son chien.

— À la surface, le cortex cérébral : la matière grise, riche en neurones. (Il tapota le sommet du crâne.) Lobe pariétal, processus sensoriels et langage. (Puis il déplaça sa main vers la nuque :) Occipital, informations visuelles… (avant de toquer à la tempe :) lobe temporal, informations auditives. (Il toucha son propre front du plat de sa main :) Lobe frontal, tâches cognitives supérieures, intégration des données sensorielles.

Il entreprit de démonter son jouet, plaisantant sur la vétusté de son modèle anatomique, un cadeau de père lors de son entrée à l'école de médecine. Il désolidarisa les deux hémisphères pour faire apparaître une tranche interne sur laquelle il désigna « l'abusivement nommé, patron des émotions », soit le système limbique, enfoui sous le cortex. L'expression fit hausser un sourcil à Christa et JJ expliqua que les nouvelles imageries *in vivo* avaient définitivement relégué aux oubliettes la théorie populaire du cerveau triunique[1]. La terminologie « système limbique » perdurait, car, même si le concept était insatisfaisant, il permettait de décrire avec simplicité des structures cérébrales très complexes. JJ égrena différents noms d'organes, dont certains sonnaient familiers à Christa, comme l'hippocampe ou l'amygdale. Puis, il tapota sur un petit ensemble de taches colorées nichées au cœur de la maquette.

— Voilà où pourrait se situer ton problème, conclut-il. Les noyaux gris centraux ou ganglions de base.

Le gène muté chez Christa et sa mère intervenait précisément dans cette région où il présidait à la production de neurorécepteurs spécifiques à l'échange d'informations entre le système limbique et le cortex préfrontal.

1. Selon la (désuète) théorie du cerveau triunique du neurobiologiste Paul MacLean, trois couches cérébrales seraient apparues successivement au cours de l'évolution : un cerveau archaïque, dit « reptilien », aux commandes des fonctions de survie, le système dit « limbique », siège des émotions et un cerveau contemporain, le néocortex, davantage lié à la pensée abstraite.

— Et en cas d'une mauvaise expression de ce gène ? demanda-t-elle, impavide.

JJ réprima un geste pour desserrer le nœud de sa cravate. Il conseillait souvent à ses étudiants de suivre un script de consultation bien rodé, histoire de gérer les débordements émotionnels des patients. « Beaucoup de pédagogie, un peu d'écoute, un soupçon d'empathie et surtout, surtout, de la distance, sinon vous ne survivrez pas aux quatre salopards de l'apocalypse : *Flee, Fight, Freeze,* sans oublier *Fucked up*[1] », aimait-il à plaisanter. À l'annonce d'un diagnostic bien pourri, certains patients s'enfuient en pleurs, d'autres sombrent dans la colère et vous choisissent comme exutoire, à défaut de cogner sur mère Nature. D'autres encore demeurent abasourdis durant toute la consultation, entre la statue de sel et le lapin pris dans les phares avant de s'effondrer au moment même où vous avez la main sur la poignée de la porte. Et certains s'inquiètent pour leur ticket de parking, alors qu'ils ont la faucheuse à dîner.

Christa, elle, envisageait sa maladie avec une froide fascination pour le pire, ce qui la faisait sortir du script habituel et laissait JJ totalement démuni.

S'il avait été capable de lire dans l'esprit de son amie, ce dernier aurait compris que, derrière son impassibilité, Christa ne dérogeait pas aux stéréotypes, mais les cumulait. À cet instant, plusieurs versions d'elle-même se disputaient le pilotage de la barque limbique : l'une implorait de se tirer de cette nasse au plus vite pour aller se rouler en boule sous une couverture ; une autre, debout face au vent mauvais, envisageait sa maladie comme un problème objectif et réclamait une fiche détaillée, comme si l'enjeu était un

1. « Fuir, se battre, se figer ou faire n'importe quoi. »

examen scolaire et non son avenir, tandis qu'une dernière, résignée, écopait l'eau qui envahissait leur folle chaloupe et regardait, effarée, ses deux colocataires s'agiter.

Aucun mortel, tout neurochirurgien ou si amoureux qu'il soit, n'étant jamais parvenu à réduire la distance imposée par l'altérité, JJ ignora sa détresse et se contenta, pour en finir avec son propre malaise, de la noyer sous la terminologie.

De son côté, Christa échouait à juguler sa suffocation intérieure. Elle s'accrochait à son stylo comme s'il était le dernier barrage contre le Pacifique et attendait que la vague de panique reflue. Du mitraillage jargonneux de JJ, elle ne perçut qu'un brouillard sémantique d'où émergeaient quelques mots d'une langue étrangère : *interruption de la boucle fronto-striato-pallido-thalamique. Gyrus cingulaire. Échanges cortex préfrontal ganglions basaux. Striatum et pallidum. Noyaux dopaminergiques mésencéphaliques.*

— En résumé, un bug du système, conclut-il enfin. Si ça coince dans les noyaux gris, les boucles limbiques, cognitives et motrices se grippent. Tu pourrais perdre la conscientisation de tes émotions.

Christa lissa ses cheveux derrière ses oreilles et balaya dans l'air une mouche inexistante.

— Une panne d'émotions ? dit-elle après un long silence. Je ne ressentirais plus rien ?

— Bien sûr que si ! Les affects mobilisent tout le corps, cerveau compris. Les émotions sont traitées en pilotage semi-automatique par le système limbique, mais aussi par le cortex, où elles sont pensées et verbalisées.

JJ repoussa sa chaise à roulettes, desserra pour de bon sa cravate et loucha malgré lui vers l'écran de son ordinateur pour visualiser l'heure. À cette heure-ci, MacLean envisageait sans doute de pisser sa frustration sur la banquette. Comment aurait-il pu faire comprendre à Christa la complexité de la question des affects en quelques mots ? Comment, sans en dénaturer la beauté, résumer ce grand ballet neurochimique ? Les sentiments donnaient au-dedans d'un être une représentation secrète ; les émotions, elles, s'offraient à la vue de tous en une chorégraphie continue de variations physiologiques et expressives, soumises à la musique des hormones et au tempo des viscères. Oui, aurait-il pu s'exalter, les affects étaient un spectacle si magnifiquement rodé ! Ça frétillait comme du Mozart, ça se déchaînait comme du Wagner, ça pleurait son Mahler, et parfois… Eh bien, parfois, ça merdait au niveau du cerveau. Le cortex-chef d'orchestre prenait une pause syndicale ou la diva limbique avait ses vapeurs.

— Il faut bien comprendre que l'émotion c'est un comportement, dit-il. Quelque chose d'objectif. Alors que le sentiment, c'est du subjectif. Le sentiment est une représentation pensée de l'émotion. Et la maladie de Damásio coupe le pont entre les deux.

— Mon corps vivra des émotions, mais je ne les penserai plus ?

— Dans les faits, cette maladie entraîne plutôt une panne de décision et une réduction sévère de l'activité spontanée, car les circuits émotionnels sont connectés à ceux de l'attention et de la motricité.

Au grand soulagement de JJ, Christa ferma son carnet et posa d'une voix blanche l'inévitable question : « J'ai combien de temps ? ». Elle rejoignait enfin le script habituel. Sauf que, dans son cas, ce n'était pas une menace de mort, mais de dissolution. D'un lent émoussement du ressenti. Quel sursis avant de ne plus être soi-même et de ne même pas en avoir conscience ? JJ avoua n'avoir aucune idée des déclencheurs ou de la chronologie évolutive de la maladie.

— Encore une fois, dit-il, il s'agit d'une pathologie très peu documentée. Et la probabilité d'expression est infime.

— Quelles sont mes options ? Une thérapie génique ?

— Qui mettra cent millions sur la table pour dix cas recensés en vingt ans ?

— Une stimulation cérébrale profonde par implants dopaminergiques ?

— Les neurotransmetteurs impliqués ne se réduisent pas à la seule dopamine.

— Greffer des récepteurs fonctionnels en remplacement des défectueux ?

— Hors de nos capacités techniques.

— Et simplement ralentir leur dégénérescence ?

JJ n'avait aucune miette d'espoir à lui offrir, car les essais cliniques concernant des molécules neuroprotectrices ne proposaient encore rien de bien concluant. Il se contenta de dire la vérité.

— Il n'y a pas de thérapie dans l'état actuel de nos connaissances.

— Tu n'en sais rien, répliqua-elle en se levant.

JJ eut un mouvement de buste avorté vers Christa, qui recula instinctivement. Elle refusait sa compassion professionnelle. De toute façon, elle n'avait pas besoin de lui pour dresser un tableau symptomatologique. Il lui suffisait de penser à la vie suspendue de Frida. Dans deux mois ou dans vingt ans, Christa ne serait plus Christa.

— D'un point de vue scientifique, les affects, émotions et sentiments, sont encore un monde neuf, s'empressa-t-il d'ajouter. Un vaste territoire intérieur à explorer et à cartographier.

La main sur la poignée de la porte, Christa se contenta de le fixer en silence tandis qu'il s'embourbait davantage sur le sentier des fausses excuses. Il argua que le domaine des émotions avait longtemps été considéré comme un champ de recherche frivole, que, jusqu'à l'arrivée de l'IRM fonctionnelle, on manquait clairement d'instruments de mesure, que les neurosciences affectives étaient une discipline assez récente et finit par déclarer que, en étant tout à fait sincère, ce n'était pas sa spécialité.

JJ ne reprocha pas à Christa de ne lui avoir jamais fait mention de l'internement de sa mère. Ils avaient été si proches, pourtant. Il aurait pu l'aider, peut-être, si elle s'était confiée à lui.

Il ne formula pas l'idée que l'impassibilité de son amie pût être un symptôme alarmant. Même s'il savait que les propres collaborateurs de Christa la surnommaient la « reine des glaces », fallait-il considérer son insupportable quant-à-soi comme pathologique ?

Il n'avoua pas qu'elle l'irritait toujours autant. Que son front trop lisse d'un excès de Botox jurait avec l'aspect légèrement boursouflé de son visage. Celui d'une femme qui fréquente de trop près lady Chardonnay. Et que, même s'il l'avait trouvé belle autrefois, en réalité elle ne l'était pas. Cela ne tenait à rien, il le voyait maintenant : des pommettes trop marquées et un regard déstabilisant de fixité, d'un bleu-gris d'écran éteint sous une paupière sans pli. Une subtile dissymétrie de la bouche, qui lui remontait la commissure gauche, et des sourcils arrondis haut perchés, lui donnaient une expression « cause toujours » exaspérante. Et qu'il s'efforçait de se souvenir avant tout de cette expression d'agacement quand il entretenait sa rancune envers elle.

Il ne s'épancha pas sur ses propres angoisses. Il rencontrait tous les jours des cas dont il aurait préféré savoir qu'ils n'existaient pas. Des alzheimer, des parkinson, des chorées terrifiantes. Christa aurait pu avoir une suractivation précoce de l'amygdale et vivre dans une peur perpétuelle. Ne pas souffrir de ses émotions n'était pas le pire des destins. La dernière fois qu'elle l'avait quitté, il avait dû gober des anxiolytiques par poignées et forcer sur l'herbe pour anesthésier ses foutus sentiments. Un comble qu'il doive se préoccuper d'une éventuelle disparition de ceux de son ex !

JJ ne lui dit rien de tout ça, parce qu'il était un être humain : la plupart du temps, il ne savait pas identifier ses propres affects et encore moins mettre en mots leur complexité.

— Tu en as parlé à Milton ? s'entendit-il conclure avec beaucoup trop de bienveillance.

Christa traversa au pas de charge les couloirs de la clinique pour rejoindre le parking souterrain. Même distributeur, même hôtesse d'accueil, mêmes écrans vidéo, même ascenseur. Tout était inchangé et pourtant tout lui semblait différent, comme si la réalité manquait de voxels[1].

JJ ne lui en avait guère appris plus qu'une simple recherche sur internet, pourtant dans ce bureau, sous les yeux de son ami de toujours, la menace avait pris corps.

À l'abri des vitres teintées de sa voiture, elle rumina la légèreté avec laquelle il avait examiné son cas. *Il t'a traitée*

1. Pixel volumique. Le voxel est à la 3D ce qu'un pixel est à la 2D.

comme une folle hypocondriaque. Ils te prennent tous pour une dingue, rien de nouveau.

Un jour, une institutrice avait déclaré que Christa devait avoir reçu une double dose de cerveau pour une moitié de cœur. La garce devait avoir entendu cette réplique dans un film. Toute la classe avait ricané. Christa se souvenait encore de la façon dont les larmes poussaient derrière ses paupières, mais elle n'avait pas voulu pleurer devant les autres. En leur refusant ce cadeau, elle leur avait pourtant donné raison. Christa se mordit la main. Ne pas laisser céder la digue. *Pas maintenant.*

Depuis quand la dignité était-elle devenue suspecte ? Elle avait besoin d'un verre et d'un peu de compagnie. Chez elle, rien ne l'attendait, sinon un plat à réchauffer ; les jumeaux étaient avec leur père jusqu'au week-end prochain. Elle demanda à Andrew de lancer la play-list « *Fuck !* », monta le son de la première piste, « So lonely », à la limite de la douleur auditive, démarra et s'enfonça dans le brouillard du soir, en direction du port de Sausalito.

3

Que nous dit Frankenstein ? Que personne ne peut se libérer du besoin d'être aimé, pas même les monstres.

Joan Smith, *Prodigieuses progénitures*

Quand Christa débarqua avec sa tête des mauvais jours, son père ne lui posa aucune question. Il se contenta de lui servir un verre de vin, tout en protestant que, si elle l'avait prévenu, il aurait fait des courses, mais qu'il pouvait toujours lui préparer trois pâtes si elle n'oubliait pas de dire bonjour à Charlie. Pour Milton, aucun souci ne pouvait résister à un bon petit plat, et sa bedaine attestait que la vie ne l'avait pas préservé des chagrins.

Christa toqua sans conviction sur la paroi du vivarium où paressait une salamandre, après quoi elle s'effondra sur la banquette et retira ses chaussures d'un coup de talon.

Milton mit une marmite remplie d'eau à chauffer, puis se perdit en conjectures devant le placard en pianotant des doigts sur la porte.

— Spaghettis, fusilli, conchiglie ? Une grosse faim, ma fille ?

Elle balaya l'air de ce geste d'adolescente blasée qui l'avait toujours agacé.

— Tu as tort de mépriser ce choix, mon enfant, dit-il. La pâte a le goût de sa forme. Et le goût doit s'adapter aux circonstances. *Personalmente*, j'ai un faible pour les orecchiette. Elles ont le goût de…

Il laissa sa phrase inachevée pour sélectionner un paquet. Christa, qui pourtant ne supportait pas l'imprécision, ne releva pas. Milton comprit que sa fille avait quelque chose à lui annoncer sans en avoir le courage.

Il farfouilla dans son réfrigérateur pour en extirper trois tomates, deux sachets de mozzarella et une brique de parmesan. Il siffla entre ses dents que c'était une misère de ne plus avoir d'anchois au sel. La laissant venir à lui, il s'affaira en chantonnant de l'évier à la planche à découper, pour préparer son éternelle « salade tiède du dimanche soir ». Il assaisonna et compléta sa mixture par quelques feuilles d'un basilic en pot qui agonisait à la lumière d'un hublot en rêvant d'Italie.

Christa sentait son cœur s'apaiser au rythme de la bande-son familière, lointain écho de son enfance : les drisses qui battent contre les mâts, le bois du bateau qui craque, la mélancolie confortable de Leonard Cohen et les couverts qui tintent dans le tiroir. C'était bon de croire qu'ici rien ne changerait jamais. Que personne n'oserait ranger le capharnaüm qui étouffait l'espace exigu du bateau. Un désordre qui l'exaspérait autant qu'il la rassurait. Les étagères d'acajou croulaient sous les vivariums, fossiles et coquillages ; des livres, partout, accumulaient la poussière et trop d'objets attestaient d'une vie révolue : la médaille de l'Académie des sciences de son père ; une devise pyrogravée sur un morceau de bois d'épave « La connaissance érode l'impuissance » ; un poulpe en peluche, mascotte de son cours de zoologie marine ; ses diplômes de plongée, alors que ses problèmes cardiaques ne lui en permettaient plus la pratique. Sur les dizaines de photographies entassées, elle se voyait vieillir et voyait grandir ses garçons. Celle de ses jumeaux enlacés dans leur sommeil de nourrissons lui décrocha le cœur. Un tirage délavé montrait une Frida dont sa fille n'avait pas le souvenir. Souriante, lumineuse, présente au monde. Tellement vivante.

Christa avait surmonté sa panique – du moins, elle l'espérait : elle envisageait désormais les conséquences du diagnostic sur son entourage. Comment pourrait-elle annoncer sa propre maladie à ses enfants et à Milton ? Comment infliger aux garçons ce qu'elle-même avait traversé ? Quel genre de mère serait-elle quand leurs peines ne l'affecteraient plus ? Devait-elle se détacher d'eux insensiblement ou enlever le sparadrap d'un coup ?

Elle s'arracha à ses ruminations morbides. La plupart de ces objets auraient mérité un aller simple à la décharge. Milton accumulait les souvenirs, bons ou mauvais, comme si la vie n'était qu'un songe et qu'il avait besoin de conserver des preuves matérielles de sa propre existence. La nostalgie était un poids de plus à traîner avec soi. « Regarde-moi ce fatras, lui avait-elle dit un jour. À quoi te servent deux pendules et un réveil ? Et tes lézards ? C'est limite hygiénique. » Elle lui avait proposé de lui offrir un appartement ou une maison plus confortable, mais il adorait trop son vieux rafiot. Milton était comme ça, un homme de petites habitudes et de grands attachements.

Depuis son opération du cœur, elle insistait en vain pour qu'il adopte un chien, histoire qu'il prenne de l'exercice. « Je n'indexe pas mon affection envers une créature sur son degré de séparation avec ma propre espèce dans l'arbre du vivant » disait-il. Ce qui, dans son langage, signifiait qu'il était capable d'aimer autre chose qu'un mammifère, qu'il se méfiait de l'opportunisme autocentré des humains et qu'il préférait la fidélité silencieuse des amphibiens.

Milton rejoignit Christa à la petite table dépliée où elle émiettait des gressins et disposa le couvert avec plus de précautions que nécessaire. Il entreprit de râper du parmesan avant de passer aux choses sérieuses. Il savait d'expérience que la morsure que sa fille s'était infligée à la main n'était pas le signe d'un jour mauvais, mais exécrable.

— Ça n'a pas l'air d'aller fort, ma puce, hasarda-t-il. Encore un problème avec l'Infâme ? Avec les jumeaux ?

Milton n'avait jamais apprécié l'ex-mari de Christa. Il l'avait prévenue dès le début que si c'était déjà une belle erreur de s'amouracher de ce type, c'était une incommensurable connerie d'imaginer lui faire des enfants et d'emménager avec lui. De toute façon, à ses yeux, la meilleure décision pour un couple était de faire galère à part. Principe de précaution qu'il appliquait avec sa compagne, Joan, qui habitait le bateau à quai contigu au sien.

— Ne reviens pas encore là-dessus, soupira Christa. Et tout va bien pour les jumeaux.

— Alors, c'est le bizness ?

Christa passa son exaspération en pulvérisant le dernier gressin. Le mot « bizness » sonnait sale dans la bouche de son père. Autant il avait été fier du parcours universitaire de sa fille, autant il doutait de l'éthique de ses choix professionnels. Il la bassinait avec la citation d'Einstein : « Le progrès technique est comme une hache qu'on aurait mise dans les mains d'un psychopathe. » Et elle lui rétorquait inlassablement que si l'humanité avait renoncé à la hache, elle se serait gelé les miches à jamais.

Son père refusait d'admettre les considérables avancées que l'intelligence artificielle offrirait au domaine de la santé. Dépister les mutations génétiques, éviter les erreurs de diagnostic, individualiser les traitements ou détecter la probabilité de passage d'un virus animal à l'homme ; les perspectives semblaient sans limites. Elle n'avait pas le courage de se justifier encore, pas ce soir. Elle cherchait toujours les mots pour lui annoncer sa maladie sans s'effondrer devant lui. Si elle ouvrait les vannes, rien ne pourrait plus retenir le flot enragé qui bouillonnait dans son plexus.

— Je suis allée voir Frida, dit-elle.

— Tu m'étonnes que tu sois toute chavirée, dit-il en lâchant sa râpe. Je croyais que tu refusais de retourner à Zombiland.

Il s'essuya les mains et lui caressa la joue, se méprenant sur son malaise.

— Tu sais jusqu'où je t'aime ? murmura-t-il.

— Jusqu'à l'infini.

— Aller et retour, fillette. Aller et retour.

Au-dehors, une mouette ricana, les sauvant d'un excès de sentimentalité où aucun des deux n'était à l'aise. Milton conjurait sa propre peine sous ce rituel apaisant et préférait évacuer en douceur l'inconfortable sujet. Il se leva pour vérifier la cuisson des pâtes et transvasa le contenu de la cocotte dans la passoire en poussant de petits grognements satisfaits.

— Joan ne devrait pas tarder à pointer son nez, dit-il. Elle a un sixième sens pour renifler un repas déjà prêt.

Alors qu'il mélangeait la salade froide et les pâtes chaudes – une étape délicate, car le fromage et les tomates devaient se ramollir sans cuire –, Christa demanda :

— Papa, c'est quoi pour toi une émotion ?

La cuillère en bois de Milton demeura suspendue en l'air quelques instants avant de plonger dans la marmite.

Il aimait à raconter que Christa avait toujours eu un don pour poser des questions difficiles dans les circonstances les plus prosaïques : quand il l'embrassait à la porte de l'école, déjà très en retard, ou quand il s'épongeait après la douche, gêné qu'elle le contemple dans sa nudité, et plus particulièrement – à croire même qu'elle le faisait exprès ! ajoutait-il comme un rituel – quand il finissait la vaisselle du soir. Le genre d'interrogations auxquelles les bons parents se préparent depuis la conception. Père célibataire en mode survie, il avait relégué les explorations métaphysiques à « plus tard » ; or ce « plus tard » s'était systématiquement avéré le pire moment, celui où ses ressources mentales et sa patience étaient au plus bas.

Un soir, alors qu'il avait les mains dans le bac à vaisselle, Christa lui avait posé la question de « l'après ». Il prétendait avoir marmonné : « Après la mort, les molécules de ton corps retourneront dans le grand cycle de la vie et tu deviendras autre chose. Un chat. Un arbre… » De l'inconvénient d'être athée : « Tu monteras au Ciel me rejoindre » était une réponse bien plus acceptable pour une enfant. Mais voilà, il avait décidé de ne pas mentir à sa fille. Enfin, le moins possible. « C'est quoi des molécules ? » avait-elle rétorqué. Il s'était lancé dans une métaphore hasardeuse à base de pièces de Lego. Elle s'était repliée dans la contemplation de son yaourt et il s'était dit qu'une fois encore il avait bien merdé. Elle avait terminé son dessert, jeté le pot dans la poubelle et déclaré que, quitte à devoir recycler ses molécules, autant revenir sous sa propre forme.

À la chute de son anecdote, Milton guettait toujours la réaction de son interlocuteur, aspirant chaque goutte d'attendrissement comme un remède à son angoisse. D'ailleurs, plus il vieillissait, plus l'âge de Christa diminuait dans l'histoire.

Il était si fier de la précocité de sa fille et si terrifié à l'idée d'en faire un monstre ; de ne pas suffire à pallier l'absence de la mère et de ne pas savoir guérir ce qu'avait déjà endommagé la simple existence de celle-ci.

Ce soir-là, comme beaucoup d'autres, Milton se demanda ce que Frida aurait répondu, si elle n'avait pas été Frida. « Qu'est-ce qu'était une émotion ? » À vrai dire, il ne s'était jamais posé la question. Son domaine d'expertise, c'étaient les invertébrés marins.

— En termes évolutifs, je suppose que, comme tout système biologique, les émotions contribuent à la perpétuation de l'espèce, dit-il en apportant la marmite à table.

— Oh, Milton, ne sois donc pas si prévisible ! l'interrompit Joan, qui avait fait irruption dans la pièce. Ça fait un bail qu'on est sortis de la mare !

Joan balança sa veste sur la banquette, pinça les fesses de son homme, étouffa Christa d'un câlin énergique, flanqua une crise cardiaque à Charlie en tambourinant l'ouverture de la *Cinquième* sur son bocal avant de renifler avec extase le contenu de la cocotte. Avec elle entraient la tempête, la joie, l'impossibilité de toute discussion intime et, pour tout dire, un immense soulagement pour Christa qui regrettait déjà sa question.

— L'émotion, c'est ce qui nous lie, claironna Joan. Ce qui nous porte plus haut, nous inspire. C'est la vibration du monde, la transcendance, c'est Mozart, c'est ta cuisine, Milton, c'est…

Elle s'interrompit pour fixer Christa :

— Ma petite chérie, ton aura clignote comme une enseigne de pizzeria. Tu devrais consulter ma yogi, elle anime des stages de reconstruction émotionnelle.

Christa n'eut ni le temps de s'épancher ni celui d'émettre un doute sur le tropisme *New Age made in California* de Joan ; Milton était déjà monté à l'assaut.

— Reconstruction émotionnelle ? Mon cul ! Le bizness de l'émotion, c'est la plaie de l'époque, s'échauffa-t-il en remplissant les assiettes. Aujourd'hui, tout est émotionnel. À croire qu'on a débranché simultanément sept milliards de cortex !

— Sauf le tien, à t'entendre, mon chéri.

— Regarde tous ces gamins biberonnés aux réseaux sociaux ! Comment expliques-tu qu'un iceberg grand comme deux fois New York se détache de la banquise et qu'on se préoccupe des fesses de Melania ? Hein ?

— Tu n'es même pas sur Twitter. Passe-moi plutôt le parmesan !

— L'émotion transforme les gens en pantins. Ils croient les bobards du premier escroc venu ou du pire barjot, du moment pourvu que ça flatte leur colère et leur paresse.

— Ah non ! Ne reviens pas encore sur Trump !

— J'y reviendrai autant de fois que nécessaire. Cet abruti est à lui seul une menace pour la survie de l'espèce. La maison brûle, merde !

Prise en otage de leur inévitable pas de deux, Christa se débattait avec une pelote emmêlée d'agacement et de jalousie. *Et vas-y que je te taquine* ; *viens que je m'énerve pour te satisfaire*. C'était un amour tango, une danse de disputes pour le plaisir du jeu et de bouderies pour de faux, chacun dans son bateau respectif. Un amour qui rognait sur l'attention de son père pour elle et qui le faisait trop souvent monter dans les tours, ce qui n'était pas l'idée du siècle pour un triple ponté du cœur. *Et moi et moi et moi* ? hurlait la voix intérieure de Christa. *Vous ne voyez donc pas que je me noie ?*

Elle passa sa frustration sur Joan en visant une plaie.

— Comment avance ton livre ? demanda-t-elle.

— Oh, j'ai abandonné ! soupira Joan. Je n'entends plus Mary.

Joan enseignait la littérature anglaise du XIXe à l'université. Année après année, elle y donnait inlassablement à analyser *Frankenstein*. Son obsession s'apparentait à un inquiétant délire métaphysique qui faisait jaser ses collègues et pouffer ses étudiants : Joan appelait même l'autrice par son prénom, tant elle s'était persuadée que « Mary » lui adressait un message personnel au-delà des siècles. Elle prétendait écrire depuis plusieurs années « son » essai sur l'œuvre de Mary Shelley, pourtant elle n'en avait jamais montré une seule ligne[1].

— Ce livre, c'est plus *Moby Dick* que *Frankenstein*, plaisanta Christa. Et de toute façon, ça sent un peu la naphtaline, ces histoires de morgue et de laboratoires crasseux.

Aux yeux humides de Joan, Christa comprit qu'elle était allée trop loin, mais c'est Milton qui monta au créneau.

— Tu te trompes, Christa, je crois qu'aucun roman n'est plus d'actualité. Mary Shelley s'est interrogée sur les conséquences de la technologie dès la naissance de la révolution industrielle. D'accord, les brumes de San Francisco cachent davantage de jeunes hipsters tétant leur jus vert que de monstres. Pourtant, ils sont bien là, les docteurs

1. Le lecteur trouvera en annexe en fin d'ouvrage des extraits significatifs de l'essai de Joan sur l'œuvre de Mary Shelley.

Frankenstein d'aujourd'hui ! Le monstre n'est plus une créature couturée et suppurante. Il porte beau et sait s'habiller. Et je ne te parle pas seulement de délires transhumanistes ! Je te parle de notre quotidien. De bannières publicitaires et de chatons qui dansent. Le Big Data connaît déjà tout de nous. Nous sommes devenus la proie de la technologie. Sa créature. Le monstre est sympathique comme Facebook. Valorisant comme Instagram. Facile comme Amazon. Distrayant comme Netflix. C'est le pote idéal. Or il nous suce le sang ! Bien sûr, je ne mets pas ton entreprise dans le lot, Christa ! Je sais que tu œuvres pour le bien commun, mais le progrès technologique est…

— Elles sont bonnes tes pâtes, mon amour, dit Joan, interrompant son inévitable diatribe.

Elle finit d'enfourner posément le contenu de son assiette et entreprit de lécher ses couverts. Milton éclata de rire, attrapa la main de sa compagne et l'embrassa.

— On est au moins d'accord sur un point !

Christa s'en voulut d'avoir été garce. Joan avait toujours été de son côté, elle ne méritait pas de servir d'exutoire à sa colère. Christa n'avait jamais vu Milton plus heureux que ces dernières années. Sa folle fiancée lui faisait du bien. Elle avait transformé le Viking bedonnant et irascible en adolescent enamouré. Comment pouvait-elle envisager de priver son père de cette légèreté inespérée ? Il avait assez morflé. Elle ne lui dirait rien de ses angoisses. Elle l'aimait trop pour l'alourdir d'une charge qu'il avait déjà portée.

Préparant une excuse pour s'éclipser, Christa donna le change en picorant dans son assiette. Les *orecchiette* avaient le goût lénifiant de l'enfance ; dimanche soir au chaud et devoirs achevés, quand pointait la menace du lundi.

4

Mary Shelley prête cette réflexion à la créature : « Parfois je souhaitais me débarrasser de toute pensée, de tout sentiment ; mais j'appris qu'il n'était qu'une seule façon de surmonter la sensation de douleur, et que c'était la mort ».

Joan Smith, *Prodigieuses progénitures*

De retour chez elle, Christa erra de pièce en pièce dans la maison vide. En entrant dans la chambre des jumeaux, elle fut assaillie par les effluves animaux qui y stagnaient. Les garçons avaient laissé derrière eux fringues sales, bols de céréales séchées et bouteille de lait tourné.

Elle joua à reconnaître qui avait porté quoi en reniflant leurs tee-shirts. Ils continuaient à partager les mêmes vêtements, mais Cosmo avait une transpiration légèrement plus acide que celle de Sinclair. Leur odeur corporelle avait changé de nature ces derniers mois, se muant en puanteur. Christa, qui jusqu'alors adorait sniffer leur oreiller en leur absence, grimaça de dégoût. Elle devait se faire à l'idée que ses garçons se métamorphosaient en hommes et qu'à court terme leur éloignement deviendrait définitif. Simple corrélation ou nécessité évolutive qui modifiait insidieusement l'odeur des enfants pour que leur mère s'en détache ? Elle sourit en se souvenant du bon mot de Cosmo : « Une causalité, c'est une corrélation qui a réussi dans la vie. » Au moins, pensa-t-elle, eux m'auront connue un temps en bon état.

Elle éteignit leurs ordinateurs avant d'être tentée de vérifier leurs historiques de navigation – elle avait promis juré-craché de ne pas les espionner – et referma la porte sur le désordre. Rosa avait pris son congé annuel et Christa ne confiait à personne d'autre les clefs de sa maison. Le problème attendrait son retour.

Peignoir humide et cheveux enturbannés d'une serviette, elle s'enferma dans son bureau et ouvrit le tiroir cadenassé réservé aux substances d'urgence. Elle goba un Xanax, s'alluma une clope, se servit un shot de vodka et demanda à Andrew de lancer sa play-list « *Rock'n'roll suicide* ». Elle était bien décidée à trouver consolation dans les psychotropes, la musique de Radiohead et l'autoapitoiement.

Elle relut les conclusions du médecin et repassa au crible son bilan neurologique, comme si elle pouvait encore y déterrer une réponse. Sur les clichés de l'IRM dansaient, coupe après coupe, d'insondables taches grises. *Cette matière étrange qui fait le moi.* Et personne pour interpréter le Rorschach de son âme. Personne à qui confier son angoisse abyssale.

Elle hésita un instant à appeler Saul. Elle aurait pu aller le voir ce soir et chercher un peu d'oubli dans son lit. Mais elle n'avait pas la force de passer encore par la case retrouvailles & réconciliations. JJ était désormais impliqué et elle anticipait trop d'enjeux pour s'épancher devant qui que ce soit d'autre qui ne soit pas soumis au secret professionnel.

Amitié, couple, autant d'escroqueries émotionnelles dont elle était revenue. Elle n'avait plus de relations, que des contacts et une liste d'ex longue comme un jour sans clope. Elle se servit deux shots coup sur coup et s'octroya une nouvelle cigarette. Elle préférait crever que de retourner chez un psy. Elle chercha un numéro dans son téléphone, n'importe quelle oreille ferait l'affaire, elle pourrait toujours tourner autour du pot, elle voulait juste parler à quelqu'un. Juste parler à quelqu'un.

— Cher Andrew, qui appeler ?

— Qui voulez-vous appeler ? répondit l'assistant.

— Y a-t-il seulement quelqu'un à qui parler sur cette putain de bordel de planète de merde ? hurla-t-elle.

— On ne dispose pas de cette information.

— Le savoir d'un Nobel avec l'empathie d'une huître.

— On est heureux de pouvoir servir dans la limite de nos compétences.

Enfant, fan d'Isaac Asimov, elle s'était fabriqué un ami-robot avec un vieux réfrigérateur. Andrew avait deux stickers ronds sur sa tête freezer et un râteau en guise d'antenne, pour capter on ne sait quoi. Inquiet de l'attachement que Christa montrait à cet ami imaginaire, Milton l'avait traînée en consultation. Le psy avait diagnostiqué un léger trouble du spectre autistique qu'il avait attribué, en bon freudien, à la défaillance maternelle. Le gentil docteur avait conseillé de se débarrasser de la « chose » et d'insister sur les activités sportives et sociales. Quand son père, malgré les sanglots de sa fille, avait jeté Andrew à la décharge, Christa avait gardé le silence pendant des semaines et s'était mordu le poignet jusqu'au sang.

Le diagnostic avait été invalidé par un deuxième spécialiste à l'adolescence. Et JJ le lui avait confirmé en riant,

Christa n'appartenait pas à cette catégorie très à la mode dans la Silicon Valley, les autistes Asperger ; elle était tout au plus une *nerd* alexithymique[1] et égocentrée, étiquette qui la rangeait cependant du côté d'une autre espèce endémique du même écosystème.

Quelques années plus tard, elle avait codé son propre assistant vocal, car elle ne supportait pas le ton de moniteur de colo de ceux du commerce. Elle lui avait attribué celle de Robin Williams dans l'adaptation cinématographique de *L'Homme bicentenaire* d'Asimov ; l'activation des requêtes n'avait ainsi de sens que pour elle-même : « cher Andrew ».

Christa se resservit un shot. Tout bien considéré, le premier pédopsy n'avait pas eu tout à fait tort. À quarante-quatre ans, le minibar était encore son meilleur pote.

But, I'm a creep, I'm a weirdo[2], hurlait la voix de Thom Yorke depuis l'ampli. *What the hell am I doin' here?* Les guitares de Radiohead saturaient d'une douleur identique à la sienne. *Ah ! Pouvoir sortir les choses de l'intérieur comme ça, avec deux mots et trois accords !* Si seulement elle était capable d'écrire tout ce fatras intime pour s'en débarrasser. Elle ne savait pondre que des lignes de codes ou rédiger des rapports techniques.

Elle s'installa devant son ordinateur et articula : « Cher Andrew. Enregistrement vidéo et transcription cryptés. » Un vortex de pixels s'agita sur l'écran, signalant l'activation de l'assistant virtuel. Andrew coupa la musique et lança l'appli-

---

1. L'alexithymie est une difficulté psychologique à identifier et à verbaliser ses émotions.

2. « Mais, je suis un pauvre type, un taré/ Qu'est-ce que je fous ici ?/ Je n'ai pas ma place. » « Creep »

cation adéquate. *Allez, commence par de l'objectif, puisque le subjectif, c'est pas ton rayon.* Elle opta pour un relevé à sa montre connectée de ses paramètres physiques, tension et rythme cardiaque. Consciente du ridicule de sa tentative, elle s'octroya un nouveau verre et maugréa : « Cigarettes, 5 unités ; alcool, 5 unités ; benzo, 3 milligrammes. »

Après une brève hésitation, elle mitrailla : « Les résultats du test génétique effectué sur le prélèvement buccal de ma mère indiquent une mutation du chromosome 5 identique à la mienne. L'ensemble des symptômes de Frida démontrent sans ambiguïté qu'elle souffre effectivement de la maladie de Damásio. Pathologie non diagnostiquée jusqu'alors… La probabilité que j'en sois affectée… Ce que je ressens à cet instant… Depuis que j'ai été informée de ces résultats, ma tension, habituellement autour de… »

Elle pompa sa cigarette en bouffées compulsives. Bien sûr que sa tension était excessive ! Elle avait la rage ! Un étau monstrueux lui comprimait le corps du diaphragme aux viscères et elle avait envie de tout péter dans cette foutue baraque. Elle avala un shot de vodka et relança l'enregistrement.

« Je suis en colère pour toutes ces années perdues. Il est évident aujourd'hui que ma mère n'a pas été diagnostiquée correctement. Et ce que nous avons pris pour une pathologie mentale… » Elle déglutit avant de poursuivre : « … cet hédonisme forcené que je lui ai tant reproché n'était sans doute que la première manifestation de sa maladie. »

Tout lui semblait limpide : le comportement erratique de sa mère n'avait été qu'une tentative vaine de pallier un déséquilibre intérieur sur lequel elle aurait été bien incapable de mettre des mots. Frida avait dû comprendre obscurément qu'elle ressentait moins, et elle cherchait à ressentir plus. Toujours plus. En ingérant n'importe quelle substance, en couchant avec n'importe qui. Elle s'en foutait du danger, du moment qu'elle vibrait encore.

Christa enchaîna, surprise que la suite coule ainsi sans effort.

« Je suis en rage, car je n'ai pas été capable, malgré toutes mes prétendues aptitudes intellectuelles, de passer outre à mon ressentiment et d'admettre chez elle une véritable maladie, non une conséquence de ses choix de vie désastreux ou de son égoïsme. »

La colère l'avait aveuglée. Non, la tristesse. À moins que ce fût la même chose. Comment les distinguer ? Christa s'était construite dans la revanche. Une superhéroïne cachée derrière le bouclier d'une figure maternelle à haïr. Désormais, elle n'avait plus personne à blâmer.

À la clinique, elle avait pu visualiser sur un moniteur ses propres réactions neurologiques déclenchées par la suggestion des images : ses émotions avaient allumé l'une après l'autre les aires de son cerveau comme des guirlandes de Noël. Un jour, la maladie décrocherait les décorations et mettrait le sapin à sécher sur le trottoir. La vie glisserait sur elle sans l'atteindre. Elle échapperait à la tristesse et serait à jamais privée de joie. Prisonnière, non de la folie ou de la douleur, mais du rien.

Christa hoqueta « Une coquille vide », avant de mettre fin à l'enregistrement.

Elle se reconnecta deux heures plus tard, les yeux bouffis de pleurs. Elle fit tinter son énième verre sur l'écran, comme pour trinquer au destin.

« À la tienne, Andrew, ricana-t-elle ! Bah, peut-être qu'après tout je serai heureuse ? Comme toi, sans joie ni tourment. Une carcasse d'électroménager en attente de recyclage. Plus de comédie, plus de drame. Un idéal de sagesse.

Bouddha incarné ! » Puis elle vida son shot cul sec et, avant de clore l'enregistrement, elle dit : « Regarde-moi, Andrew. Je suis bourrée et pitoyable. Ça ne suffit pas à m'anesthésier. Je suis en colère, j'ai peur et je suis triste. C'est douloureux. Ah oui, putain que c'est douloureux ! Je voudrais que ça s'arrête. Je voudrais ne plus rien ressentir, là maintenant. Mais, je te promets de faire absolument tout ce qui est en mon pouvoir pour ne pas oublier qui je suis à cet instant. »

Christa ordonna à Andrew d'archiver cette pathétique confession au plus profond de son coffre numérique, et de la lui repasser dans un an jour pour jour. Puis elle se pelotonna sur la banquette du bureau, assommée d'alcool.

Elle se réveilla à l'aube, sans la moindre idée à dicter à Andrew. Elle prit une douche froide, un gramme d'aspirine, une ligne de coke et se plongea dans ses mails. Un message de son père l'attendait.

De : m.cristofersson@squidmail.com
À : ice_ice_baby@wecare.com
Objet : Mozart attendra.

Ma toute belle,

Pardonne la lenteur du *boomer* que je suis. Face à une question que je ne maîtrise pas, je me raidis comme une holothurie qu'on sort de l'eau.

Je n'ai pas trouvé le sommeil cette nuit. Ton interrogation et mon ignorance en la matière me tournaient dans la tête. À vrai dire, le pourquoi réel du sujet me perturbait davantage, mais, ça, j'imagine que je dois me le garder sous le coude. J'ai donc profité de mon insomnie pour potasser.

À ta question : « À quoi servent les émotions ? », je répondrai dans ta langue de *nerd* : les émotions sont des « bioalgorithmes », des séquences physiques et comportementales sélectionnées par l'évolution pour ajuster l'organisme à des situations spécifiques et augmenter sa capacité d'adaptation.

J'entends d'ici Joan s'indigner de mon prosaïsme. Et je la vois brandir son Mozart et sa transcendance… Les êtres de culture que nous sommes peinent à admettre que nos précieux affects, tout ce théâtre du pathos, ne seraient utiles, en définitive, qu'à la survie et, si possible, à la reproduction, mais c'est une pure vérité scientifique.

L'évolution n'a pas de grand dessein (ni de petit, d'ailleurs). Elle ne s'est pas dit un jour d'ennui : « Tiens, si je bidouillais quelque chose chez cette espèce de primates, histoire qu'elle invente la musique, qu'une femelle nous ponde un Mozart et que le reste de l'humanité pleure en écoutant son *Requiem*. »

Qu'on soit une amibe, un pissenlit ou un Sapiens, être au monde revient à se soumettre à une balance continue. Chaque organisme doit d'un côté chercher, trouver, obtenir, devenir ; de l'autre perdre, éviter ou fuir.

Chaque créature doit donc disposer d'un outil d'estimation de la situation au-dehors et au-dedans de son entité, visant à l'informer de la valence d'un événement, c'est-à-dire de sa valeur positive ou négative sur le plan du *fitness* darwinien[1] : du potentiel bénéfice ou danger du contexte en termes de survie et fécondité.

Imagine un hominidé lambda, au hasard, Roméo. L'évolution l'a doté de trois types de réactions comportementales : par ordre d'apparition à l'écran, les systèmes réflexe, émotionnel et cognitif.

Ses réflexes sont rapides, mais offrent à notre Roméo un panel de choix limité. L'intellect lui permet des réponses complexes, mais il est plus lent et vorace en énergie.

Si Roméo déguerpit au moindre froissement de feuillage, il peinera à remplir son estomac, mais s'il soupèse trop longtemps l'idée de fuir devant un prédateur, il augmente la probabilité de finir dans le sien. D'où l'intérêt de maintenir un dispositif médian, rapide et moins dispendieux d'énergie : le système émotionnel.

Acte réflexe : Roméo se brûle à un tison, il retire immédiatement sa menotte.

---

1. Ou « valeur sélective », mesurée par la proportion des descendants d'un individu qui atteignent la maturité sexuelle et donc, la capacité de propager leurs gènes à leur tour.

Processus émotionnel : Roméo a peur d'un feu de bosquet, mais il le convoite. Il s'en approche avec prudence pour se réchauffer.

Élaboration cognitive : Roméo allume un feu et y fait cuire de la viande. Il s'est souvenu d'un apprentissage et a projeté un acte. Il peut envisager d'inventer le barbecue (et le patriarcat).

Bonus évolutif, le cognitif « métaboliserait » l'émotion en sentiments complexes : Roméo et Juliette, assis près du foyer, le ventre plein, contemplent le ciel étoilé et partagent un même ressenti d'émerveillement.

Survivre, c'est évaluer rapidement et efficacement le comportement optimal à adopter dans une situation donnée. Voilà la mission principale des affects : ils s'emploient à gérer temps, efforts, ressources et risques en fonction des circonstances.

En résumé, les émotions servent à prendre des décisions et, très accessoirement, à pleurer en écoutant Mozart.

Sais-tu seulement jusqu'où je t'aime ?

Milton

Que la force de Darwin renvoie à sa mare le crapaud à tête orange !

*

De : ice_ice_baby@wecare.com
À : milton.cristofersson@gmail.com
Objet : Re-Mozart attendra.

Comment expliquer, alors, que ce système dédié à la prise de décision nous entraîne à en prendre de si mauvaises ? Si je me souviens bien, Roméo et Juliette ne font pas de vieux os.

Jusqu'à l'infini.
Christa

*

De : milton.cristofersson@gmail.com
À : ice_ice_baby@wecare.com
Objet : Re-re-Mozart attendra.

Parce, mon petit cœur, l'évolution se fout de ton bien-être ou de ton bonheur comme de sa première amibe. Elle ne s'intéresse qu'à tes gènes et à ta capacité à les transmettre.

Aller et retour, fillette. Aller et retour

Milton

Que la force de Darwin renvoie à sa mare le crapaud à tête orange !

5

Son propre caractère, qu'elle s'imaginait bien connaître, lui apparaissait comme la première terre vierge, sauvages étendues d'un pays sans chemins et pour lequel il n'existait pas de cartes.

Mary Shelley, *Le Dernier Homme*

Christa relut attentivement le message de son père avant d'éteindre son ordinateur. Les émotions servaient à faire des choix ? Elle avait pourtant si souvent entendu Milton regretter d'en avoir fait sous le coup de la colère. *Eh bien, ce matin, papa, une décision, j'en prends une grande pour moi-même !*

Elle dégagea d'un coup de talon le bot balayeur qui tapait contre le pied de son bureau dans une vaine tentative de copulation interespèces, mais la bestiole revint à la charge. Elle dut la sortir de la pièce.

« Le réel, c'est ce contre quoi on se cogne, Christa. Et on ne gagne pas contre le réel », l'avait sermonnée un jour son directeur de thèse, inquiet de l'obstination de son étudiante. Elle devait grandir, apprendre à accepter les contingences, à faire avec le pénible, la souffrance et le définitif. C'était bien mal la connaître. Le réel, Christa s'en cognait.

À ses yeux, il existait toujours un moyen de maîtriser l'insurmontable. Rien ne lui semblait définitif, sauf la mort. Et encore, son irréversibilité n'était qu'une conjecture.

Si elle y réfléchissait avec objectivité, qu'était ce pied de table qu'elle devait contourner ? Une potentielle maladie dissoudrait la conscience de ses émotions. Une inflation galopante réduirait à néant son capital d'*emocoins*. Un diagnostic terrifiant, mais pas inéluctable. Christa vouait une confiance absolue en la puissance de la volonté sur le corps. N'avait-on pas vu des gens marcher sur des braises ? Se réveiller d'un long coma ? Survivre plusieurs années à un cancer qui les condamnait à court terme ? Elle avait toujours érigé le mental en divinité ; en retour de cette foi aveugle, elle exigeait désormais de lui un miracle.

Ce monde au-dedans d'elle qui menaçait de lui échapper, personne, aucun guru, aucun psy, encore moins les êtres qu'elle aimait, n'en possédait les clefs. Si elle seule en détenait l'accès, elle seule pouvait agir. Remontée à bloc, elle fut saisie d'une furieuse envie de ménage.

Dès qu'elle avait décidé d'un projet, quelle que soit la complexité de l'entreprise, Christa procédait toujours de la même manière : d'abord elle rangeait, ensuite elle faisait des listes. Quand Milton mangeait ses soucis, Christa les désinfectait à l'eau de Javel et les tenait à distance dans un tiroir.

Rien de plus efficace à ses yeux que de mettre au pas le réel dans ce qu'il a de plus prosaïque pour repousser les projections anxiogènes. Éliminer poussière et idées noires, jeter ordures et lessiver son entropie mentale ; ranger les choses, les êtres et les problèmes dans un classeur dûment étiqueté, lui-même répertorié sur l'étagère appropriée avec ses semblables, le tout dans un placard adéquat.

Christa chercha autour d'elle où assouvir sa pulsion ; en l'absence des jumeaux, la maison conservait l'ordre et la propreté irréprochable où Rosa la laissait cinq fois par semaine. Qu'importe, Christa trouvait toujours de quoi faire dans la chambre des garçons. Si la dose n'était pas suffisante, elle trierait ses sous-vêtements par couleurs, quitte à passer encore pour une *gringa* maniaque auprès de Rosa.

Pendant que Blondie hurlait dans les haut-parleurs de toutes les pièces, Christa en fit le tour et ouvrit grand les fenêtres. Elle rafla au passage tout ce qui pouvait traîner de verres et de cendriers, retapa les lits de ses enfants, leur linge sale et lança une lessive après être demeurée un moment perplexe sur le choix des programmes. *Tu es diplômée du MIT, tu devrais pouvoir comprendre sans problème une interface aussi basique. Pourquoi compliquer à ce point la vie des gens en prétendant la simplifier ?* Par défaut, elle sélectionna le cycle le plus long, puis s'autorisa une tasse de café.

Le temps que la machine à espresso daigne chauffer, son exaltation chimique retomba. Elle s'assit à même le sol de la cuisine, le ronronnement du lave-vaisselle contre ses reins. Elle s'aperçut qu'elle s'était légèrement blessée à l'index. Elle fit tourner la rigole de sang autour de son doigt. *Mon intérieur à l'extérieur.*

Elle avait beau fanfaronner, sa supposée toute-puissante volonté se heurtait à une réalité infranchissable. *Bordel, mais comment on y accède, à ce foutu monde intérieur ?* Elle demanda à Andrew de couper la musique.

Son intériorité n'avait jamais été une priorité pour Christa. Durant sa procédure de divorce, elle avait suivi une thérapie qu'elle avait abandonnée au bout de quelques séances. Explorer sa rage devant un inconnu ne l'en avait pas soulagée.

Elle s'était même toujours méfiée de son émotivité, qu'elle avait cherché à juguler plutôt qu'à entretenir. Les émotions, c'était l'affaire des psychologues ou des artistes ; elle était une scientifique.

Jusqu'alors, Christa avait imaginé que cohabitaient en elle un être « de raison » à écouter attentivement et un autre « d'émotions » dont elle surveillait de près les débordements. Avec l'expérience, elle avait appris à mieux maîtriser ce boulet biologique qui, adolescente, lui coupait jambes et langue avant un oral crucial ou la statufiait face à la moindre agression verbale.

Elle s'accommodait parfaitement de son surnom de « reine des glaces » – une étiquette de scientifique froide et carriériste. À son niveau de responsabilités, aucune femme ne pouvait se permettre de laisser filtrer ses sentiments réels : c'eût été un aveu de faiblesse la renvoyant à la « fragilité hormonale de son genre », comme disait aimablement son ex-mari. Au demeurant, les femmes à la tête d'entreprises de haute technologie se comptaient sur les doigts palmés d'une main d'alien.

Les émotions engendraient la partie pénible de la condition humaine, celle qu'elle préférait oublier. Comment aurait-elle pu deviner qu'un jour, même la tristesse serait un trésor à préserver ?

Quelle était la meilleure stratégie ? Parcourir le monde et enchaîner les expériences fortes, multiplier les rencontres ? Se gaver une à une de toutes les émotions, des plaisantes aux plus douloureuses ? La recherche aveugle de l'intensité l'aurait ramenée comme un élastique névrotique au modèle maternel, ce à quoi elle se refusait de tout son être. En désespoir de cause, elle s'adressa à son téléphone.

— Cher Andrew, c'est quoi, une émotion ?

Le nuage augure s'agita et répondit :

— L'émotion est une expérience psychophysiologique complexe de l'état d'esprit d'un individu animal liée à un objet repérable, lorsqu'il réagit aux influences biochimiques et environnementales.

— T'es pas foutu de me sortir autre chose qu'un article Wikipédia ?

— On est heureux de pouvoir servir dans la limite de nos compétences.

Elle aurait pu retourner se blottir dans les bras douillets des psychotropes, mais ce n'était pas un territoire supposé « non cartographié » qui allait intimider Christa. Comprendre ce fichu processus émotionnel serait son premier acte de résistance, le drapeau de sa volonté planté sur cette terre inexplorée. « La connaissance érode l'impuissance », lui avait toujours seriné son père. Oui, elle lutterait. Car si quelque chose audedans allait disparaître, ce même flux vital s'y refusait.

Saisie d'une bouffée de rage, elle se releva d'un bond, passa son index sous le robinet d'eau froide, l'entoura d'une feuille de papier absorbant et se précipita, le doigt en l'air, vers son bureau, trébuchant au passage contre l'aspirateur qui hantait le couloir. Elle jura, promit l'enfer du recyclage au pauvre bot et ordonna à Andrew un nouvel enregistrement vidéo.

« Aujourd'hui, moi, Christa Cristofersson, je décide de ne pas faire le deuil de moi-même », dit-elle face à l'écran de son téléphone.

Il ne s'agissait pas de déni, de dépression ou de refoulement, au contraire, elle s'attelait à résoudre son problème tant qu'elle pouvait encore le considérer comme tel. Dans deux mois ou dans vingt ans, cela n'en serait plus un à ses yeux. Elle se traiterait donc comme son propre projet de R&D.

Pour définir ses priorités stratégiques et sa marge d'action, elle devait, primo, comprendre ce qu'elle risquait de perdre. Secundo, en toute logique, elle devait établir un référentiel pour évaluer l'intensité de sa possible dégénérescence. Un inventaire à l'état présent de ses ressources émotionnelles. Comment savoir ce que l'on abandonne si on ne sait pas ce que l'on possède déjà ? Tertio, elle devait trouver un moyen de cacher sa maladie, tout en maintenant ses recherches.

Christa mit fin à l'enregistrement et contempla son reflet dans l'écran assombri. Sorti du marais de l'angoisse, son cerveau tournait enfin à plein régime ; elle avait un objectif et un début de stratégie. Néanmoins, elle ne s'était pas résolue à formuler une question pourtant majeure : comment estimer le temps qui lui serait encore accordé ?

Andrew lui suggéra qu'il était l'heure d'enfiler sa panoplie de reine des glaces pour affronter sa journée de travail.

Sur le trottoir, devant le portail de la maison, JJ et MacLean l'attendaient.

6

Mon âme est comme un orchestre caché ; je ne sais pas quels instruments résonnent et jouent en moi, cordes et harpes, timbales et tambours. Je ne peux me connaître que comme une symphonie.

Fernando Pessoa,
Le Livre de l'intranquillité

Après avoir reçu Christa en consultation après sa journée déjà dense, JJ rentra chez lui très en retard sur son horaire habituel. MacLean, qui avait une fois de plus dévasté le jardinet et pissé sur la banquette extérieure, se permit de fixer son maître avec des yeux accusateurs. « *Tu m'as encore abandonné pour elle ? Crétin ! Souviens-toi de l'état où nous étions la dernière fois qu'elle nous a quittés.* » JJ enfila ses baskets et attrapa la laisse du chien.

Le silence de Christa face à son aveu d'impuissance l'avait mis à nu dans sa blouse blanche, très loin de l'image de détachement viril et un poil sarcastique qu'il avait fantasmé pour leurs retrouvailles. Cette femme s'apparentait à une migraine. Des années qu'elle revenait, encore et encore, lui pourrir la vie.

Il ne pouvait s'empêcher de repasser le film de la consultation dans sa tête en l'émaillant de « j'aurais dû ». En tout premier lieu, il aurait dû l'aiguiller vers un confrère. Parmi les milliers de neurologues du pays, pourquoi s'était-elle adressée à lui ? Dire que Madame avait osé claquer la porte en partant ! C'était à lui d'exposer sa colère, merde, pas à elle ! Elle n'en avait même pas parlé à son père ! Et bien sûr, elle était allée chercher une maladie orpheline. Madame ne faisait jamais dans le lot commun. « Tu n'en sais rien », avait-elle dit à propos de l'absence de thérapie. Madame était déçue ? Quoi ? Elle le prenait pour son SAV ? Christa semblait considérer son cerveau comme un ordinateur auquel elle devait changer un processeur. Personne n'était encore capable d'appréhender la chaîne de causalité du système cérébral dans son ensemble. Pourquoi un stimulus provoquait un état émotionnel donné ou comment ce dernier se révélait traité par tel circuit de neurones et pas par un autre ? Quelles foutues molécules intervenaient et dans quelles proportions ? Dopamine, sérotonine, ocytocine, acétylcholine, noradrénaline… Et quels protocoles géraient tout ce bordel intérieur des changements hormonaux, comportementaux ou cognitifs ? Sans parler des modifications électriques et ondulatoires ! En neurologie, s'ingénier à comprendre une vue d'ensemble du fonctionnement du cerveau revenait à chercher la théorie des champs unifiés en physique fondamentale. Si la science avait su relier tout ça, elle serait parvenue à une description objective de la conscience. Et si JJ avait su relier tout ça, il aurait été prix Nobel.

MacLean tira sur sa laisse, l'incitant à accélérer le pas. JJ se mit à courir, porté par la musique de Philip Glass. Il courait, il courait sur l'*Etude n° 6*, et plus il courait, plus l'emballement hypnotique du morceau lui donnait le sentiment vertigineux de courir au bord d'un précipice.

Oui, s'il avait su relier tout ça, JJ aurait su se libérer de ce lien qui empoisonnait sa vie. Il avait beau avoir une vision théorique assez précise de la neurochimie du désir et de la dépendance, c'était plus fort que lui. Il avait beau les analyser pour les mettre au pas ou les anesthésier à coups de molécules artificielles et d'excès d'exercice, ces sentiments ambivalents et douloureux qui l'attachaient à Christa depuis exactement trente et un ans, JJ demeurait incapable, sur une décision rationnelle, de les effacer.

Il prolongea la promenade dans les collines. Les quatre-vingts kilos du dogue tiraient sur le câble, à peine effleurés de fatigue par les dix kilomètres de course qu'ils avaient déjà dans les jambes. La pensée du sort de Christa ne le quittait plus.

Il avait trop minimisé la probabilité d'expression de la maladie. JJ sentait sa rancune se désintégrer sous une compassion inopportune, même s'il repoussait l'idée d'injustice du diagnostic. La maladie n'avait rien à avoir avec le mérite ou la faute.

Déjà au lycée, il s'était douté de quelque chose, car Christa affirmait Frida « disparue », ou « morte à ses yeux », ce qui semblait toujours embarrasser Milton. Et JJ avait entendu ses propres parents plaindre Christa pour « sa barge de mère ». Il aurait dû se montrer plus attentif.

En nage, il s'assit sur un banc face à la baie.

— Quoi, quoi, quoi ? interpella-t-il le chien qui le scrutait de son regard inquiet.

MacLean avait penché sa tête vers la gauche : « *Tu sais très bien ce que je veux dire, mon gars. Pourquoi n'as-tu pas parlé des pathologies cousines ?* »

— Ce n'est pas une démarche très scientifique.

« *À ce stade, bonhomme, Christa a juste besoin d'un peu d'espoir.* »

JJ rassembla les oreilles de son chien en couronne et lui embrassa le museau. MacLean n'avait pas entièrement tort : si le syndrome de Damásio relevait d'une dégénérescence de l'activité des noyaux gris centraux, JJ pouvait toujours s'appuyer sur des symptomatologies similaires mais aiguës ou accidentelles pour trouver une piste thérapeutique.

— C'est bien ce que tu sous-entendais, MacLean ?

Déjà lancé à la poursuite d'un setter anglais et d'un legging rose, le dogue ne répondit pas.

D'habitude, à cette heure, JJ et son poney chalutaient sans effort ; les joggeuses souriaient au passage de leur duo baroque. MacLean et lui se ressemblaient non par ce mimétisme qu'on croit déceler chez un être humain et son compagnon animal, mais parce que JJ avait choisi le chiot dont Christa avait affirmé qu'il lui ressemblait le plus : taille démesurée et paupières tristes. Ce soir-là, il n'était pas d'humeur à expliquer la nuance à une inconnue. Son complexe amygdalien lui intimait de fuir.

De retour chez lui, JJ brossa longuement MacLean et lui servit l'équivalent d'une demi-vache hachée, puis il prit le frais devant le contenu de son réfrigérateur ; il savait qu'il devait manger, sans avoir faim.

Avant de recevoir Christa, il avait parcouru les rares articles scientifiques disponibles relatifs à la maladie de Damásio, par acquit de conscience professionnelle autant que par méfiance envers l'hypocondrie de son ex. Il s'était également rafraichi la mémoire sur les pathologies aiguës des noyaux gris centraux, en particulier, le syndrome PAP[1].

Il se souvint d'un cas d'infarctus de cette région cérébrale chez un gros consommateur de cannabis et faillit renoncer à son stick apéritif du soir, mais il se l'alluma en se disant que le cerveau des patients atteints d'une PAP avait le plus souvent souffert d'un manque d'oxygène, d'un accident vasculaire, d'une tumeur ou d'une intoxication par monoxyde de carbone. Qui pouvait souscrire une assurance contre la fatalité ? Horreur paradoxale des dommages préfrontaux : une minuscule lésion due à pas de chance entraînait un changement majeur de personnalité.

JJ commanda son menu *soul food* habituel, un bol de ramen avec supplément tempura. *Choisir un repas, composer le numéro et se faire livrer*, JJ se dit que sa seule fatigue lui rendait cette routine éprouvante ; pour des patients en PAP, cette séquence se révélait, tout simplement, impossible.

En l'absence de réactivité de leur humeur, les personnes souffrant d'athymhormie semblaient dénuées de motivation – désir ou angoisse –, comme si elles vivaient un grand vide mental. La perte de l'activation intérieure inhibait leur capacité de décision spontanée : il manquait le bouton *on* sur leur télécommande psychique. Pour terminer en beauté, l'émoussement du ressenti et de l'expression émotionnelle désagrégeait les interactions affectives des patients, avant de les condamner à un retrait social et à une irrémédiable apathie.

1. Pour « perte d'autoactivation psychique », syndrome décrit par le neurologue Dominique Laplane en 1982.

JJ sortit un moment pour contempler le jardinet dévasté, terre retournée et plantations saccagées, spectacle à l'aune de son désordre intérieur et de celui de son appartement. *Demain est un autre jour.* Mais pour Christa, aujourd'hui était peut-être le dernier jour d'elle-même. Elle n'aurait jamais dû faire ce foutu test génétique. Mieux valait ne pas savoir à quelle sauce le destin se proposait de vous assaisonner. Ne pas connaître sa date de péremption et, *a minima*, comprendre le plus tard possible qu'on en a une.

JJ réceptionna sa commande après avoir enfermé le monstre aux toilettes afin de l'empêcher de terrifier le livreur ; MacLean vouait une affection mordante aux cyclistes.

Il invita son chien à aller bouder dans le jardin et s'installa pour dîner, se préparant à manger sans appétit, tout en continuant de penser aux cas de syndrome PAP.

Les patients disaient toujours éprouver des émotions, même si leurs réactions s'avéraient davantage d'ordre intellectuel qu'issues d'un véritable ressenti. Les malades pouvaient contourner le circuit émotionnel grâce à leurs fonctions cognitives préservées et « évaluer » qu'une situation était triste, dangereuse ou joyeuse. Cependant, faute d'incitation intérieure, ils devaient être stimulés en permanence pour accomplir les comportements nécessaires à leur survie, comme se nourrir ou se protéger. Cependant, avec une réactivation verbale régulière, certains pouvaient exécuter des tâches plus complexes.

« Cependant » ; la vie de Christa semblait suspendue à un adverbe.

JJ frottait ses baguettes l'une contre l'autre quand l'idée l'atteignit qu'à ce même instant, Christa devait être terrifiée. Qu'elle devait se sentir seule – la connaissant, elle ne s'était confiée ou n'avait demandé de l'aide à personne.

Qu'elle avait dû le prendre pour un con revanchard.

Qu'il était un con revanchard.

Qu'il devait appeler Milton.

Qu'il devait absolument se garder de le contacter.

Qu'il était pathétique.

Il regarda d'un œil et écouta d'une oreille les infos du soir, l'ensemble de ses fonctions cérébrales mobilisées à trouver les mots justes pour formuler à Christa un embryon d'espoir sans lui en donner de faux. Elle était capable de ne pas répondre à ses appels et il ne pouvait pas se contenter d'un simple mail ou d'un pauvre SMS : *Bonne nouvelle ! Avec une stimulation permanente tu pourras vivre à peu près normalement*, ponctué d'un emoji de cœur et d'une coupe de la victoire.

MacLean avait grogné sa désapprobation avant de revenir à sa contemplation de l'écran où éructait le quarante-cinquième président des États-Unis.

JJ aurait été heureux de pouvoir apporter à Christa une véritable solution, et non cette vague lueur d'espérance. Il imaginait encore moins lui annoncer qu'à terme elle subirait un effondrement de QI, dû à la baisse des interactions. Christa avait toujours été si fière de ses capacités intellectuelles.

Il tourna et retourna son oreiller toute la nuit en priant son gyrus cingulaire de lui foutre la paix et à son cortex de lui indiquer une attitude à adopter acceptable pour son ego.

Le premier ayant gagné par K-O sur le second, JJ se retrouva devant chez Christa à l'heure matinale où il la savait sur le point de partir au travail.

Il hésita à sonner, préférant guetter l'ouverture de la porte du parking. Quand elle descendit de sa voiture, loin d'être effondrée et malgré ses traits tirés, elle semblait au contraire remontée à bloc, voire survoltée. Sans s'étonner de la présence de JJ, elle câlina MacLean qui bava sa joie sur son pantalon immaculé.

— Toi aussi tu m'as manqué, mon grand, dit-elle au chien en lui brossant le dos. Comment vas-tu ? Tu boites encore ?

— Toi aussi tu boites. Tu as un moment ? Je dois te parler.

— Je suis déjà en retard.

— Tu es toujours en retard.

« Vous êtes extrêmement en retard », intervint le téléphone de Christa avec la voix de Robin Williams.

7

Analyser le roman Frankenstein *procède de l'accouchement d'une matriochka : une créatrice, Mary, créant un créateur, Victor, créant une créature sans nom, sinon celui commun de monstre.*

Joan Smith, *Prodigieuses progénitures*

Christa débarqua au siège de WeCare avec un léger boitement, un retard dantesque, un pantalon souillé et un vague chatouillis de culpabilité. « La vie est une mesquine salope », maugréa-t-elle au plafond de l'ascenseur. Un drame majeur ne lui suffisait donc pas pour qu'elle s'acharne à l'accompagner d'autant de contrariétés ? *Manquerait plus que j'ai mes règles !*

Pourtant, ce même matin, Christa avait ressenti une bouffée de satisfaction en découvrant la figure d'enterrement de son ex. *Eh quoi ? Je ne suis pas encore morte.* Elle n'avait pu résister au plaisir de l'asticoter.

— Tu as une mine affreuse, JJ.

— Tu m'as à nouveau empêché de dormir, Christa.

Comme elle l'avait prévu, poussé dans ses retranchements, il avait bossé sur son cas. Elle s'attendait à de longues circonvolutions d'approche : Jonas Jerkins, ceinture noire, troisième dan en atermoiements. Il l'avait surprise en annonçant la couleur sans préambule. Dans l'hypothèse d'un déclenchement de la maladie, Christa pourrait continuer à vivre à peu près normalement avec une stimulation permanente. Selon lui, sur des syndromes aigus similaires, on observait une réversibilité transitoire si on accompagnait les patients d'une incitation constante. En gros, avait-il résumé, quelqu'un d'autre que le malade devait appuyer sur le bouton de la télécommande, mais les programmes étaient toujours là.

Elle avait immédiatement tiqué sur le mot « transitoire » et il avait confirmé que l'activation extérieure était malheureusement temporaire. Les patients replongeaient dans leur apathie si on ne la maintenait pas.

— Quelqu'un doit entretenir ton « qui-vive » émotionnel, avait-il conclu.

— Tu te proposes pour le rôle de Cato[1] ? avait-elle plaisanté.

— Si tu m'autorises à examiner ta mère, je peux vérifier la pertinence d'un implant dopaminergique.

— Tu comptes publier un article ?

JJ s'était tiré avec son chien sans renvoyer la balle. Depuis quand était-il devenu si peu joueur ?

Avant de rejoindre la salle de réunion, Christa prit le temps de lire un message des jumeaux. Comme d'habitude, leur série d'émojis et d'abréviations obscures couplée à une grammaire fantaisiste la plongea dans un abîme de per-

1. Dans *La Panthère rose*, valet de l'inspecteur Clouseau, entraîné pour le maintenir en alerte.

plexité. Elle se résigna à adresser un point d'interrogation auquel Cosmo répondit à la seconde par un smiley souriant et leur heure d'arrivée ; Sinclair, par une tête de mort. Préférant ne pas quémander l'acception de cette dernière, Christa choisit de conclure par trois lignes de cœurs et un salut vulcain.

Qui, passé ses quinze ans, connaissait vraiment la signification exacte de ces foutus pictogrammes ? Et d'ailleurs, qui en avait unilatéralement décidé ? Aurait-elle dû, comme Milton, proscrire l'usage des émojis, symptôme, à ses yeux, de la faillite définitive des mots ? Christa était partagée sur la question : les émojis matérialisaient l'adaptation nécessaire du langage à la virtualisation des échanges. En l'absence du corps, il fallait bien, d'une manière ou d'une autre, persévérer à exprimer ses affects. Du moins tant que l'humanité ne se serait pas affranchie des impératifs biologiques.

Christa inspira profondément pour refouler la vague d'angoisse montante. La mise en place d'un protocole de surveillance ? Elle devait réfléchir sans œillères à la question et à sa temporalité, afin d'éviter une hospitalisation ou un internement précoce. Si JJ avait été moins susceptible, elle aurait pu le remercier de cette relative bonne nouvelle. Elle lui adresserait un message d'excuse, avec des tonnes d'émojis bien ambigus. Au poste de « qui-vive émotionnel », elle n'avait besoin de recruter personne : elle avait déjà *quelque chose.* Quant à aiguillonner l'humeur de JJ, c'était son sport préféré.

Christa se composa un sourire honorable et poussa la porte de la salle de réunion. Les *kids* l'attendaient, plongés dans leur téléphone ou leur tablette ; des gamins accros, comme l'étaient ses propres enfants, aux shoots de dopamine distillés par les réseaux sociaux.

Les *kids*, elle appelait ainsi son équipe de jeunes ingénieurs arrachés à prix d'or aux gloutons GAFAM. Et dire que ces gamins hypnotisés par les écrans incarnaient l'avenir de la technologie, voire de l'humanité !

Christa s'installa au bout de la grande table, sans qu'aucun de ses collaborateurs ne réagisse à sa présence, leur espace mental monopolisé par un flux ininterrompu de *likes*, de cœurs ou de flammes. Elle refusait de n'être déjà plus de son temps, mais ce dernier avait désormais tendance à courir plus vite que ses rappels de Botox.

Si Christa avait su surfer sur les vagues technologiques de son époque – en particulier la manne de datas à traiter –, elle n'avait absolument pas vu venir les changements de paradigmes culturels associés : suprématie des réseaux sociaux, guérilla de l'économie de l'attention et dictature de la renommée virtuelle. Quant aux enjeux écologiques, elle se contentait, comme beaucoup de ses contemporains, de conduire une Tesla et de ne plus prendre de bains.

Elle aimait à répéter que si ce qui allait advenir de la technologie était parfois prévisible, son usage demeurait imprédictible. Quand Milton la cherchait sur le sujet, elle coupait court à la conversation d'un revers fouetté de la main. « Je fais dans l'innovation, pas dans la prophétie. Demain n'est jamais là où on l'attend. » Elle avait fondé WeCare afin de créer des outils de soin, pas pour empêcher les humains d'en détourner l'utilisation et encore moins résoudre les problèmes existentiels de son espèce.

— Cher Andrew, réveille les gosses, ordonna Christa.

L'assistant vocal déclencha la puissante sirène d'une corne de brune dans les haut-parleurs de la pièce et Christa récupéra l'attention de son équipe. Elle sortit sa propre tablette et se plongea dans la lecture du tableau collaboratif où les *kids* étaient censés avoir recueilli le suc de leur tempête de cerveau avant son arrivée. Le premier point de l'ordre du jour était presque récréatif : décider d'un nom commercial pour le projet BioLink.

Elle soupira en rayant d'office la première entrée de la liste : « H.A.L. ». Il n'était pas envisageable d'adopter cet acronyme d'« Homeostasic Aware Loop ». Non seulement le concept de boucle homéostasique[1] ne parlait à personne, mais en plus le prénom évoquait la plus anxiogène référence cinématographique à l'intelligence artificielle[2]. Deon protesta qu'à la date de commercialisation du projet, nul ne se soucierait d'un film des années analogiques. S'ensuivit une franche hilarité générale quand Big Ben proposa « Ass[3] » pour « Assistance Symbiotic System ». Christa ne releva pas et biffa les autres suggestions, pas davantage recevables. « Skynet, Sasuké, Viki, Ultron, Ava, Elliot, Tony ? » Devait-elle encore expliquer que le département R&D n'était pas un salon Discord où échanger des blagues potaches réservées aux initiés et que la réunion de prospective, bordel, n'était pas une cour de récréation ? Ils n'allaient quand même pas se faire racketter par une agence de com pour ça ! Ils devaient être capables de trouver un nom grand public

1. L'homéostasie est la stabilisation des différentes constantes physiologiques chez les organismes vivants : soit tous les systèmes de régulation de la pression sanguine, du rythme cardiaque, de la respiration, des flux de substances chimiques et d'hormones ou bien encore des taux de division cellulaire.

2. *2001, Odyssée de l'espace*.

3. « Idiot » ou « cul ».

qui soit… Elle s'aperçut en levant la tête que toute l'équipe se payait la sienne.

— Un Avenger de plus et je vous renvoie bouffer du code chez Zuckerberg, dit-elle avec un sourire crispé.

— Alan, le père fondateur ? lança Gaspard, tandis que les autres pouffaient derrière leur gobelet de café.

— Jobs a déjà fait le coup de la pomme pour Turing, dit Deon.

— Ada ! répliqua Gene-Jenny en pointant du doigt l'immense portrait d'Ada Lovelace[1] qui ornait le mur de la salle de réunion. C'est elle, la mère de tout.

— Alan plus Ada égale Aladan, s'égara Big Ben.

— Et ses quarante hackeurs ? coupa Christa avant qu'il se lance dans d'autres interpolations.

— Pourquoi donner un genre à une abstraction ? s'offusqua May.

— C'est un paquet d'algorithmes, pas un bébé *woke* ! protestèrent en chœur les garçons.

— Orlando ? suggéra Deon, qui avait des lettres et des vues très genrées sur May.

— Argan ? tenta Gaspard.

Faute d'avoir compris la blague de l'ingénieur français, l'excitation collective retomba.

— *Le Malade imaginaire*, ça ne vous parle vraiment pas ? s'enferra-t-il. Et si H.A.L. devenait hypocondriaque ?

— Toujours mieux que paranoïaque, ricana Deon.

Toute l'équipe éclata de rire. *Ces gamins ont décidément bouffé trop de SF*, pensa Christa. *Une IA hypocondriaque ?*

1. La mathématicienne Augusta Ada King (1815-1852), comtesse de Lovelace, a conçu en 1842 la première programmation informatique exécutable par une machine et émis le concept fondamental de boucle.

L'idée lui semblait aussi surréaliste que celle d'un Français revendiquant encore d'être le centre culturel du monde.

Au contraire, dans le cas très improbable où la technologie parvienne un jour à créer de l'intelligence artificielle consciente et intentionnelle, cette « IA forte » serait justement débarrassée des impératifs du *fitness* darwinien : pas de peur de la mort ou de la maladie, et pas de nécessité de reproduction. Par essence, l'IA ne pourrait avoir d'angoisses hypocondriaques et n'aurait pas besoin des émotions pour prendre une décision. Mais, ultime aporie, sans affects, l'IA ne pourrait de toute façon prétendre atteindre une intelligence de type humaine.

En revanche, toute « IA faible » devrait apprendre à comprendre et à simuler les variations d'humeur des êtres carbonés afin de communiquer avec eux. En ce sens, la boutade de Gaspard n'était pas tout à fait stupide. Au niveau du ressenti, « l'expérience client » du test AlgoGen pour Christa s'était révélée totalement anxiogène et lui avait rappelé de ne pas minimiser les réactions émotionnelles des futurs utilisateurs. Fallait-il ignorer les probabilités négligeables ? Ou simplement revoir l'accompagnement du consommateur ? Pendant que Christa se perdait dans ses réflexions, sa classe de surdoués hyperactifs et immatures était repartie en sucette.

— Pourquoi toujours vouloir personnifier l'IA ? Si les gens ont besoin d'affection, qu'ils prennent un chien ! s'échauffait Gene Jenny.

— Max est le nom de chien le plus populaire aux USA, dit Big Ben, après avoir consulté son écran.

— Encore un nom de mec, protesta May.

— En France, c'est épicène, fit remarquer Gaspard.

— Retourne au marchand de cerveaux ! grogna Deon.

Christa commençait à sentir monter une migraine ; elle refit sonner la corne de brume et trancha. « Nous conserverons BioLink jusqu'à la commercialisation. »

Christa avait eu l'idée du concept de « lacet homéostasique » pendant un cours de yoga, quelques années plus tôt. Pendant l'intervalle de méditation, la prof avait suggéré aux participants de « scanner leur paysage intérieur ». Christa s'était prêtée de mauvais gré à l'exercice : en dehors d'un vague inconfort au niveau des lombaires et d'une lourdeur suspecte au bas-ventre, elle avait eu un mal de chien à se représenter son « paysage intérieur », car un régiment de pensées parasites se bousculaient au portillon de sa conscience. Ces élancements à droite étaient-ils les prémices d'une tumeur aux ovaires ? Était-ce, à cet instant, le point exact de non-retour, au-delà duquel plus rien n'était traitable ?

Christa aurait voulu qu'un médecin puisse lui donner à l'instant un diagnostic objectif, un sens à chaque douleur ou que quelque chose soit à même de détecter *in vivo* les cellules défaillantes, le microanévrisme en formation dans son cerveau, l'attaque virale en cours dans son sang ou n'importe laquelle de ces innombrables, terrifiantes et invisibles altérations de l'organisme et, surtout, surtout, ne plus jamais s'entendre dire : « C'est dans votre tête, madame. »

Le lendemain matin de cette séance, Christa avait dicté le concept de « BioLink » à Andrew. « Boucle de veille homéostasique. Évaluer, diagnostiquer, réparer. » Elle ambitionnait, en toute simplicité, de réduire l'espace concédé au hasard dans la gestion de la survie.

La première génération de « BioLink » était d'ores et déjà un succès. La Nasa avait sourcé le système de captation et de traitement des données physiologiques développé par WeCare pour suivre au plus près le métabolisme des astronautes. BioLink recueillait leurs constantes générales à partir de capteurs intégrés à leurs sous-vêtements ou imprimés sur leur épiderme : fréquence cardiaque, température, humidité, saturation en oxygène du sang, conductance de la peau et indices hormonaux.

Le dispositif complet demeurait pour le moment d'un prix grand public prohibitif, mais un simple tweet d'Elon Musk affirmant qu'il avait commandé ces sous-vêtements pour son usage personnel et ne les quittait plus avait fait bondir la cote de WeCare auprès des investisseurs. Désormais, la crème du capital-risque faisait du gringue à la reine des glaces, venant au secours de la victoire après des années de râteau.

— On passe en phase 2, dit Christa. Je veux un prototype dans un an.

L'annonce eut un effet bien supérieur au cri de la corne de brume. La jeunesse s'affola : un an ? Les vecteurs ne seraient jamais prêts ! Pas assez de développeurs ! Et les Coréens qui avaient rétrogradé sur leur prévision de livraisons ? Elle balaya leurs arguments d'un geste qui leur était devenu familier. L'intendance suivrait. Le savoir-faire de WeCare résidait dans l'élaboration des systèmes de traitement des données, pas dans la fabrication de capteurs ou de nanorobots. Au besoin, ils changeraient de fournisseurs.

— Dès qu'on obtient l'aval de la FDA, on lance AlgoGen. Les vannes d'investissement s'ouvriront enfin et on aura le budget pour étoffer l'équipe.

— Et si on ne décroche pas l'autorisation ? Ou même si elle tarde ? s'exclama Deon.

— Homme de peu de foi, soupira Christa. Nous l'aurons.

— Recouvrir les financements d'AlgoGen prendra quelques années, tenta May. On ne peut pas courir tous les lièvres.

— Qu'est-ce qui vous a tous rendus si prudents, les enfants ? C'est le monde à l'envers !

Paresse et peur : si elle reconnaissait ces affects chez ses jeunes collaborateurs, elle les refusait pour elle-même. Seuls une menace vitale ou un appétit irrépressible peuvent vous inciter à forcer l'allure et la chance. Ces gamins trop sécures n'avaient pas faim.

— Nous tenterons une bonne vieille diagonale d'Elon, lâcha-t-elle.

— Sans visibilité médiatique préalable ? s'étrangla Deon.

— Une femme à la tête d'une boîte de biotech, ça ne devrait pas être trop compliqué à vendre.

— Vous n'avez pas le profil nécessaire, protesta-t-il.

— *Apprenez le principe, respectez le principe et dissolvez le principe*[1], répliqua Christa, tout sourire.

Elle adressa un baiser volant au portrait de la mathématicienne Ada Lovelace, certaine que la géniale comtesse, qui pariait aux courses en suivant d'improbables martingales pour subventionner les travaux de son mentor Babbage[2], n'aurait pas désavoué les acrobatiques stratégies de financement d'Elon Musk. Même si ce dernier semblait avoir infi-

1. Bruce Lee.

2. Charles Babbage (1791-1871), mathématicien anglais, concepteur de la « machine analytique », ancêtre de l'ordinateur moderne. Il peut être considéré comme le « père du hardware », quand Ada Lovelace serait la « mère du software ».

niment plus de réussite au jeu. La diagonale d'Elon, c'était le bras de l'ingénieur-milliardaire pointée vers la planète Mars, parabole inversée de l'idiot qui regarde le doigt quand le sage montre la Lune. Quand Musk vendait du rêve avec SpaceX, il refourguait du satellite *low cost*.

Pourquoi Christa n'aurait-elle pas tenté le coup elle aussi ? Miser sur les fantasmes hypocondriaques du grand public avec le projet BioLink populariserait le service AlgoGen, et les bénéfices de ce dernier alimenteraient les investissements du premier.

— Ben, vous avez élevé le niveau de sécurité d'Andrew ? demanda-t-elle.

— Chiffrement par bloc AES-256 et code Carroll, upgrade à la sauce anglaise.

8

L'histoire de Mary Shelley est celle d'une groupie qui s'enfuit avec un chanteur de rock et qui finit par écrire elle-même le tube du siècle.

Joan Smith, *Prodigieuses progénitures*

— Jusqu'où on s'aime ? quémanda Christa.

Les jumeaux haussèrent les épaules et se dégagèrent de son étreinte comme des junkies en manque de virtuel pour se précipiter vers leur chambre en semant leurs affaires derrière eux.

Voilà de ça si peu de temps, ses bébés guettaient son retour à la fenêtre. Voilà de ça si peu, à la même question, Cosmo répondait docilement : « Jusqu'à l'infini, aller et retour », tandis que Sinclair ergotait : « Deux fois l'infini, c'est plus que l'infini ? » Aujourd'hui, ses garçons la regardaient à peine. Comme s'ils s'étaient lassés de l'aimer. Christa vivait, elle, un inchangé élan du cœur à leur simple vue depuis quatorze ans. *Quelque chose de bien plus fort qu'un sentiment amoureux. Quelque chose qui perdurerait même sans réciprocité. Quelque chose qui se nourrissait de sa propre existence. Quelque chose…* Elle devait trouver de meilleurs mots pour décrire ce sentiment. Mais, décidément, elle n'en avait pas.

— Christa, Il faut qu'on parle, dit l'Infâme.

Elle sursauta : son ex-mari s'était autorisé à pénétrer dans le jardin et se tenait déjà en bas de la volée de marches du perron. Tancrede avait pourtant l'habitude de laisser son assistant parachuter leurs enfants afin d'éviter de la croiser. Elle sentit un frisson familier lui hérisser l'échine ; l'Infâme avait quelque chose à lui reprocher ou à lui demander. Et probablement les deux. Elle se campa dans l'ouverture de la porte, bien décidée à ne pas en bouger.

— T'as vérifié dernièrement leurs profils ? attaqua-t-il, progressant d'une marche vers elle.

— J'ai promis de ne plus les espionner.

— Tu devrais être plus ferme. Tu leur offres un passeport pour le grand n'importe quoi. Chez moi, pas de tablettes. Je leur ai rendu leur téléphone seulement sur le chemin du retour.

— Tu ne peux pas les faire vivre hors leur époque.

— Et les laisser devenir des zombies décérébrés ?

— Comment va… Gwen ? dit-elle, en hésitant sur le prénom.

— Merci de demander. Elle doit rester allongée durant le dernier mois. Crois-moi, celui-là attendra sa majorité avant d'approcher un écran !

Rien de nouveau sous le soleil californien. Ce n'était pas la première fois que Tancrede lui reprochait d'être approximative dans l'éducation de leurs enfants, mais chacune des paroles de son ex-mari était un coup de boutoir contre son plexus. Les hurlements d'une créature familière montaient déjà à l'assaut de sa conscience : ceux d'une Christa virant au vert, arrachant son tee-shirt, prête à en découdre. *Je n'ai pas eu de modèle, moi ! J'ai fait ce que j'ai pu. Petite merde condescendante pseudo-progressiste, ça ne te dérange pas qu'une femme réussisse, si c'est pas la tienne, comme ça ne te perturbe pas de vendre de la dope numérique pour les gosses des autres !*

La pensée de Frida inerte devant un écran souffla sa colère. *Et si mes enfants me voient un jour comme j'ai vu Frida ?* Heureusement qu'elle ne leur avait pas transmis sa saloperie de mutation ! Cette idée lui aurait été insupportable.

— Tu as des soucis en ce moment ? Tu es toute pâle, dit Tancrede en conquérant deux marches supplémentaires.

Christa tenta de reprendre discrètement le contrôle de sa respiration. Elle ne gaspillerait pas davantage d'*emocoins* pour cette enflure. Elle jeta un coup d'œil à sa fréquence cardiaque sur sa montre connectée. Plus de 100 bpm. Pourquoi lui faisait-il encore cet effet-là ? Cet abruti était capable d'interpréter sa tension comme un restant de désir.

— Tout va on ne peut mieux, si ça peut te décevoir, dit-elle.

— Quand tu commences à te cogner partout, c'est que tu as un gros problème.

Christa n'aurait jamais demandé sa définition des émotions à Tancrede ; elle la connaissait d'expérience. Pour celui que Milton avait surnommé « l'Infâme », les émotions étaient un vecteur de manipulation et, depuis peu, un fonds de commerce. Provoquer la colère de Christa avait toujours été l'outil de déstabilisation préférée de son ex-mari, et il était passé maître en la matière.

Face à ce prédateur, elle ne devait jamais baisser sa garde. Tancrede avait repéré la trace de morsure à son poignet, le pansement à son doigt et son boitillement. *Ne te gêne pas, dis-moi à quel point je suis prévisible, à quel point tu me connais par cœur*. Elle ne se laisserait plus avoir si facilement. Son ex-mari ne devait pas avoir le moindre soupçon sur sa maladie. Entre ses mains, cette information signerait sa révocation du poste de CEO et de celui de mère.

— Je rêve ou tu as plus de cheveux que la dernière fois ? tenta Christa.

L'Infâme recula d'une marche sous le tacle, sans perdre pour autant le miracle orthodontique qu'était son sourire. Implants capillaires, coach de Pilates, tongs à deux balles, voiture de sport et troisième femme beaucoup plus jeune, Tancrede illustrait à lui seul le XXIe siècle ou la revanche du geek. L'ex-binoclard acnéique s'était vengé de ses années de harcèlement scolaire en se muant en caïd de Paolo Alto bardé de stock-options à la force du QI et de la ligne de code. Après le MIT, de poste en poste, l'Infâme s'était fait une place au sein des Big Brothers. Désormais, il ne manquait jamais de raconter son barbecue chez Mark ou « tu sais bien, l'anniversaire, trop délirant, de Jeff ». Toute la panoplie cool des nouveaux Frankenstein, comme aurait dit Joan.

— Tu ne me félicites pas pour ma nomination ?

— Un bail que je ne suis plus ta pom-pom girl officielle.

Aucun des deux n'était dupe : Christa observait de près la carrière de son ex-mari, comme lui suivait la sienne, autant par habitude compétitrice que par simple prophylaxie. Pour n'avoir jamais cessé de stalker ses réseaux sociaux, parcouru ses derniers articles et visionné ses conférences, Christa savait même très exactement où en était l'Infâme. Elle avait appris sa récente nomination à la tête d'une entreprise spécialisée en intelligence artificielle, FreeMotion, après l'absorption par le conglomérat Gotta de cette start-up courtisée. Depuis des années, Tancrede se consacrait au *deep learning* en général et au pilotage autonome en particulier.

— Tu es épuisée de tout porter seule. Viens bosser avec moi, dit-il.

— Et travailler pour les maîtres du monde plus trop libre ?

— N'essaie pas de me faire croire que tu fais dans le caritatif ! Eh bien quoi ? C'est trop inconfortable de penser que tu es du côté des méchants de l'histoire ?

Après ses études, Christa avait refusé d'alléchantes offres de poste de recherche afin de fonder sa propre start-up, WeCare. Elle envisageait de se lancer dans un marché encore embryonnaire, celui des objets et vêtements connectés à visée de statistiques sportives. Tout son entourage l'avait dissuadée d'entreprendre cette aventure hasardeuse, y compris Milton, sauf les parents de l'Infâme – elle devait bien lui reconnaître pour qualité la fortune de sa famille – qui lui avaient proposé leur aide pour investir dans les co-technologies nécessaires à son projet, en particulier celle des capteurs chimiques et biologiques.

Vingt années plus tard, Christa dirigeait une entreprise petite mais établie, avec toujours ce fil à la patte, car, malgré ou à cause de leur divorce, Tancrede n'avait jamais voulu renoncer à ses parts héritées dans la société de son ex-femme.

L'accuser, elle, d'être du côté des « méchants de l'histoire » ? Christa n'acceptait pas l'idée, même si elle était parfaitement consciente des limites éthiques de ses projets. Les diagnostics probabilistes sauveraient des millions de vies et généreraient des milliards de profits. Le véritable enjeu de produits et services comme AlgoGen ou BioLink résidait dans l'aspiration des mégadonnées génétiques et sanitaires. La ruée vers l'or binaire. Néanmoins, était-il incompatible d'imaginer aider l'humanité et d'espérer en tirer bénéfice ?

— Accepte de me céder tes parts si tu as si peu confiance en mes capacités, dit-elle.

— Au contraire. Si j'ai une seule certitude, c'est bien celle de te voir parvenir au sommet, rétorqua-t-il.

Tancrede avait dégainé un compliment sans prévenir et reconquis par la surprise l'ultime marche ; Christa comprit subitement la raison de son pied dans la porte.

— Qu'est-ce que ça signifie exactement ?

— Tout le monde sait que tu es la nouvelle coqueluche des capital-risqueurs. Ne sois donc pas si parano !

Cette dernière phrase, bien trop souvent entendue dans la bouche de son ex-mari, plaçait immédiatement les défenses de Christa en DEFCON 1 [1]. Elle se doutait depuis longtemps que Tancrede avait des yeux et des oreilles à l'intérieur même de WeCare, sans parvenir à en identifier la source.

— C'est une offre officieuse de rachat par tes maîtres ?

— Disons qu'on m'a demandé de planter l'idée, répliqua-t-il sans relever l'affront.

Vendre sa société et consacrer le reste de sa vie à tenter de sauver sa peau ? Christa ne pouvait nier qu'elle y avait pensé ces derniers jours. Même si son directeur financier l'y poussait depuis des mois, elle refusait d'abandonner son bébé à l'un ou l'autre des Gafa. Jamais elle ne validerait les délires transhumanistes d'une secte de multimilliardaires aux ego boursouflés. Elle méprisait ce club privé de la testostérone où les anciens bizarres du lycée trouvaient leur

1. Niveau d'alerte le plus élevé des armées américaines.

revanche et dont Tancrede léchait le paillasson en espérant y entrer pour finir les fonds de verre.

Ces dernières années, le conglomérat Gotta avait racheté et fusionné plusieurs compagnies spécialisées en intelligence artificielle. Gotta avait gobé FreeMotion d'une bouchée à plusieurs centaines de millions de dollars ; WeCare était probablement la prochaine société sur sa liste de courses. Le message semblait limpide : FreeMotion envisageait d'absorber l'entreprise d'e-santé de Christa, avec ses brevets et ses ingénieurs. Mais pas forcément avec sa CEO fondatrice.

La tentation était grande de répliquer « Plutôt crever » en claquant la porte au nez de Tancrede. Elle se contenta de le renvoyer d'un revers de la main ; elle avait encore besoin de lui.

Christa toqua à la porte des jumeaux sans espérer de réponse et pénétra dans leur chambre sans l'obtenir. Cosmo et Sinclair étaient plongés dans une partie en ligne, chacun devant son PC, leurs corps distants d'à peine quelques centimètres. Adversaires dans le monde virtuel, alliés fusionnels dans la vraie vie ; « *IRL* », comme ils disaient. Elle avait les yeux fatigués rien qu'à regarder l'extrême vélocité de leurs avatars s'affrontant sur l'écran.

Enceinte, elle s'était pourtant promis de ne pas être comme Frida. Elle n'avait pas été une mère très présente, mais elle avait déjà fait infiniment mieux que la sienne. Peut-être l'Infâme avait-il raison. À force d'être sur tous les fronts, elle avait merdé sur tout. Par laxisme, ou peur de ne plus être aimée, elle laissait le monstre dévorer ses petits.

Elle les étreignit l'un après l'autre en tâchant de ne pas perturber leur jeu.

Elle aurait adoré les avoir encore bébés, juste un instant. Pouvoir câliner leur peau parfaite sans se faire rejeter, se repaître de leur odeur, caresser leurs fossettes, contempler l'abandon total de leur sommeil.

Chaque fois qu'elle tentait d'en enlacer un désormais, elle vivait un étrange sentiment de dissociation ; ses bras gardaient la jauge-souvenir d'un nourrisson mais se refermaient sur le corps d'un gaillard. Tous leurs âges se superposaient en un seul moment, pour définir ce qu'étaient ses enfants. C'était un ressenti doux-amer, inconfortable, qu'elle souhaitait pourtant ne jamais s'arrêter d'éprouver. Celui-là, elle voulait en imprégner ses cellules, qu'il soit le dernier à s'effacer de ses noyaux gris, quitte à l'y graver au burin neuroleptique. Et l'idée même qu'il demeurait quelque chose d'aussi important à défendre lui redonna du courage.

— Alors ces vacances ? dit-elle.

— C'était Guantánamo, maugréa Sinclair, les yeux toujours rivés à l'écran.

— Ça va, toi ? s'inquiéta Cosmo, sans non plus détourner le regard du jeu.

Elle savait pertinemment que, par loyauté, ou par souci d'éviter le conflit, ils n'avoueraient jamais le plaisir qu'ils avaient pu avoir à partager quelques jours avec leur père.

— Impec, mentit-elle avec le plus de joie possible.

Cosmo la fixa un bref instant avant de retourner à son hypnose.

Elle crut identifier en elle quelque chose qui ressemblait à de la déception. À quoi s'attendait-elle ? À ce qu'ils lisent la peur et la tristesse qu'elle tentait, par réflexe protecteur, de masquer ? Quelle hypocrisie ! Ce n'était pas le rôle des enfants de sauver leurs parents.

Elle se souvenait du jour où ils étaient rentrés de l'école tout fiers avec des dessins maladroits de smileys. Dans les fondamentaux de l'apprentissage, entre la propreté et l'addition, s'imposait désormais la reconnaissance des émotions basiques. *Le petit bonhomme a peur. Le petit bonhomme est content.* À l'époque, l'exercice lui avait paru ridicule – comme si identifier ses affects n'était pas spontané, comme si être humain pouvait s'enseigner ! Dans le cerveau de toutes les nouvelles générations, les émotions ressembleraient à des têtes jaunes grimaçantes.

Christa referma la porte de la chambre sur leur monde et rejoignit son bureau. Malgré tout ce que pouvait dire l'Infâme, les jumeaux allaient bien. Elle le sentait par ce lien – non réciproque en intensité, tant s'en faut, mais inaltérable – qui la reliait encore à eux.

Elle leur adressa un SMS de bonne nuit avec une ligne de cœurs.

Aucun emoji ne résoudrait le problème natif, celui auquel chacun devait tôt ou tard se confronter : savoir identifier correctement ses propres sentiments avant de les exprimer pour autrui. Et Christa doutait qu'elle puisse donner à ses enfants la moindre leçon en la matière. Elle aussi devait apprendre.

9

L'histoire de Victor Frankenstein est celle d'un premier de la classe qui décide de remplacer le Maître.

Joan Smith, *Prodigieuses progénitures*

Christa loucha malgré elle sur son tiroir aux merveilles ; elle était déjà épuisée, mais elle s'était promis de renoncer aux substances stimulantes. Ses derniers résultats sanguins n'avaient pas trahi de consommation immodérée d'alcool ou de psychotropes – rien de véritablement aliénant, estimait-elle en bonne toxico –, néanmoins, en regard de l'histoire de Frida, toutes ces molécules s'avéraient de potentiels déclencheurs de la maladie. Pour ne pas succomber à l'appel du tiroir, elle quitta son bureau et rejoignit sa chambre, en prenant garde à ne pas croiser la trajectoire erratique du bot qui hantait la pénombre du couloir.

Elle perdit quelques heures de sommeil à naviguer de thèses de psychologie en mémoires de neurologie et à lire en diagonale une série d'essais sur les affects, des plus vulgarisateurs aux plus ardus. En théorie, sa problématique ne lui semblait pourtant pas si compliquée. Sa mutation génétique menaçait de détruire le pont entre ses émotions et ses sentiments. Christa s'était donc d'abord attachée à bien cerner la discrimination entre les deux. Si elle ne pouvait agir directement sur la maladie, elle espérait trouver une piste dans la littérature scientifique pour maintenir le lien entre corps et pensée, comme un accidenté rééduque ses muscles et les chemins neuronaux qui les dirigent.

En pays de Théorie, tout se passe pour le mieux ; au royaume de la Pratique, les routes se révèlent truffées de nids-de-poule.

— Cher Andrew, dit Christa, enregistrement vidéo crypté et transcription.

Un nuage de pixels mauves ondula sur l'écran de son téléphone avant de se rassembler en un sourire éclatant de chat du Cheshire : la mise à jour graphique de son assistant virtuel, un cadeau du facétieux Big Ben.

— On est heureux de pouvoir servir, la salua Andrew.

Comme à chaque fois, Christa fut épouvantée par son image filmée, plus cruelle qu'un miroir. Démaquillée, sa gueule ravagée de fatigue était à peine moins froissée que l'oreiller sur lequel elle s'appuyait. La capture vidéo exacerbait le delta croissant entre la conscience qu'elle avait d'elle-même et la réalité de son apparence physique.

« En premier lieu, comprendre ce que je vais perdre », dit-elle.

Andrew retranscrivit ses paroles en surimpression sur son image et Christa s'interrompit. Elle gaspilla quelques minutes de sommeil supplémentaires à régler un filtre correcteur. L'urgence n'empêchait pas la coquetterie.

— Les émotions sont la partie publique du circuit de gestion des affects, reprit-elle. Un ensemble de phénomènes biologiques, objectifs et observables.

Elles traduisaient la réponse de l'organisme à une situation par des changements externes – expressions faciales ou postures corporelles – et des modifications internes – libération d'hormones ou ajustement des rythmes cardiaque et respiratoire. Les sentiments, eux, formaient la partie privée, la pensée de l'émotion. Une cuisine intime propre à chaque individu, subjective et consciente. Formulables, dans une certaine mesure, par le biais imparfait du langage, mais non apparentes.

Par exemple, l'émotion liée à une frustration pouvait induire un sentiment de colère ; celle d'une perte, un sentiment de tristesse. Le mot « peur » désignait tout autant une émotion, soit l'ensemble des transformations physiologiques conditionnant un comportement spécifique en présence d'un danger, que le sentiment associé, l'idée d'être en danger.

— Doit-on alerter la police ? intervint Andrew.

Christa marqua une pause, perturbée par le sourire virtuel, un tantinet ironique, qui flottait sur l'écran. Même si elle n'était pas contre un peu d'initiative, la sensibilité linguistique de son assistant s'avérait particulièrement irritante.

Elle tenta, non sans peine, de reprendre la dictée de son flux de pensées.

En second lieu, selon sa stratégie, elle avait cherché à établir un index, à dresser une liste générale des émotions et sentiments, histoire de ranger tout ce fatras subjectif en une pile au carré bien objective. Elle espérait trouver dans la littérature scientifique un « tableau périodique des affects » ou, *a minima*, une grammaire à laquelle se référer, mais elle n'avait pu constater, dans tous les textes parcourus, qu'un vaste bordel en la matière. *Vous ne pouvez pas vous mettre d'accord sur un sujet aussi simple ?*

Elle avait gardé pour la fin la lecture d'un article universitaire dont le titre l'avait interpellée : « Taxonomie des émotions. En finir avec l'universalité ? »

En préambule, l'auteur postulait que l'universalité des émotions avait longtemps été corrélée à celle de leur expression. Darwin[1] évoquait lui-même la parenté de certaines mimiques chez les êtres humains et chez les animaux, à l'appui même de sa théorie de l'évolution.

Dans les années 1960, le psychologue et anthropologue Paul Ekman[2] avait défini six émotions de « base », communes – à son sens – à tous les peuples, des Inuits aux Papous, des Japonais aux Mexicains : la joie, la tristesse, la colère, la peur, l'étonnement et le dégoût.

Son propre collègue, Carroll Izard, en avait ajouté six autres : l'intérêt, le mépris, la culpabilité, la honte, la timidité et l'hostilité envers soi-même. Dans les années 1990, Ekman en avait greffé dix de plus, dont certaines non associées à des expressions faciales usuelles.

Toujours selon le même article, le « répertoire universel d'Ekman », bien que séduisant, s'avérait désormais controversé. Entre l'impassibilité d'un Japonais, résultante d'une culture freinant « l'affichage des états d'âme », et l'extraversion méditerranéenne, personne ne pouvait nier les nuances

1. *L'Expression des émotions chez l'homme et chez les animaux*, 1872.

2. Paul Ekman a constaté que les membres d'une tribu isolée de Papouasie-Nouvelle-Guinée partageaient les mêmes mimiques que lui pour exprimer la peur ou la joie. À la suite de cette expérience, le psychologue a alors parcouru le monde pour collecter rictus et mimiques.

expressives individuelles, issues de l'éducation ou des expériences de vie, ni l'importance du masque social, le contrôle acquis et intentionnel de ce que l'on ressent spontanément. *Exit l'universalité des expressions émotionnelles*, résuma Christa, *qu'en est-il de leur nature ?*

Des études postérieures à Ekman semblaient évacuer l'idée d'universalité expressive des affects afin de se concentrer sur leur essence et tenter d'élaborer un modèle consistant. Mais quand l'un proposait un schéma sous forme de roue à huit branches – quatre émotions fondamentales « primaires » : peur, colère, joie, tristesse, et quatre « secondaires » : confiance, dégoût, anticipation, surprise –, un autre projetait une représentation à plusieurs dimensions en introduisant les variables de valence, de durée et d'intensité, pour ne parler que des diagrammes les plus popularisés.

— Mon cher Andrew, soupira Christa, je crains qu'il n'existe pas de classification consensuelle. Je perds mon temps.

Devait-elle pour autant renoncer à la notion de répertoire universel sur lequel baser sa stratégie de reconquête intérieure ? L'idée lui semblait aussi obsolète que celle de partir en voyage sans GPS, en suivant une vague croix dessinée par un enfant sur une carte de pirate.

— *Si vous ne savez pas où vous allez, n'importe quelle route vous y mènera*, dit Andrew.

— Rappelle-moi demain de minorer le code Carroll dans ta programmation. *Tu mettrais une huître à bout de nerfs*, dit-elle, citant à son tour *Alice au pays des merveilles*.

— On observe une itération inhabituelle du terme « huître » dans vos requêtes.

— Tu as raison. Je dois manquer de zinc.

— On est heureux de pouvoir servir dans la limite de nos compétences, sourit le chat.

Christa revint à l'article universitaire : pour se dégager des querelles d'étiquetage, l'auteur préconisait d'inventorier, à rebours, les « situations spécifique » plutôt que d'espérer déterminer quelles émotions étaient universelles. Il recensait des expériences humaines *a priori* partagées, comme « retrouver sa femme au lit avec son meilleur ami », « être trahi par quelqu'un » ou « manger seul ». Ce qui donnait un aperçu de la vie de ce pauvre homme et, effectivement, aurait résonné cruellement dans l'âme de n'importe quel individu ayant un tant soit peu tenté d'aimer.

Dolly Parton s'invita immédiatement en concert acoustique dans la tête de Christa. *Jolene, Jolene, Jolene, Jolene. I'm begging of you please don't take my man. Jolene, Jolene, Jolene,* Jolene. *Please don't take him just because you can*[1]. Christa refusa de replonger dans l'autoapitoiement, mais Dolly n'était pas là par hasard. Les chansons populaires chatouillaient le système limbique en quelques lignes. Elles mettaient en mots et en mélodie des expériences émotionnelles partagées, souvent les plus éprouvantes, car c'était bien ce dont un cœur brisé avait besoin : savoir qu'il n'était pas le seul organe au monde à subir ce *truc affreusement douloureux.*

Le renouvellement de la condition humaine n'étant pas d'actualité, l'inévitable récurrence des situations transformait alors toutes les souffrances individuelles en « cliché ». Toute peine ou toute joie devenait lieu commun. *Toutes*

1. « Je t'en supplie ne me prend pas mon homme / S'il te plaît ne le prend pas juste parce que tu le peux. »

les vies se ressemblent. On compte tous les étoiles, et les Russes aussi aiment leurs enfants.

— À bien y réfléchir, dit-elle en expulsant Sting de sa tête, le vrai tableau périodique des émotions, c'est le hit-parade. T'en penses quoi, Andrew ?

— Souhaitez-vous écouter un morceau en particulier ?

— Inutile, j'ai un juke-box entier à disposition permanente. Un truc très fatigant.

Christa ouvrit le tiroir de son chevet, s'octroya une goulée de vodka, se claqua les joues pour faire taire Dolly et reprit sa lecture. L'auteur concluait pompeusement son essai en citant Wittgenstein : « *Ce qui peut être dit peut être dit clairement ; et ce dont on ne peut parler, il faut le passer sous silence.* Le langage humain est un acquis évolutif postérieur à l'apparition du processus émotionnel. Il achoppe à le décrire. Le verbe court toujours après la perception, tel est le problème de toute tentative de communication et, *a fortiori*, de narration. »

Christa referma l'étude en maugréant « branlette sémantique », ce qu'Andrew retranscrivit servilement, car s'il était programmé pour glisser opportunément quelques citations de Lewis Carroll, il ne l'était pas pour s'offusquer.

Elle dicta ensuite à Andrew un mail à l'intention de Milton, lui demandant un topo sur la question de la classification des émotions. Les enfants de Darwin auraient certainement quelque chose à dire de plus cohérent. Juste avant de succomber au sommeil, elle pensa qu'elle devrait se contenter d'un « combo papou » en commençant son inventaire ; la joie, la peur, le dégoût, la colère et la tristesse étant à peu près les seuls items communs à tous les modèles. Ce qui, au prorata, n'augurait que peu de plaisir. Se repassant une dernière fois la conversation avec Tancrede, elle se dit aussi que son circuit de la colère demeurait tout à fait opérationnel.

De : m.cristofersson@squidmail.com
À : ice_ice_baby@wecare.com
Objet : Réponse à miss Mendeleïev

Ma toute belle,

Ainsi, Christa, tu es à la recherche d'un « tableau périodique des affects » ? Quelle étrange lubie ! Tu comptes investir dans la reconnaissance faciale ? Tu sais pourtant ce que je pense de ces technologies dignes d'un roman d'Orwell… Mais comme toujours le sommeil m'échappe, j'ai donc planché la nuit sur le sujet. Passionnant au demeurant.

En premier lieu, évacue la question de l'universalité des émotions, qu'elle soit d'expressivité ou de nature (du moins chez les Sapiens, ces créatures scandaleusement versatiles, les poulpes sont bien plus reposants). À mon sens, ce n'est pas la bonne quête. Le processus émotionnel est un mécanisme dynamique soumis à des nuages de variables et non une entité pondérable. Il te faut donc construire une grammaire et abandonner l'espoir d'établir un lexique exhaustif.

J'insiste sur ma précédente définition : les émotions sont des « bioalgorithmes », des séquences physiques et comportementales sélectionnées par l'évolution pour ajuster l'organisme à des situations spécifiques et augmenter sa capacité d'adaptation.

La séquence émotionnelle est toujours initiée par un déclencheur (une situation, une excitation). Les informations sensorielles perçues de l'événement (vue, ouïe…) permettent au cerveau d'en estimer la valence (gain ou perte ?) déterminant la motivation (opportunité ou menace ?). Cette évaluation entraîne la décision d'un comportement choisi au sein d'un panel « préenregistré » (proaction, prévention, stupéfaction…).

Le traitement cognitif (un poil de neurone moins rapide) élabore des sentiments : la représentation « pensée » des expériences sensorielles et des changements physiologiques internes induits par le processus émotionnel. Les sentiments « réexaminent » l'événement déclencheur afin de « nuancer » la réaction à celui-ci. (C'est pourquoi un individu normalement constitué ne sort pas son fusil d'assaut à chaque P-V.)

Revenons à nos chers hominidés. Comme tout un chacun, Roméo et Juliette doivent se soumettre à quelques contingences : survivre (acquisition de ressources et maintien de leur intégrité physique), perpétuer leur ADN (reproduction) et, pour favoriser la satisfaction des deux premiers impératifs, générer du lien (statut social). (En groupe, on est généralement plus en sécurité et on a globalement plus de chances de trouver un partenaire.)

Roméo aperçoit une charmante femelle perchée sur un autre baobab. Roméo désire Juliette. Il s'agit d'une excitation de valence positive ; évaluée comme une opportunité (la possibilité d'un partage de fluides) ; signalée sous forme d'une émotion (accélération du rythme cardiaque, shoot de testostérone) ; motivant un comportement (mobilisation pour rejoindre la dame) ; conscientisée sous la forme d'un sentiment (l'espoir).

Constatant que Roméo, ce pleutre, ne se décide toujours pas, Juliette traverse une clairière à découvert afin de le retrouver. Soudain, elle perçoit un bruit derrière elle. Juliette a peur.

Il s'agit d'une excitation de valence négative ; estimée comme une menace (la perspective de remplir le ventre d'un autre animal) ; signalée sous forme d'une émotion (accélération du rythme cardiaque, sécrétion d'adrénaline) ; motivant un comportement (la fuite) ; conscientisée sous la forme d'un sentiment (la terreur).

Et, possiblement, après réévaluation de l'événement, un sentiment de soulagement (c'était qu'le vent, fillette).

Une fois réunis, Roméo et Juliette ne se contentent pas de manger et forniquer : ils font famille, société, et, tôt ou tard, civilisation. Ils doivent désormais adapter leur comportement aux normes et aux règles qui déterminent leur « statut social », leur place dans le groupe. La honte, par exemple, sera un sentiment induit par la menace d'une perte de ce « statut social », un bug de non-conformité à la convention.

En définitive, qu'elles soient « naturelles » ou « culturelles », les émotions sont issues des mêmes ancestrales séquences basiques d'évaluation : désir *versus* peur ; récompense *versus* frustration. Elles engendrent dorénavant un nuage d'affects aux frontières floues en réponse à la complexité croissante de l'environnement humain : satisfaction, amour, amitié, fierté versus honte, colère, culpabilité, chagrin, jalousie, tristesse…

Je conçois que ma réponse soit pour toi moins élégante qu'un tableau bien ordonné où ranger tes émotions, mais tu n'en trouveras pas. Crois-en ton vieux père, Christa, la théorie ça va un moment, rien ne vaut la pratique !

Milton,
Sais-tu jusqu'où je t'aime ?
Que la force de Darwin renvoie le crapaud à tête orange à sa mare !

Christa avala un café et lut le mail de son père sur son écran de téléphone, en tâchant de s'extraire de la cacophonie du petit déjeuner. *Long, beaucoup trop long.* C'était du Milton tout craché. Il avait dû y passer la nuit. Elle lui posait une simple question et il répondait par une thèse de doctorat. Aucun sens de la synthèse. Pourtant, le processus lui paraissait limpide : l'émotion ressemblait à une note de service interne, une séquence d'information qu'elle aurait même déjà pu coder sur son défunt Amiga 500. *En pseudo-code ça donnerait même quelque chose comme ça*, se dit-elle :

```
// Déclaration de variables //
   valence       entier
   motivation   réel
   sentiment    complexe

// MAIN//
IF événement
THEN
   // [SET] PARAMETERS //
   valence := SET_VALENCE(événement)
   motivation := SET_MOTIVATION (valence)

   IF (valence != 0 AND motivation != 0)
   THEN
      // [GOTO] (re)ACTION //
      comportement := DÉCISION(motivation)
      sentiment :=        TRAITEMENT_COGNITIF(événement,
      valence, motivation, comportement)
      // **[BUG WARNING]** risque élevé sur la fonction
      TRAITEMENT_COGNITIF() //

      // [FEEDBACK LOOP] //
   UPDATE_SET_VALENCE (résultat)
   UPDATE_SET_MOTIVATION (résultat)
```

Ce raccourci revenait à réduire le flux de la conscience à un simple continuum de choix contextuels. *Aux chiottes le libre arbitre !* Une conclusion qui s'avérait peu rassurante. Christa sourit à sa propre blague, ce qui ne l'était pas davantage.

Les Sapiens s'étaient hissés, à force de raison et de ravages, au sommet de la chaîne alimentaire, pensant ainsi être parvenus au sommet de celle du commandement. Alors, comment pouvaient-ils tolérer que leurs décisions éthiques ou stratégiques et même leurs amours soient soumis, comme toutes leurs formes d'appétit, à des impératifs évolutifs partagés avec des centaines d'autres espèces ?

Elle leva la tête de son écran. Rosa tentait de calmer les jumeaux qui se chamaillaient encore. Christa se sentait anesthésiée, les sons lui parvenaient comme étouffés, les mouvements ralentis. Le manque de sommeil, sans doute. Elle avait rêvé qu'une Alice choucroutée comme une chanteuse de country lui vantait son « tableau érotique des émotions ». Elle n'avait pas dicté cette idée à Andrew au réveil.

Christa se resservit un double espresso et enchaîna avec la lecture de ses SMS. Dès l'aube, Joan lui avait adressé un message impératif : *Je passe te prendre demain à 18 heures. Je t'emmène à mon cours de reconstruction émotionnelle. Tenue de yoga exigée. Milton dînera avec les garçons.* Elle avait ponctué son texte d'une ribambelle de fleurs, cœurs, soleils et l'avait conclu d'un bras musclé et d'une coupe de la victoire.

Contrairement à ceux des jumeaux, les émojis de Joan s'avéraient intelligibles. Ils disaient avec pudeur ce que Christa avait tellement besoin d'entendre : « Je vais prendre soin de toi. » Elle sourit en imaginant la scène à l'origine de ce message. Milton s'inquiétant des mails nocturnes de sa fille et Joan décidant d'intervenir à sa façon. *Au moins, elle me dispense de ses cristaux à la con contre les ondes négatives.*

10

L'histoire de la créature est celle d'un enfant qui, faute d'amour, devient un serial killer.

Joan Smith, *Prodigieuses progénitures*

Christa se retenait de respirer par le nez, ce qui n'aidait pas la pratique ; la salle de yoga puait le patchouli et la fraîche divorcée. Qu'est-ce qu'elle foutait là ? Qu'avait-elle en commun avec ce banc de méduses ? Elle qui avait toujours fui le grand barnum spiritualiste, chakras et *gluten free*, avait accepté de participer à un stage intitulé « Fortitude. Forteresse de mon âme ». Elle aurait dû se douter que suivre les conseils psy de Joan, c'était comme s'inscrire à un cours de logique formelle donné par le chapelier fou. Comment pouvait-elle faire confiance à une cinglée persuadée de recevoir des messages personnels d'une écrivaine morte depuis trois siècles ?

— Comment chez vous est l'au-dedans ? susurrait la yogi. Cherchez l'involué, l'invaginé… De l'extérieur vers l'intérieur. Puis de l'intérieur vers l'intérieur.

L'invaginé ? gloussa Christa. *Vous êtes sérieuse ?* En quête de connivence, elle s'efforça de capter le regard de Joan, or celle-ci souriait béatement en fixant le plafond, le corps relâché.

La yogi tourna son nez de squaw vers Christa. La maîtresse de cérémonie incarnait le pendant yang de Joan. Le destin avait doté les deux femmes d'un semblable profil d'aigle, mais quand l'une arborait cheveux blancs et tunique immaculée, l'autre raffolait de redingotes sombres et de teintures auburn. À y regarder de plus près, la tenue de yoga de Joan avait un je-ne-sais-quoi de gothique. Pour s'empêcher de rire, Christa se rabattit sur la contemplation du plafond. La surface lisse n'accordait aucune fissure ou tache auxquelles accrocher sa pensée, comme la voix de la thérapeute alternative ne trahissait qu'une bienveillance imperméable à toute ironie.

Pour Christa qui s'était pliée sans rechigner à tous les exercices de respiration, c'en était trop ; rien ne la crispait davantage que l'injonction au lâcher-prise. *Mon royaume intérieur contre une cigarette. Si j'entends encore une fois « dans l'ici et le maintenant », je me casse.*

« Foutue connerie ! » aurait commenté JJ, jamais à court d'une théorie péremptoire. À ses yeux, l'obsession contemporaine envers « l'ici et le maintenant » relevait d'une escroquerie. Le cerveau était une machine à produire des prédictions basées sur des modèles statistiques mis à jour par retour d'expérience et, dans cette optique, la recherche de l'instant présent était un leurre, au mieux une quête asymptotique : on pouvait tenter de s'en approcher sans jamais espérer l'atteindre, car la pensée était mobilisée ailleurs, à jongler entre le passé, le vécu et le futur, les probables.

Cette méfiance de JJ trahissait simplement son inaptitude à la jouissance ; il n'avait jamais su profiter du moment, toujours partagé entre le regret et l'angoisse, mais Christa réalisa que leurs discussions lui manquaient.

Elle sentit monter une bouffée d'inquiétude. La donne pour elle avait changé. Si la maladie la privait de l'accès à ses émotions, c'est-à-dire à une partie de son système de décision, ne risquait-elle pas de se voir clouée à ce point exact de la courbe du temps ? Sans la pondération émotionnelle du passé et sans désir d'avenir, elle s'y dissoudrait.

Christa avait dû gémir de manière audible, car cette fois la yogi se tourna vers elle et haussa un sourcil.

— Voyagez vers le Moi, reprit-elle, vers cet espace intime que vous protégez, que vous ne donnez pas à visiter aux autres. La forteresse de votre âme… Visualisez sa charpente, les murs et les planchers, les portes et les fenêtres. Soyez sensibles aux odeurs, à la lumière qui y pénètre.

Vous n'avez pas un modèle général à proposer ? s'irrita Christa. *Une sorte de maison témoin* ? *Tout le monde n'a pas un diplôme d'architecture intérieure !*

Le plus souvent, quand elle imaginait sa psyché, Christa se figurait un alignement de serveurs. Un espace blanc, propre et sec avec de grands placards pour planquer le bordel. *Design by* Apple. Or, depuis le début de la séance où elle tentait de penser à sa pensée, le petit vélo fou de son esprit arpentait d'interminables couloirs moquettés dignes de l'Overlook Hotel[1]. *Pourquoi choisir un bâtiment ? Pourquoi pas une ville, un parc zoologique ou un jardin botanique ?*

— Est-ce un palais vénitien ? s'acharnait la yogi. Un château du Moyen Âge, plein de douves et de mâchicoulis ? Qu'importe… L'essentiel est que vous vous sentiez protégée derrière ses murs… Des pièces lumineuses et des couloirs sombres. Des réminiscences et des reviviscences. Des

1. L'hôtel de *Shining.*

espaces accessibles à tous, et des salles fermées à clef. Aucune urgence à les ouvrir.

Christa se demanda à quoi pouvait ressembler la forteresse intérieure de Joan. Si on se fiait à son goût pour les drames gothiques, ce devait être un château en ruines. Tourelles, cryptes et douves. Spectres à l'accent britannique, femmes en crinoline et poètes à jabot.

À leur première rencontre, Joan lui avait affirmé sans se démonter que son existence était « quantiquement » intriquée à celle de Mary Shelley. Christa s'était retenue de lui faire une leçon sur la physique des particules. Si Milton tolérait les nébulosités scientifiques de cette étrange vertébrée dont il s'était amouraché, elle le devait aussi.

La fixation de Joan sur l'autrice de *Frankenstein* s'était cristallisée à l'adolescence à partir d'une double coïncidence biographique : comme Mary Shelley, Joan n'avait pas connu sa mère, une grande figure du féminisme morte peu après sa naissance. Et l'ombre immense des disparues lui avait servi à bâtir et à colorer toute la fiction de sa vie.

Fidèle à son délire morbide, elle se rendait tous les ans en pèlerinage sur la tombe de Mary dans le Dorset, pour « faire le point avec elle ». Joan disait avoir tiré les enseignements de cette existence lointaine qu'elle avait épluchée jusque dans ses moindres détails. En conséquence, elle avait fui la compagnie des écrivains, des poètes et des hommes tourmentés en général, réflexion qui faisait se tordre de rire Milton. Elle affirmait même s'être refusé la maternité, afin de ne pas risquer de connaître, comme sa guide fantasmatique, la perte de ses enfants.

Joan convenait parfois du ridicule de ses croyances, cependant, identifier ses névroses est une chose, passer outre en est une autre. En relisant son histoire à travers le prisme biographique d'une célébrité, elle ne faisait que conforter ses propres choix et donner un sens à ses souffrances. Christa elle-même s'était bien arrangée avec le deuil symbolique de sa mère en parlant à l'oreille d'un réfrigérateur.

— Si des pensées parasites perturbent votre déambulation, ne luttez pas, laissez une fenêtre ouverte, elles partiront d'elles-mêmes.

La voix de la yogi semblait avoir raté la marche d'une octave, anomalie qui sortit Christa de son chemin digressif pour l'emmener sur un autre. *Des pensées parasites, je n'ai que ça, chère madame. Tu parles d'une forteresse ! Un vrai palais des courants d'air !*

Si la maladie venait à s'exprimer et qu'elle refaisait les tests empathiques, elle saurait que ces photos de camps de concentration sont atroces, mais elle ne ressentirait aucune tristesse. Elle s'en foutrait totalement, à moins qu'on ne le lui rappelle à chaque instant. Elle n'aurait plus de pensées tristes ou dépressives. Elle n'aurait plus de pensée du tout. *Au dernier stade de ma maladie, ce n'est pas Versailles que la faucheuse visitera. Quand la mer se retirera, la mort recrachera une coquille vide.* Elle se souvint des tests d'oursin qu'elle ramassait entre les rochers et dont la beauté calcaire disparaissait en poussière entre ses doigts. Elle regrettait de ne pas avoir plongé davantage avec son père.

Christa loucha discrètement sur sa montre pour vérifier le décompte des minutes qui la rapprochaient de la sortie, d'une cigarette et d'une unité d'alcool à partager avec Joan en se gaussant de cette absurdité.

— Maintenant, vous visitez vos pièces une à une, sans vous attarder, poursuivit la yogi. N'ayez pas peur d'ouvrir la porte des plus sombres. La galerie des absents. La chambre du cœur brisé. Les placards verrouillés de la honte, du dégoût de soi-même. Ne cherchez pas à vous libérer des émotions douloureuses. Pourquoi les contrôler ? Pourquoi s'en soulager ? Renoncer à l'idée d'émotions négatives et positives. Toutes sont nécessaires. C'est le corps qui parle à l'âme.

Christa eut envie de se lever et d'embrasser la yogi. *Enfin une parole sensée !* Elle ne voulait pas se souvenir seulement des belles choses. Elle ne se contenterait pas de décorer les pièces de sa mémoire avec des fleurs et des photos de famille, des chromos de paysages, de rayons de soleil ou des visages d'enfants. Non, elle ne laisserait pas les huissiers saisir les derniers meubles et tableaux de son palais des courants d'air. Elle ne finirait pas comme sa mère, terrée au fond d'un labyrinthe de salles vides. Avant que la maladie ne l'enferme, Christa remplirait son for intérieur de tout ce qui faisait qu'elle était Christa. Elle voulait se souvenir d'elle-même, totalement.

— Avez-vous visité dans votre forteresse la salle d'armes ? Cette pièce obscure où vous avez placé toutes vos colères…

Christa sentit un frémissement général aiguillonner la flaccidité de l'assistance. Toutes ces femmes étaient de vraies bombes en puissance prêtes à en découdre avec leur passé et quelques figures masculines associées.

Comme elle les comprenait ! Ces derniers temps, quand elle tentait d'explorer ses affects, ses pas la ramenaient irrésistiblement à cette salle surencombrée : colère contre l'injustice de l'âge, de la génétique, de la maladie. Elle ne pouvait pas voir son ex-mari sans avoir envie de l'étrangler et elle sentait ses enfants se détacher d'elle. Christa nageait dans un océan de clichés avec la ménopause à l'horizon et sa rage en bannière, mais comment échapper aux « situations universelles » ? Abus. Frustration. Non-réciprocité. Sentiments de trahison et d'abandon. Peur de vieillir. Peur de mourir.

Elle pensa aux données physiques recueillies la veille par sa montre connectée lors de sa discussion avec Tancrede. Elles mettaient des valeurs chiffrées aux modifications de son paysage intérieur, qu'elle avait enfin écouté : le sang qui battait à ses tempes le rythme de sa colère, les spasmes acides dans ses viscères, le poids oppressant de son diaphragme. À la simple projection de la scène en cinéma interne, Christa sentait son corps déclencher les mêmes bouleversements organiques.

Elle s'étonnait de la fureur que son ex-mari était encore capable de susciter chez elle. Dans la salle d'armes de sa forteresse, trônait en majesté un immense portrait de Tancrede lézardé de coups de machette. Personne d'autre n'avait cette capacité de la faire sortir de ses gonds, et le fait qu'il ait toujours ce pouvoir sur elle accroissait sa rage. Un sentiment vertigineux, à la hauteur de l'amour qu'elle lui avait porté et sans doute aussi à la hauteur de sa désillusion. L'antichambre de la colère, c'était la salle du cœur brisé.

Désormais, cette colère se retournait contre elle-même : dix ans après la séparation, Christa aurait dû parvenir à un détachement ou, au pire, à une vague tristesse. Après tout, elle n'avait jamais été qu'une femme trompée et une amie trahie ; une situation des plus universelles. Voire un pur cliché ! Mais elle ne réussissait pas à surmonter son ressentiment. Était-ce une blessure de l'ego ? Elle n'avait jamais placé d'orgueil dans ses affects. Un restant d'amour ? Plutôt crever que de l'admettre. Juste une immense, incommensurable, inconsolable déception. Mais comment reprocher à une personne de ne plus vous aimer ou d'en désirer une autre ? La tristesse était acceptable, pas la colère. Elle remâchait moins sa frustration d'avoir perdu un homme que ses illusions.

Alors qu'elle sanglotait sur l'épaule de son père à la fin de son mariage que plus jamais elle n'aimerait, Milton l'avait réconforté à sa manière : « Pas d'humanité sans attachement, Christa. C'est sa beauté et c'est son drame. Toutes les formes de lien induisent des émotions douloureuses, car leur corollaire est la perte. L'attachement est nécessaire à la survie d'un fragile petit Sapiens. Si nos femelles avaient un pelvis plus large, nous naîtrions avec un cerveau plus développé et une autonomie plus grande. Nous ne serions pas programmés pour faire couple, pour faire famille, pour être dépendants d'un partenaire et courir toute notre vie après la sécurité maternelle. Alors, quand ton cœur souffre, relativise et dis-toi que l'amour est né d'une trop petite chatte… »

Scandaleuse escroquerie de l'attachement diligentée par l'évolution ! Elle faisait reluire sa camelote sentimentale pour vous refourguer en douce de triviaux impératifs de survie et de reproduction.

— Et voilà qu'on en est toutes, quelques millénaires plus tard, à chialer sur une chanson de Dolly Parton, ricana trop fort Christa.

11

Bien qu'écrit par une très jeune femme, le roman Frankenstein *esquisse à peine les figures féminines et principalement à l'encre de la culpabilité, du sacrifice ou de la pureté.*

Joan Smith, Prodigieuses progénitures

Il me faut de la joie, avait texté Christa.

À ton service, avait répondu JJ. *Je suis dealer officiel de joie de Mme Cristofersson depuis 1990.*

Du pur Christa. Elle ne donnait plus de nouvelles depuis trois ans et, du jour au lendemain, elle revenait comme si de rien n'était pour réclamer son attention. Un vague SMS et elle l'exigeait à son entière disposition.

Il me faut de la joie, avait-elle écrit, texte suivi d'un soleil, d'un arc-en-ciel et d'un feu d'artifice. *Foutus émojis !* Était-ce une invitation sexuelle ? Christa avait toujours été si inconfortablement directe. JJ avait essayé d'évacuer cette idée de sa tête. Non, non et non, c'était la dernière fois qu'elle le quittait, il se l'était juré.

Il avait décidé de prendre le message au premier degré et avait rappelé Christa. Dans son avenir proche, ce qui ressemblait le plus à de la joie était un sachet de *Laughing*

Buddha et une fête *cosplay* donnée chez un ami cardiologue. Elle était partante pour les deux, et c'est ainsi qu'ils s'étaient retrouvés à partager un stick d'herbe sur la terrasse d'un stakhanovisme du stent, Christa déguisée en ambassadrice vulcaine et JJ, en docteur Strange.

Elle portait une combinaison moulante verte à empiècement noir, des oreilles pointues en plastique, une perruque rousse, un fard à paupières pailleté et d'outrageux faux cils. Lui s'était loué la totale : costume, cape flottante et bouc postiche. Il s'était même donné la peine de blanchir ses tempes, mais l'ensemble avait avec un je-ne-sais-quoi d'improvisé.

Avant de passer prendre Christa, JJ avait ratiociné toute la journée sur la probable collision à venir entre le ridicule de leur accoutrement, le flirt sans transition avec leur intimité défunte et la menace de la maladie qui planerait au-dessus de tout ça. Que dire ? Que faire ? Et surtout, que ne pas dire et ne pas faire ? Ses gestes et sa conversation étant rendus maladroits par l'excès d'anticipation, il risqua d'emblée la faute de carre :

— Tu as réfléchi à l'installation d'un protocole de surveillance ?

Maîtresse Spock le lasérisa du regard, puis elle tordit, comme elle en avait l'habitude, le fil de la discussion à celui de sa pensée.

— Pourrait-on imaginer ressentir à rebours ? dit-elle. Du cognitif à l'activation physiologique ? De la mémoire d'un sentiment à l'émotion ? Par exemple, se concentrer sur un moment de peur déjà vécu jusqu'à sentir son rythme cardiaque accélérer ou ses poils des bras se dresser ?

JJ se raccrocha aux branches et à son volant, tâchant de rassembler quelques données utiles.

— C'est le propre des épisodes traumatiques. Mais quoi qu'il en soit, n'est-ce pas tout simplement le job des acteurs ? Un psy célèbre travaillait là-dessus dans les années 80. Ekman, je crois.

— Celui des Papous ?

JJ ne releva pas, « Papous » devait résonner avec quelque chose dans la tête de Christa, mais il préférait ne pas s'aventurer dans cette jungle obscure.

— Ekman cherchait à démontrer que l'on peut reproduire correctement une expression émotionnelle sans ressentir l'affect correspondant, dit-il.

— La définition même de l'hypocrisie.

— Il avançait surtout qu'en mimant le dégoût, la tristesse, ou la joie, une personne pouvait éprouver des changements physiologiques semblables à ceux générés par l'émotion spontanée.

— Faire croire à son propre corps ses mensonges ?

— Dans une certaine mesure. Tu peux toujours tromper ton cortex, mais pas la partie plus archaïque de ton cerveau.

Christa resta songeuse un moment avant d'embrayer sans ambages sur son expérience introspective avec Joan. JJ n'aurait jamais imaginé sa raide amie se prêtant à ce genre de thérapie baroque ; il en oublia de ricaner quand elle lui avoua qu'à la fin de la séance la yogi avait incité les participantes à s'attarder dans leur « grand salon de la joie » et qu'elle s'était sentie, pour la première fois de sa vie, comme la dernière de la classe.

Pour enfoncer le clou, la yogi avait retenu la cancre à la sortie et l'avait priée de ne pas se représenter, car ses « mauvaises ondes » – guillemets avec les doigts – perturbaient la

« sororité » du groupe – guillemets avec les doigts. *Il me faut de la joie*, avait-elle alors écrit aussi sec à JJ.

Ce message avait troublé ce dernier plusieurs jours durant. Depuis quand n'avait-il pas lui-même ressenti un tantinet d'émerveillement ou ri de bon cœur ? Avec l'âge, la part d'enthousiasme de sa vie se racornissait. Ah, paradis de l'enfance où tout était jeu ! Adulte, la joie, il devait aller la chercher avec les dents ou avec un verre. Voire une bouteille.

À leur arrivée à la fête, après une vaine tentative de socialisation et deux gin tonics, ils s'étaient réfugiés sur la terrasse. Fumer en regardant les étoiles et courir le long de la falaise avec MacLean étaient peut-être les dernières joies d'adulte de JJ. Avec celle de voir la queue-de-cheval d'une joggeuse devant lui s'agiter au rythme exact de la musique qu'il écoutait dans ses oreillettes. Et celle, bien plus ambivalente, d'avoir reçu un SMS de Christa qui le replaçait dans ses priorités.

— M'étonnes pas que tu te sois fait virée du cours, dit-il, en cédant à l'appel du sarcasme. Déjà au lycée, t'étais une insupportable je-sais-tout.

Christa balaya la prévisible raillerie d'un revers du poignet. Le geste éteignit le stick et elle batailla un moment avec son briquet contre les courants d'air.

— Ce sera le dernier. J'ai peur que le THC n'aggrave mon problème neurologique, déclara-t-elle en tirant une longue bouffée.

— À mon sens, y a pas de mal à s'titiller un peu le noyau accumbens, notre grand dealer de dopamine.

— Je cherche de la joie, JJ, pas juste du plaisir. Et si possible, de la joie spontanée.

— Ça exclut beaucoup de molécules du marché.

Depuis le message de Christa, JJ avait couru des heures en pensant à la demande de celle-ci. En essayant de s'extraire d'un simple assouvissement physique, qu'est-ce qui lui procurait de la joie ? C'est-à-dire, en pratique, qu'est-ce qui le faisait atteindre un plaisir intense et durable ? Est-ce que la société de consommation et sa quête toxicomaniaque de la jouissance, un shoot chassant l'autre, autorisaient encore l'accès à la joie ? La vie moderne exigeait toujours plus de récompense dopaminergique immédiate, à la poursuite d'un désir constamment renouvelé et donc jamais rassasié. En alimentant l'addiction à la dopamine, elle induisait sans cesse plus de frustration. Et, à en croire les réseaux sociaux, la joie était passée de mode, la colère était le *must have* de la saison. Rien de nouveau sous la calotte crânienne des Sapiens, Bouddha enseignait déjà la vacuité de la course hédoniste.

— D'façon, dit JJ en se tapant le front, ce machin-là, c'est Pablo Escobar à lui seul. Il te fournit naturellement en bonne vieille coke, cannabis et opiacés… dopamine, anandamide et endorphines.

Une baie vitrée du grand salon s'ouvrit, laissant s'échapper de lourdes volutes électro. Un couple éméché surgit sur la terrasse, cherchant sans doute un lieu pour fumer ou se tripoter tranquille.

— Il me faut de la joie et toi, tu me plombes avec ta science, dit Christa. Allez, viens, on va danser !

— C'est une escroquerie ce *Laughing Buddha*, j'ai pas ri une seule seconde.

JJ n'osait pas lui avouer qu'il ne savait plus bouger son corps sur des musiques qu'il ne connaissait pas. À croire qu'il se dérobait devant la nouveauté. Devait-il voir un symptôme de neurodégénérescence dans cette altération des acquisitions ? Il se rassura en se disant que c'était juste son éternel problème de coordination. Déjà ado, il avait du mal à danser et Christa le tirait par la main pour l'entraîner hors du canapé. Déjà ado, elle harcelait le gars qui gérait la musique pour exiger les morceaux préférés de JJ. Déjà ado, il ne se levait que pour lui faire plaisir. Leur conversation semblait avoir repris là où elle avait commencé, trente années et des poussières plus tôt.

Christa se mit à agiter jambes, bras et hanches sans s'inquiéter d'harmonie ou de ridicule, avec ce petit mouvement de poignet exotique qui n'appartenait qu'à elle. Il envia son aplomb tranquille. Alcool, stupéfiants, sexualité, Christa avait toujours fait le premier pas pour tout ce qui devait s'expérimenter à leur âge, afin de se conformer à la dictature du cool ; même si, cool, aucun des deux ne l'avait jamais vraiment été. Christa s'enthousiasmait et JJ l'écoutait ; Christa allait trop loin et JJ la couvrait ; Christa se prenait un râteau et JJ ramassait les morceaux. Elle lui semblait dénuée de peur, animée d'une confiance en elle sans limites qui suppléait à sa fragilité de gentil garçon de service, et qui, par contraste, l'accentuait parfois. Pour preuve, cette menace d'une terrible maladie n'avait pas entravé sa formidable pulsion de vie et elle lui avait déjà exposé son plan de bataille : elle cherchait à comprendre et à inventorier son système émotionnel pour le stimuler. JJ ne voyait pas exactement en quoi cette stratégie l'aiderait à lutter contre une neurodégénérescence, mais s'il existait ne serait-ce qu'un atome de solution dans l'infinie botte de foin de l'univers, Christa le trouverait.

Au-delà d'un ripolinage de la façade en rose indien, ce concept de « forteresse intérieure » n'avait rien de bien nouveau. L'idée s'inspirait d'une technique popularisée par

Conan Doyle et déjà pratiquée par les philosophes grecs : comment cartographier son espace mental pour y stocker de quelques informations à d'énormes quantités de textes. Cependant, à rebours de ce type de procédé mnémotechnique où la subjectivité se révélait parfois source de trahison, dans la version de Christa, le traitement subjectif devenait la finalité même du cheminement mental, se rapprochant en cela d'une expérience phénoménologique, comme celle de Proust activant des cartes mentales et sensorielles par la dégustation d'une madeleine.

Pas besoin d'être neurologue pour savoir qu'une information reliée à ressenti intense se retenait plus durablement. D'un point de vue organique, émotions et mémoire s'avéraient indubitablement liées, ne serait-ce que par l'intervention de l'hippocampe au cœur du système limbique. Ce qui teintait, parfumait ou assaisonnait la matière du souvenir était la nature des émotions associées, et ce que Christa cherchait à conserver était moins ce souvenir lui-même que sa couleur, son odeur ou son goût.

— Et si tu allais voir un psy pour commencer ? dit-il en faisant mine d'être concentré sur la confection d'un nouveau stick.

— À quoi sert d'inspecter la cave si je n'ai plus accès au salon ? rétorqua-t-elle en regardant sa montre.

Christa imaginait pouvoir stocker ses affects pour les revisiter. Effectivement, la réaction émotionnelle n'était pas qu'un simple processus physiologique : dans son activation intervenait également la mémoire, qui fournissait des « références » pour ajuster le comportement ; par exemple des événements déclencheurs similaires. Il s'était lui-même surpris à pleurer au cinéma sur des malheurs qui n'étaient pas les siens parce qu'ils faisaient raisonner en lui un *déjà-vécu* qu'il n'arrivait pas à saisir. Mais la seule sollicitation mémorielle serait-elle susceptible de réamorcer toute la mécanique affective ? En s'appuyant sur l'effet Vallins, peut-être. Selon Vallins, l'activation physiologique n'était pas une condition obligatoire pour le déclenchement d'un état émotionnel, la cognition pouvait suffire. JJ savait d'expérience que, s'il notait cette idée, il ne lirait le lendemain qu'une phrase absconse. Et pourtant… Sa pensée s'englua et préféra s'accrocher à une ligne mélodique connue, les premiers miaulements de *Signed, Sealed, Delivered.*

— Si tu bouges pas sur ça, mon gars, c'est qu't'es mort ! hurla Christa en le tirant par le bras.

Il obtempéra et agita ses membres en la regardant danser. La reine de glaces fondait à vue d'œil. Les paupières presque closes, elle oscillait la tête au rythme de la musique, *Here I am*, grimaçant les paroles avec une expression de douce souffrance, *Here I am, baby, get it*, avec, parfois un petit geste de la main pour appuyer une moue convaincue, *oh baby, I'm yours*. Avec son maquillage outrancier et ses mimiques surjouées, Christa évoquait une gamine ayant pioché dans l'armoire de sa mère. *Tu vois*, se dit J-J, *la jeune fille est encore là, et si ça se trouve, toi aussi. Tu n'es pas encore mort.*

Quand le morceau fut remplacé par un autre, plus récent et moins audible, Christa rouvrit les yeux, un sourire extatique accroché à son visage, celui des jours de grandes illuminations ou de grosses conneries.

— Tu sais, dit-elle, parfois mon père me fait un Steve Wonder.

Ce devait être une de ses blagues foireuses dont elle avait des carnets pleins.

— Il m'appelle juste pour me dire qu'il m'aime, dit-elle, extrêmement satisfaite.

— Je suis neuro, pas psy.

En vérité, JJ luttait pour ne pas céder à l'euphorie chimique et à la tentation de l'embrasser. Christa hantait depuis toujours sa propre forteresse intérieure, en occupant à peu près toutes les pièces, de celle de la joie à celle de la colère. Mais il se gardait bien de le lui avouer : elle vomissait tout sentimentalisme et, de toute façon, elle le savait déjà.

Pour survivre à leur relation dissymétrique, il s'était très tôt convaincu que la forme d'intelligence particulière de Christa faisait obstacle à la compréhension émotionnelle qu'elle avait d'elle-même et des autres. Il avait établi le confortable postulat qu'elle était incapable d'aimer intensément, plutôt que d'accepter qu'elle ne le désirât pas lui, jusqu'à l'arrivée de ce bâtard de Tancrede qui avait réussi l'exploit inédit de faire fondre la reine des glaces en quelques jours et de l'essorer en quelques années.

Accaparé par ses études de médecine, JJ n'avait pas vu débarquer l'abruti en chef dans la vie de Christa. Quand elle le lui avait présenté, il était trop tard.

Tancrede ? Déjà, le gars portait un nom d'abruti. Qui s'appelle Tancrede ? Intelligent, compétitif, beau gosse dans son genre et, surtout, odieux ; elle n'avait eu aucun recul sur l'animal. Il lui ressemblait trop.

Récemment, JJ avait regardé la conférence Ted donnée par l'ex-mari de Christa, satisfait de constater que l'enfoiré vieillissait lui aussi ; il avait même eu recours à des implants capillaires.

Pendant des années, l'Infâme s'était immiscé entre eux, et voilà que c'était au tour de la maladie de s'installer au côté de Christa dans un lit où JJ n'avait jamais été autorisé qu'à camper.

— On pourrait envisager de se confiner ensemble à mon chalet du lac Tahoe, risqua-t-il.

— De quoi tu parles ?

— Tu ne regardes pas les infos ? L'épidémie qui arrive ?

— Et dire qu'on me traite, moi, de parano !

— C'est le moment ou jamais de l'être.

— Rappelle-moi pourquoi on s'est séparés la dernière fois ?

— C'est encore toi qui m'as quitté, protesta-t-il. Tu as dit que tu t'ennuyais avec moi.

Elle retira ses postiches d'oreilles et se gratta distraitement la cuisse. Sa combinaison en nylon la démangeait et les paillettes irritaient ses paupières. Elle aspirait à une douche chaude, des draps frais et tout sauf une conversation sérieuse.

— Je sais parfaitement que je fais partie des meubles, mais c'était très cruel, renchérit-il.

Si JJ se mettait à expliciter ses sentiments, où allait le monde ? s'agaça Christa. Son côté taiseux avait toujours été reposant, et même si, parfois, elle avait envie d'agiter ses branches pour en faire tomber des mots, il ne s'était jamais senti obligé de poser cœur et entrailles sur la table dès le premier gramme d'alcool dans le sang atteint. Elle fuyait comme la peste celles et ceux qui tentaient de déballer leur linge sale émotionnel au Lavomatic de sa bienveillance. Elle supportait mieux la rugosité d'une approche sexuelle directe que l'impudeur des sentiments et l'exhibitionnisme psychanalytique, avec son étalage de névroses et de traumatismes familiaux dont elle n'avait absolument rien à foutre. Elle comprenait le soulagement ressenti à se débarrasser gratuitement de son surplus d'emocoins, mais c'était un métier à part entière d'écouter les autres, et ce n'était pas le sien.

— Ce n'était pas mon but. Je veux dire, d'être cruelle. Et puis, c'était faux.

Il attrapa sa main, embrassa la paume et en referma les doigts sur le vide, comme s'il lui confiait une preuve de son affection indéfectible, quelle que soit la nature de leur relation. Il constata que le poignet de Christa affichait des traces de récentes morsures.

— J'aimerais pouvoir me passer de toi, avoua-t-il.

Christa savait surtout qu'il avait toujours eu peur de rester seul avec ses angoisses, mais c'était la mauvaise partie d'elle-même qui parlait et, pour une fois, elle envoya la garce jouer ailleurs.

— Tu m'as manqué aussi, dit-elle.

L'idée traversa JJ que la joie, pour lui, c'était ça : entendre les mots qu'il attendait. Ces mots comme un os qu'il allait ronger pendant des jours. Que répondre de pas trop poisseux pour ne pas la faire fuir ? Il se contenta de lui sourire.

Christa lui mit subitement la main au paquet et le collant moulant du déguisement de JJ ne cacha rien d'une montée d'enthousiasme.

12

Le roman de Mary Shelley ressemble à une chimère couturée de mythes : le bras de Prométhée, une larme de Narcisse, un sourcil de Faust, l'autre de l'apprenti sorcier et trois poils du Golem.

Joan Smith, *Prodigieuses progénitures*

Des coups de boutoir sortirent Christa d'un rêve apocalyptique où elle tentait de fuir la ville à moto, ses deux nourrissons harnachés sur son dos et une cartouchière de boîtes de lait maternel scotchées vaille que vaille au carter.

En émergeant à la réalité, elle comprit que les martèlements provenaient de sous le lit. Un lendemain de fête à l'aube, le bot-aspirateur avait décidé de boguer contre le chevet, ce qui révélait une capacité de nuisance équivalente à celle d'un jeune enfant ou d'un chat – un grand pas vers la conscience artificielle. Christa ouvrit la baie vitrée et balança le bot dans le jardin, avant de replonger sous la couette en grognant à JJ de déguerpir. Les jumeaux ne devaient pas le voir et son chien avait besoin d'être nourri. JJ se tourna vers le mur, refusant de céder le bout de territoire conquis. Les enfants étaient grands et ils iraient promener MacLean tous ensemble plus tard. Quand Christa protesta qu'elle enchaînerait les réunions toute la journée, la suspicion fit soulever à JJ une paupière.

— Un samedi ?

— Tu crois que je joue à *Barbie start-up* ?

Il se garda bien de renchérir et proposa de l'inviter à dîner le soir même.

— 20 h 30, chez moi ?

— 20 h 30, spectacle de Saul Bless à l'Orpheum, intervint Andrew.

JJ eut la sensation familière d'avoir été utilisé comme un gadget et abandonné dans le tiroir du chevet sitôt le nouveau modèle arrivé. Christa passait la nuit avec lui puis filait voir un ancien amant pour la prochaine ? La conversation de la veille lui revint en mémoire : il lui avait suggéré de s'intéresser au travail des comédiens, il ne lui avait pas demandé de prendre contact avec son ex ; pour une fois qu'elle l'écoutait, il aurait mieux fait de se taire.

— Il n'est pas encore en désintox, celui-là ? dit-il, tout à fait réveillé.

Christa tira la couette de son côté en exigeant, bordel, qu'on la laisse enfin dormir, et colla ses pieds glacés entre les cuisses de JJ.

Quand la manager ouvrit la porte de la loge, Saul desserra et ôta sa cravate sans cesser de fixer Christa dans le miroir. Effaré, JJ vit deux larmes symétriques couler le long des joues grises du comédien, avant que ce dernier ne les efface d'un revers de manche. Christa, bras croisés et sourire insondable, ne bronchait pas. Saul entreprit d'allumer fébrilement une cigarette, mais un sanglot le secoua et il plongea la tête entre ses mains, la fumée dansant au rythme des spasmes de son corps. JJ eut un élan de compassion dans sa direction, que Christa découragea d'une moue. Tremblant et reniflant, Saul se redressa, se servit une bonne dose de bourbon, en avala une gorgée avide, puis pivota vers eux, les paupières rougies et les narines dilatées. Il fit tourner le liquide ambré dans son verre, le vida et le balança d'un geste rageur vers le fond de la loge. Il ôta chemise, chaussures, pantalon et caleçon qui suivirent le même chemin, puis un peu moins nu qu'à la naissance puisque ayant conservé ses chaussettes, il éclata d'un rire dément.

La manager leva les yeux au ciel avant de se retirer en soupirant :

— Le gobelet est en plastique et c'est du jus de pomme. Pas léger, léger, sauf que ça a toujours son petit effet sur les nouvelles.

— Je me suis fait avoir la première fois, confirma Christa.

— La reine des glaces en personne ! s'écria Saul. Quel honneur !

— J'ai besoin de comprendre comment tu génères ce truc-là, déclara tout de go Christa en l'englobant d'un geste de la main.

— Ce corps de rêve ? rétorqua-t-il.

— Ces émotions qui ne sont pas les tiennes.

Saul entreprit de se rhabiller d'un costume noir et d'une chemise blanche, tenue identique et tout aussi froissée à celle de scène qu'il venait de quitter. Il semblait toujours sortir d'une fête ou d'une sieste, savant débraillé et rasage de la veille, une panoplie qui avait largement contribué à sa légende.

Après avoir vérifié que sa manager n'était pas de retour dans la loge, Saul tira une flasque de sa poche intérieure et avala deux rasades de ce qui, cette fois, n'était pas du jus de fruits.

— Une gorgée pour amortir la descente. Une autre pour anesthésier les capteurs, se justifia-t-il. Ça fait longtemps vous deux ?

— Depuis le collège, répondit Christa.

— Et pourquoi n'ai-je jamais rencontré ce fier soldat ?

— Elle me quitte régulièrement, expliqua JJ. Vous avez bénéficié d'un intervalle.

— Je compatis, camarade. On ne choisit jamais son bourreau.

Un examen cérébral du cerveau de JJ aurait pu mettre en évidence qu'à cet instant le processus inflammatoire de la jalousie se trouvait momentanément désactivé par un sentiment mêlé de stupéfaction, d'admiration et d'intense soulagement. L'ex de Christa paraissait plus sympathique, plus clairvoyant et bien moins séduisant que les portraits qu'en avait faits la presse. Pour ne rien gâcher, le gars nu n'avait rien d'impressionnant. JJ reconnaissait sans peine avoir apprécié son one-man-show, *Saul Bless America*. Un rôle de *loser* magnifique qui n'avait rien d'une composition ; ses multiples séjours en cure de désintoxication avaient défrayé la chronique et anémié sa carrière d'acteur. Et, comme toute bonne star du rock, Saul avait fait de son flirt avec l'abîme un fonds de commerce. JJ avait ri à ses déboires et était ressorti de son spectacle avec l'œil humide, tenaillé d'une envie furieuse d'en griller une et de s'en jeter un.

Christa avait reconnu et apprécié le Saul des phases hautes, mais elle le connaissait trop en phase basse pour s'y laisser prendre. Il avait l'humeur vacillante et fragile, oscillant entre un sentiment de toute-puissance et la conscience aiguë d'être, selon son expression préférée, « une bouse ordinaire ». Il rayonnait, attirait dans son champ gravitationnel les innocents appâtés par sa lumière, puis s'effondrait sur lui-même et, tel un trou noir, broyait celles et ceux qui avaient osé l'approcher de trop près, car parfois une seule mauvaise critique pouvait annihiler sa confiance en lui. Il noyait alors son entourage sous un flot continu de récriminations et d'autoflagellation alimenté par la consommation non moins ininterrompue de diverses substances, choisies spécifiquement parmi les plus toxiques. Saul était charmant, brillant, épuisant et, si l'on en croyait toutes ses ex-compagnes, voué à une mort précoce. Christa le voyait comme un Gastby sans fortune, toujours prêt à flamber sa réserve d'*emocoins* en une soirée, quitte à rester prostré trois jours, cerveau grillé et corps exsangue après une démonstration excessive de ses capacités d'absorption d'alcool et de régurgitation spirituelles de ses névroses. Trop accro à l'intensité pour supporter l'idée du couple, Saul sabotait toute relation et poussait à la rupture sans la vouloir. L'aimer revenait à grimper sur un grand huit affectif, une attraction foraine que certains nomment passion, et dont elle était redescendue presto sans aucune intention de reprendre un ticket.

— Saul, c'est quoi pour toi, une émotion ? réattaqua-t-elle.

JJ frémit du manque de tact de Christa, même s'il n'avait rien d'inhabituel. Saul s'octroya une nouvelle gorgée de sa flasque avant de proposer de changer de crémerie ; il connaissait un chouette rade où il n'était pas encore tricard.

Comme toujours avec Saul, « chouette » tenait de l'hyperbole et « gorgée » de la litote. Depuis le deuxième verre, le comédien faisait ce qu'il faisait le mieux : parler de luimême, tandis que JJ excellait à écouter et à se flageller intérieurement sur ce qu'il aurait pu être ; les deux s'entendaient à construire une amicale de vestiaire sur le dos de Christa. Elle les arrêta avant le quatrième gin ; elle avait besoin d'eux en état de fonctionnement. Elle martela sa question jusqu'à obtenir une forme de réponse. Après de pâteuses circonlocutions sur l'art, le mystère et le miracle du tout, Saul se contenta de déclarer que l'émotion ne se définissait pas. À son sens, elle naissait du bug, de l'imperfection. Du frottement à la rugosité du réel. À chercher l'aspérité, il trouvait l'émotion. Sa théorie obscure n'arrangeait en rien Christa. Saul avait offert sur scène ce soir une version à peine hypertrophiée de lui-même, mais elle l'avait déjà vu incarner de véritables rôles de composition où il l'avait bluffée et elle avait besoin de son expertise.

— Alors, comment fais-tu, concrètement, pour en générer ? s'entêta-t-elle. As-tu une méthode *d'acting* ? Strasberg ? Stanislavski ? Accepterais-tu de passer une IRM de ton cerveau pendant que tu joues ? Tu connais les expériences d'Ekman ?

Secouant un Saul à deux doigts de s'endormir, elle entreprit de lui parler des travaux du psychologue. Celuici avait invité quelques personnes à simuler les expressions faciales de la colère, du dégoût, de la peur, de la joie ou de la tristesse. Ekman affirmait avoir relevé des changements significatifs de la fréquence cardiaque, de la résistance électrodermale et de la température cutanée. En théorie, s'enthousiasmait Christa, un acte conscient pouvait inverser le processus. Une expression faciale volontaire pouvait influer sur le système nerveux autonome jusqu'à déclencher les modifications physiologiques propres à une émotion : c'est-à-dire prendre le chemin habituel des affects à l'envers. Cependant, le caractère scientifique des résultats était controversé, car ils n'avaient jamais pu être reproduits. C'était bien tout le problème des sciences molles ! soupirait-elle. Elle venait donc enquêter à la source.

— En d'autres mots, Saul, j'aimerais savoir si ton corps ressent objectivement des frissons ou un shoot d'adrénaline quand tu joues la peur.

Saul, verre vide et langue lourde, ne répondit pas, mais il se laissa glisser de sa chaise et se mit à ramper en direction des toilettes. JJ souriait : il passait une excellente soirée et était heureux que Christa eût pris le temps de vérifier ses propos sur les travaux Ekman.

— Cherche aussi du côté des expériences psychologiques de Vallins, dit-il. Si je te suggérais, par exemple, que ton cœur bat plus fort quand tu me croises en te donnant à écouter un enregistrement d'accélération cardiaque, je pourrais induire chez toi une excitation émotionnelle qui pourtant n'a pas été déclenchée par ma vue. Je pourrais te faire croire que tu es amoureuse de moi. Même si ça ne fait pas appel à tes souvenirs.

Saul sortit des toilettes en émettant un rugissement qui réveilla les derniers clients.

— Et voilà, deuxième round, soupira Christa.

Le cabot se redressa, lissa ses cheveux derrière ses oreilles, remonta une poitrine imaginaire et descendit outrageusement les épaules. Il éteignit un à un les muscles de son visage, sauf ceux de ses paupières qu'il laissa occulter à moitié son regard.

Il entreprit d'arpenter la salle de long en large et en propriétaire, toisant les consommateurs et balayant d'un revers fouetté de la main leurs commentaires et leurs sifflets, puis il revint à leur table, s'assit en croisant les jambes très haut, sourit avec la moitié gauche de sa figure, comme si un marionnettiste avait tiré une seule tringle, écrasa un baiser sur la bouche de JJ avant de le repousser et d'enfourner trois cigarettes en même temps dans la sienne.

À voir son hilarité, JJ avait rencontré sa nouvelle idole, mais Christa avait compris, elle, que Saul l'enfoiré venait de reprendre les manettes à Saul le charmant. Elle ravala cependant sa fierté ; elle était bien décidée à ne pas repartir sans une méthode. Personne n'aurait pu lui faire croire en l'existence d'une activité humaine sans protocole logique.

— Faut te détendre, ma grande ! ricana le comédien. Tu finiras desséchée à force de tout intellectualiser. Jouer un rôle, c'est juste une question d'empathie. De l'acteur envers son personnage. Du public pour le personnage. De la contamination émotionnelle à l'intérieur même d'une salle de spectacle. Tu as beau avoir un QI stratosphérique, tu as l'intelligence affective d'un ficus au service contentieux. Comprendre les émotions des autres ? Tu n'es pas câblée pour.

Christa ravala une remontée acide de colère. Identifier ses propres émotions avait toujours été pour elle un problème ; les exprimer, une obligation sociale douloureuse ; elle admettait sans peine qu'elle se trouvait souvent démunie quand elle devait prendre en charge les émotions des autres, mais, en l'occurrence, le Saul qui affectait de rire aux enterrements et de pleurer à la fin de ses sketchs était d'une absolue mauvaise foi ; elle n'était jamais parvenue à démêler chez lui ses sentiments réels de ses feintes, et lui-même ne savait plus faire depuis longtemps le distinguo.

— Descends de scène deux secondes ! l'interrompit-elle. Ton truc c'est de la psychologie de comptoir, pas de l'empathie… Moi aussi, je suis capable de te balancer des vacheries sous couvert d'humour.

Elle pivota vers JJ et lui massacra le mollet d'un coup de pied sous la table.

— Et toi, arrête de sourire béatement devant ce clown. Demain matin, cet enfoiré ne se souviendra même pas de ton nom. Des amis pour la vie, il en change chaque soir. Il t'appellera seulement s'il n'y a personne de plus intéressant dans les parages. Si moi j'ai l'intelligence émotionnelle d'une huître, lui a la capacité d'attachement d'un…

Sa voix s'éteignit et elle se tourna vers le mur, les épaules secouées de sanglots. Les deux hommes, interloqués, eurent un même mouvement de réconfort vers elle, élan interrompu par un embarras de prérogatives. Penauds, ils s'en tinrent tous deux à un murmure de contrition ; réussir à faire pleurer Christa était pour chacun d'eux un exploit inédit.

Elle les laissa mariner puis se retourna, sourit en accentuant la dissymétrie de son visage, avant d'embrasser Saul à pleine bouche, acte qui dégrisa totalement JJ.

— Tu penses être le seul à jouer avec les sentiments des autres, Saul ? La question n'est pas là. Je veux juste savoir comment un comédien parvient à mentir à son propre corps.

Elle vida les derniers verres commandés dans les plantes en plastique du décor. Les mains de Saul se mirent à pianoter sur le bois sale de la table, cherchant en vain une échappatoire.

— Rien de mystérieux. Je capte les signaux, je les enregistre et j'essaie de les reproduire, finit-il par lâcher.

— Exemple ?

— Tu vois ce type, dit-il en désignant JJ, je me dis qu'il souffre, même s'il sourit. Je le sais par certains mouvements de son visage, la raideur dans les épaules. La manière qu'il a de te fixer quand tu me regardes. Sa main sous la table qui empêche sa jambe de s'agiter. Sa voix d'une octave trop basse dès qu'il ose en placer une. Les mots qu'il choisit pour jouer au bon docteur. Et puis, plein d'autres signes que je saisis au vol plus que je ne les comprends. Ça ne veut pas dire pour autant que je vais me mouiller à l'aider… *A priori*, on est sur le même marché.

— Saul fait allusion à des mécanismes intersubjectifs, expliqua JJ. Et, effectivement, empathie, sympathie ou compassion sollicitent des zones différentes du cerveau.

Saul fit mine d'avoir reçu les Tables de la loi.

— Mais comment peux-tu avoir de l'empathie pour un être de fiction ? intervint Christa avant qu'il ne s'égare.

Saul inspecta le fond de son verre vide ; comme beaucoup d'artistes, il rechignait à formuler ce qui, dans son ressenti, tenait du miracle mêlé à une peur superstitieuse de ne pouvoir le réitérer. Il finit par dire que tout était affaire de narration. Le contexte de la scène déterminait la motivation qui conditionnait les émotions du personnage. Le travail de composition de Saul correspondait presque à une séquence émotionnelle spontanée à la différence près qu'un exercice d'*acting* se trouvait, lui, en grande partie conscient. Saul cherchait dans sa mémoire une situation similaire et, si rien n'existait, il se projetait dans des circonstances approchantes, en empruntant un peu aux autres, un peu à ses propres souvenirs. Pour donner l'apparence de la vie à son jeu, il construisait ses rôles comme le docteur Frankenstein avait élaboré son monstre : un bras par-ci, un nez par-là, un peu de ses affects à lui, beaucoup de ceux des autres.

— Tu n'as toujours pas répondu à ma question, insista Christa. Ressens-tu vraiment dans ton corps les émotions que tu simules ?

Saul leva la main afin d'attirer l'attention du barman.

— Pourquoi cet intérêt soudain envers mes modestes compétences ?

— Je dois apprendre à exprimer davantage mes émotions. J'envisage d'étendre ma visibilité sur les réseaux sociaux.

Saul ne parvenait pas à déchiffrer le masque de Christa ; celui de JJ était lisible, mais ne faisait pas sens pour lui : en quelques microsecondes, le visage transparent du neurologue était passé de la stupéfaction au soulagement, voire à une forme de satisfaction.

— Parfois, je n'ai aucun désir envers la fille que je suis supposé aimer à l'écran. Parfois, j'ai réellement envie de fuir quand je joue la peur. C'est une question d'intensité consentie. On ne peut pas toujours se laisser bouffer l'au-dedans.

De : m.cristofersson@squidmail.com
À : ice_ice_baby@wecare.com
Objet : Ce bon vieux Panksepp

Ma toute belle,

J'ai papoté « grammaire des émotions » avec Gedeon Peackson Jr. Mon vieux compère de fac a toujours été beaucoup plus à l'aise avec les mammifères que moi. (Pour preuve, il nourrit encore deux ex-femmes et trois filles.) Il m'a recommandé, je le cite, de « retourner à l'organique ». (Objectivement, ce tropisme lui a déjà coûté deux mariages.)

De son point de vue d'anatomiste, pour dépasser les querelles d'étiquetage, il faut tourner le crayon, et n'examiner ni l'« expression » ni la « nature » des émotions, mais leur « fonction ».

Les nouvelles imageries ont prouvé que le cerveau ne fonctionne pas en modules juxtaposés, mais en différentes régions, interconnectées en réseau, selon la nécessité du moment. Une émotion ne siège pas dans un organe particulier, elle est pilotée par un circuit cérébral distinct intégrant différents noyaux. Par exemple, la « peur » est gouvernée par le thalamus et l'amygdale. Toutefois, cet organe est également impliqué dans l'élaboration de la mémoire et la gestion de l'agressivité.

L'efficace polyvalence des noyaux cérébraux est issue d'un long processus de sélection évolutive : le système des affects s'apparenterait à une boîte où piocher le set d'outils adapté à chaque situation.

Gedeon m'a conseillé de m'intéresser aux travaux de Joseph Ledoux et de Jaak Panksepp, deux précurseurs des « neurosciences affectives ». (Encore un domaine de recherche dont je ne soupçonnais même pas l'existence !) L'étude des émotions sort tout juste du placard où l'ont remisée des siècles de prédominance du cortex, lieu supposé de la toute-puissante raison (une sorte de patriarcat cognitif, tu apprécieras ma métaphore).

J'ai trouvé à la lecture de Panksepp de quoi assouvir ton amour des modèles théoriques élégants. Ce neurobiologiste identifie sous le cortex sept circuits organiques qui piloteraient sept systèmes émotionnels spécifiques. Panksepp ordonne ces systèmes des plus anciens aux plus récents, en termes d'apparition dans l'évolution.

Les plus « archaïques [1] » ont été sélectionnés pour répondre aux besoins de survie immédiats : j'ai froid, j'ai faim, je commence à me se sentir à l'étroit sur l'arbre deux pièces-cuisine où je suis perché et je ne sais pas ce que j'ai ce matin, mais j'ai comme une furieuse envie de perpétuer mon fabuleux patrimoine génétique avant de finir dans l'estomac d'un tigre à dents de sabre. Je m'autorise à les résumer comme suit :

« Quête » : J'envisage sérieusement de quitter ma branche pour conquérir ce bananier duplex au loin, semble-t-il, chargé de fruits et de partenaires de galipettes.

« Peur » : Je remonte presto dans mon baobab à l'approche d'un tigre à dents de sabre.

1. « *Seeking system* », « *Fear system* » et « *Rage system* ».

« Colère » : Frustré, je dépasse la crainte du fauve pour galoper jusqu'à l'arbre prometteur.

Ensuite, il identifie quatre circuits[1] de gestion des émotions qualifiées de « sociales », car propres à créer ou entretenir de l'attachement, y compris celui à caractère sexuel.

« Désir » : Parvenu sur l'arbre convoité, je m'attelle à séduire un autre primate et, si consentement, à perpétuer la somptuosité de mes gènes.

« Soin » : Fruit de la copulation précitée, est apparu un être qui me ressemble, mais en plus petit. Exagérément fragile, il réclame une attention constante. Je finis par prendre du plaisir à l'épouiller ou lui remplir le bec, ne serait-ce que pour le faire taire un instant.

« Chagrin » : Misère, la miniature de moi-même qui couinait dès que je m'éloignais d'un rameau est tombée de l'arbre et a disparu dans la gueule du tigre. J'ai comme un grand vide à l'intérieur.

« Jeu » : Les petits êtres qui ont échappé aux prédateurs se bagarrent et se pourchassent de branche en branche. Pour survivre, il leur faudra bien apprendre à passer par les étapes précédentes.

Les systèmes peuvent agir en synergie ou s'inhiber l'un l'autre, comme « chagrin » et « jeu ». En mixant « chagrin », « désir » et « soin », tu es à la source de la vaste palette des sentiments d'amour et de deuil. Avec « Quête », « Colère » *et* « Désir », tu as tout Shakespeare !

Nous naissons à peu près tous avec des circuits affectifs de base, mais la multiplicité des interactions avec l'environnement et nos relations avec les autres font de nous des êtres uniques, car, toujours selon Panskepp, les circuits émotionnels sont comme des muscles : ceux qui sont souvent et intensément activés se renforcent, ceux qui sont peu sollicités s'affaiblissent.

1. « *Lust system* », « *Care system* », « *Grief-Panic System* », « *Play system* ».

En conséquence, viens donc travailler davantage ton « soin » auprès de ton vieux père…

Tu sais…

Milton

Que la force de Darwin renvoie le crapaud à tête orange à sa mare !

13

Le roman est-il l'expression d'une honte de la transgression ou celle d'une colère contre l'aliénation ? Mary Shelley est-elle Frankenstein ou sa créature ? Sûrement un peu des deux.

Joan Smith, *Prodigieuses progénitures*

L'image d'une vieille femme souillée et décharnée s'imprima sur la rétine de JJ ; une vision autrement plus difficile à supporter que celle des excréments étalés sur les murs, car voir Frida dans cet état était comme recevoir une photographie de Christa adressée depuis le futur, tant la mère et la fille se ressemblaient.

— Elle était revenue à son calme habituel, alors nous l'avons détachée ce matin, pensa utile de préciser l'infirmier.

— Aucune visite de contrôle depuis ? protesta JJ.

— Une heure lui a suffi. Je vous la nettoie et je vous l'amène au salon.

Le soignant expliqua que, quelques jours auparavant, Frida avait surpris le personnel du service en sortant brusquement de son apathie : elle avait commencé à tartiner les murs de sa chambre avec sa nourriture. Quand on lui avait apporté du matériel de dessins pour enfant, elle avait entrepris de le manger. Et quand on lui avait retiré gouaches, papier et qu'on avait surveillé ses repas, elle avait continué avec son sang et ses excréments.

Le goliath en blouse céladon fit claquer ses gants et s'approcha avec circonspection de la pitoyable créature prostrée dans un angle de la pièce. Inquiet du mutisme de Christa devant la scène, JJ tenta de lui prendre la main. Elle se dégagea aussitôt et lui retourna un regard interloqué.

— Nous avons rendez-vous avec son médecin, dit-elle avant de tourner les talons.

— Vous me l'aviez pourtant certifiée apathique, gronda Christa en pianotant sur le bureau du médecin-chef. Pourquoi n'est-elle pas plus surveillée ?

Le praticien protesta qu'il n'avait pas encore eu le temps d'installer un nouveau protocole ; Frida souffrait depuis quelques jours de crises d'hallucinations qui la sortaient de sa catatonie habituelle et qui avaient dérouté toute l'équipe en charge.

JJ se retint de récuser le terme « catatonie » ; Christa lui avait intimé de ne pas révéler son propre diagnostic. De son point de vue de neurologue, Frida n'était pas schizophrène, même si l'accès psychotique collait à ce diagnostic. Une diminution prolongée des sollicitations sensorielles, comme l'induisait la maladie de Damásio, pouvait tout à fait déclencher un épisode de ce type, un bug similaire à un embouteillage ferroviaire : les trains de pensées empruntaient des voies sans issue et les wagons s'accumulaient en gare, jusqu'à bloquer le système général de circulation des informations, provoquant délire et hallucinations.

Selon le médecin de Riverview, l'examen cérébral de Frida par IRM révélait une nécrose bilatérale des ganglions de base et du pallidum, doublée d'une lésion de la substance blanche du cortex préfrontal, étendues au gyrus frontal moyen. La dégénérescence lui semblait trop avancée pour qu'on envisage un implant dopaminergique. L'aimable praticien était cependant tout disposé à accueillir les conseils d'un si éminent confrère ayant fait le déplacement depuis San Francisco par souci d'une seule patiente.

JJ ne contredit pas son moins distingué collègue. A la première lecture des clichés exigés par Christa et communiqués par e-mail, il avait compris que Frida était entrée en phase critique et il en avait sur-le-champ averti son amie. Ce voyage n'avait pas pour but de tenter de soigner la mère, même s'ils s'en étaient tenus à ce récit officiel. JJ cherchait à construire une symptomatologie et une chronologie de la maladie de Frida, afin d'anticiper sur celle de sa fille, qui, il en était convaincu dorénavant, passerait tôt ou tard par des épisodes similaires.

Avec son sourire le plus angélique, il demanda à consulter l'ensemble du dossier médical de la patiente, ce qui lui fut accordé sans délai, Christa ayant exigé de rencontrer la direction le jour même ; personne n'avait intérêt à faire durer le déplaisir de leur visite. Pendant que Christa déversait sa colère froide à l'étage administratif, JJ se plongea dans l'exploration des cartons d'archives qu'on lui avait apportés.

Après deux heures de lecture, grâce aux rapports d'hospitalisations et internements successifs de Frida, il s'était forgé une idée précise de l'évolution du syndrome.

Plusieurs générations de médecins étaient passées à côté du bon diagnostic. À leur décharge, cette maladie empruntait les habits de tant d'autres qu'elle en était indécelable sans IRM fonctionnelle, dont l'usage systématique était encore récent.

Le compte rendu le plus ancien, daté des années 1960, avait été rédigé par un psychiatre dont l'écriture d'une densité outrageuse suggérait l'existence d'un trouble obsessionnel chez le praticien lui-même. En revanche, son minutieux rapport fournissait une mine d'informations.

Dès l'adolescence, Frida avait inquiété sa famille par une hypocondrie invalidante sans rapport avec un état de santé tout à fait satisfaisant. Elle se plaignait en particulier du sentiment d'étrangeté qu'elle avait de son propre corps : elle disait ne pouvoir définir la sensation diffuse qui émanait parfois de son cœur, de sa peau ou de son estomac. Elle souffrait par ailleurs d'activités pseudo-compulsives tenaces : elle se brossait les cheveux jusqu'à les arracher ou se grattait jusqu'au sang le côté du pouce avec l'ongle de l'index.

Son médecin de l'époque constatait déjà les signes d'un léger émoussement affectif, mais sans l'identifier. En séance, l'adolescente évoquait sans pudeur une sexualité très active et haussait les épaules à chaque question sur sa vie sentimentale, familiale ou amicale. Le thérapeute avait porté cette immoralité sur le compte de la lubricité propre à cette nouvelle génération de filles aux jupes trop courtes. D'autant que Frida se destinait à l'art, dans sa version moderne la plus déroutante aux yeux de son psy : une abstraction lyrique violente et colorée, comme en témoignait une poignée de reproductions photographiques.

À sa majorité, Frida avait disparu des radars médicaux durant huit années, jusqu'à un premier internement quelques mois après son accouchement et l'abandon de son enfant.

Le nouveau spécialiste en charge avait noté chez la jeune femme une pauvreté flagrante des expressions et comportements émotionnels. Passé un épisode de décompensation toxique et plusieurs semaines de traitement neuroleptique, elle semblait avoir repris contact avec la réalité et s'était remise à peindre. Elle avait toutefois basculé vers un minimalisme déroutant. Elle ne se mêlait jamais aux autres patients et répondait aux sollicitations d'une voix monocorde, ne manifestant ni agressivité ni intérêt lors des visites du père de son enfant ; et elle se plaignait paradoxalement de la surveillance permanente dont elle se disait l'objet par le sien.

Ensuite, les documents se connectaient avec le récit qu'en avait donné Milton à Christa, même s'il avait toujours refusé de s'étendre sur l'enfer de solitude qu'avait été cette période de sa vie. Après plusieurs internements et séjours en désintoxication, Frida avait été retrouvée en plein trip d'acide sur un toit et à deux doigts d'un vol plombé. On lui avait accordé un aller sans retour pour la case psychiatrique.

Les rapports la décrivaient depuis lors comme apathique, sauf sur sollicitation directe. Elle avait cessé de dessiner ou de peindre et affichait une indifférence absolue au monde. Un de ses médecins avait noté cette phrase : « Son esprit semble vide, d'un blanc total. » Quand sa compagne de chambre s'était pendue sous ses yeux, elle n'avait pas bronché.

Sur ces informations, en tâchant d'écarter ce qui relevait de la toxicomanie, de la dépression, de la démence sénile et autres joyeusetés de la vie cérébrale, JJ identifiait quatre étapes de la maladie. Une phase d'« alertes » : tocs, hypocondrie et émoussement affectifs ; une phase d'« altérations » : perte d'empathie, troubles de la décision et de la motivation, composante paranoïaque ; une phase de « glaciation » : apathie, alogie, baisse de QI et retrait social. L'ultime phase, correspondant à l'été actuel de Frida, évoquait un effondrement associé à des crises psychotiques, comme autant de convulsions d'un esprit refusant la déroute finale.

Après que l'infirmier eut installé Frida au salon, Christa tenta de répondre à ses e-mails, mais la présence minérale de sa mère à côté d'elle l'empêchait de se concentrer. En désespoir de cause, elle sortit de son sac l'exemplaire de *Frankenstein* dont elle avait entamé la lecture la nuit précédente. Même si elle était à peu près certaine de l'avoir étudié au collège, elle avait envie de faire plaisir à Joan. « Ma chérie, je t'assure que ce livre a été écrit pour toi », avait insisté cette dernière.

Joan soutenait qu'il existait une filiation symbolique et métaphysique[1] entre Mary Shelley, son idole, et Ada Lovelace, celle de Christa[2] – pour une fois, elle lui avait

1. Le poète Byron, père officiel d'Ada Lovelace, était également le père biologique de l'enfant de la sœur de Mary Shelley et le mentor de son époux, Percy Shelley.

2. Le lecteur trouvera en annexe en fin d'ouvrage quelques extraits des portraits croisés de Mary Shelley et Ada Lovelace tels que Joan les a brossés dans son ouvrage *Prodigieuses progénitures*.

épargné la version quantique. Ada avait engendré le langage algorithmique à la source de l'informatique moderne ; Mary avait sonné le tocsin en décrivant les ravages et les affres d'un monstre artificiel. Selon Joan, la peur toute contemporaine du remplacement cybernétique résonnait déjà en Frankenstein, et Christa ne pouvait pas faire l'impasse de sa lecture, car c'était comme n'avoir jamais vu Terminator pour sa génération. Elle avait cédé et accepté l'exemplaire offert par Joan, une édition scolaire que sa belle-mère avait elle-même préfacée. Même si la compagne de son père était irritante, elle était la seule personne en dehors de lui autorisée à l'appeler « ma chérie ».

Le roman ne ressemblait pas au souvenir gothique que Christa en avait gardé. Ce n'était pas non plus un œuvre de science-fiction à proprement parler. La véracité scientifique, la Shelley s'en foutait comme de son premier corset : le laboratoire de Victor Frankenstein était à peine décrit et les protocoles de « résurrection » réduits à un assemblage de chair animé par un vague fluide électrique. Un bricolage nébuleux pas si éloigné du fantasme transhumaniste de transférer la conscience d'une unité corps à une unité machine. *Putain de camelote apocalyptique à deux bitcoins.*

Le roman tenait les minutes d'un procès qui était davantage celui du créateur que celui de sa créature meurtrière. À y regarder de plus près, Frankenstein incarnait le véritable monstre de l'histoire. Et quel était donc le crime du docteur foldingue ? Monsieur Victor avait fait un bébé tout seul. À la lumière contemporaine, il n'avait pas commis d'acte d'illégal – du moins dans l'État de Californie. Et même s'il avait éliminé femme et procréation de l'équation, un jury aurait pu attribuer son égarement au compte d'un post-partum carabiné avec gros trouble de l'attachement.

À charge d'accusation, Victor avait quand même symboliquement abandonné son nourrisson au congélateur, lui refusant toute forme d'amour ou possibilité de relation. À sa décharge, rien de nouveau sous le soleil : papa Frankie avait précipité dans un monde pourri une créature qui ne lui avait rien demandé, comme chaque arrivant se retrouve expulsé d'un utérus doux et chaud vers une réalité froide, bruyante et solitaire. « Comme les épouses, maîtresses, bâtards et enfants légitimes que Percy Shelley et son mentor, Lord Byron, avaient semés derrière eux », précisait la préface.

Le personnage de Frankenstein avait beau être un génie scientifique – il parvenait à recréer la vie avec trois alambics, deux vieux bouts de cadavres et un coup de foudre –, il était campé comme un être humain assez vil. À aucun moment Christa n'avait relevé de remords sincères dans le texte, même si, dans son préambule, Joan expliquait que la culpabilité hantait les pages de ce roman. Victor ne semblait prendre conscience qu'il avait dépassé les bornes qu'aux premiers dérapages de sa créature, quand la violence l'atteignait directement.

Englué dans ses obsessions, Victor se retirait du monde, négligeait sa famille, sa fiancée et laissait condamner une innocente. Bouffi d'orgueil et enfermé dans son fantasme de toute-puissance, il déclarait qu'être un homme, c'était « refuser les limites imposées au commun des mortels ». Dénué de compassion, il n'aidait sa progéniture que sous la contrainte de la menace ; insensible à sa souffrance, il se posait même en victime.

— Écoute ça, dit Christa à l'intention de Frida, le gars affirme sans sourciller qu'aucun être n'a jamais été aussi malheureux que lui. *Un si effroyable événement est unique dans l'histoire de l'humanité.* Et sur son lit de mort, il déclare : *J'ai consacré ces derniers jours à examiner ma conduite passée, et je ne la trouve point blâmable.* La Shelley nous décrit un parfait sociopathe, conclut-elle en refermant son livre. Un gars persuadé que les lois sont écrites pour les autres. Et le portrait de n'importe quel trou du cul doté d'argent et de pouvoir, selon Milton. Tu crois que Joan m'adresse un message ?

Frida ne réagit pas, le *big one* lui-même n'aurait pu fissurer cette statue de sel. Christa redressa le cou de sa mère et tordit le sien, tentant d'apercevoir le fond du couloir. Qu'est-ce qui lui prenait autant de temps ?

Quel châtiment Mary Shelley réservait-elle au triste personnage qu'était le docteur Victor Frankenstein ? « Une profonde, noire et mortelle solitude. » Sa créature massacrait les êtres qu'il aimait. Victor perdait affects et relations, toutes choses humaines dont il avait privé son rejeton.

JJ retrouva Christa au salon des visiteurs, où elle était absorbée par l'écran de son téléphone. À ses côtés, Frida ronflait, tête renversée, bouche ouverte. Il scruta un moment le profil concentré de son amie avant qu'elle ne lève le regard vers lui. Comment pouvait-elle rester aussi détachée en un moment pareil ? Avait-elle déjà atteint la phase d'« alerte » de la maladie ? L'examen de ses noyaux gris s'était pourtant révélé normal. Il se promit de vérifier l'arrivée et la fréquence d'éventuels tocs chez Christa. Il ne lui en connaissait qu'un ; elle se mordait le poignet jusqu'au sang en cas de stress. Mais l'automutilation faisait-elle partie du tableau ?

Après un tel diagnostic et une vision aussi indéniable de son avenir, Christa était supposée reconsidérer les priorités de sa vie, profiter de chaque instant, *carpe fucking diem,* faire jouer la lumière de l'automne dans ses doigts et le vent dans ses cheveux, lui tomber dans les bras, enfin, ce que font les malades incurables dans les films.

JJ se dit que, tout bien considéré, il ne connaissait personne agissant de la sorte. Les gens s'acharnaient à demeurer ce qu'ils étaient, même au bord d'un précipice. Pour son malheur, Christa affectait depuis si longtemps de se foutre de tout qu'il serait difficile désormais de percevoir le stade où elle s'en foutrait vraiment.

— Pourquoi tu souris comme ça ? dit-elle en ôtant ses oreillettes.

Il haussa les épaules et s'affala dans un fauteuil d'un confort pernicieux.

— Qu'est-ce que tu écoutais ?

— Pink Floyd. « Wish You Were Here ». Sur une suggestion d'Andrew.

— Quel à-propos ! murmura JJ en se malaxant les globes oculaires.

— Elle est dans les vapes, dit Christa en soulevant la main de Frida, qui retomba lourdement sur ses genoux.

— Ses archives médicales sont inouïes. J'ai même pu voir ses dessins datés des années 60. Mais, crois-moi, tu peux te dispenser de les réclamer.

— Mon grand-père maternel était procureur. Un amoureux des classeurs. Il n'a jamais accepté Milton, trop beatnik à son goût.

— On n'en est pas à la première génération de paranoïaque, bâilla-t-il.

— On ne l'est jamais assez.

Sortant brusquement de sa léthargie, Frida ouvrit les yeux et les fixa durant un instant, avant de replonger en mer d'absence. JJ eut le temps de constater que les iris de

Christa avaient la même teinte grise, enfouis sous d'identiques paupières, à la différence près que le regard de la fille brillait encore d'un feu sourd, quand celui de la mère semblait taillé dans une roche opaque.

— Tu as le droit d'être triste, tenta JJ.

— Je n'ai jamais eu de lien avec Frida. Et me désoler pour elle ne va rien changer à son destin.

Il allongea ses jambes et ferma les yeux.

— Donne-moi juste une minute, soupira-t-il.

— Tu te demandes si mon indifférence est une conséquence de ma maladie ou tient de mon incompétence émotionnelle habituelle. Eh quoi ? Je ne vais quand même pas étrangler un hamster tous les jours histoire de voir si ça me touche encore, pas vrai ?

— Je n'ai jamais pensé que tu sois dénuée d'empathie ou de compassion, Christa, murmura-t-il. On a tous le droit à nos haines.

— Je n'ai jamais haï Frida. Enfin, disons que je ne la déteste plus. Je vais demander son transfert dans un établissement de San Francisco.

JJ ne releva pas ; il avait sombré dans un de ces sommeils éclairs dont il avait le secret. Christa lui concéda vingt minutes ; il semblait en avoir besoin. Elle le couvrit de son manteau et remit ses écouteurs pour tenter de planer sans chimie autre que celle de la musique de Pink Floyd.

Christa passa sous le nez de JJ une tasse de café et, dès qu'il ouvrit une paupière, elle embraya.

— Noir, deux sucres, et il ne vient pas du distributeur, mais du bureau des infirmières qui te trouvent mignon. Qu'entends-tu exactement par empathie ?

Il se redressa, déglutit, se frotta les yeux et regarda sa montre. Sa première pensée avait été pour MacLean ; il ne devait surtout pas rater le dernier vol. La suivante fut que s'il n'avait pas fréquenté Christa depuis plus de trente ans, il aurait pu prendre son manque de tact pour une impossibilité empathique ontologique.

Il avala d'un trait le café à peine tiède et crut spirituel de lui demander lequel de ses ex elle avait prévu de consulter à la suite dans sa tournée des popotes. Quand elle rétorqua « Tancrede », il rit jaune et se sentit acculé à répondre qu'à son sens, l'empathie était la capacité consciente de se mettre à la place d'autrui sans confondre sa subjectivité avec celle de l'autre, une compétence inconnue sur le CV de Christa.

— La base sur laquelle se développent les sentiments moraux, comme la bienveillance, la culpabilité et le remords.

— Où est-ce traité dans le cerveau ? voulut-elle savoir, impassible.

JJ saisissait sans peine l'angoisse cachée en creux dans cette curiosité, car cette question, il se l'était déjà posée. La dégradation des noyaux gris d'un sujet réduisait-elle à néant ses capacités empathiques ? Il n'avait pas de conclusion simple à lui fournir. Certaines études associaient l'inaptitude à ressentir les émotions d'autrui à des lésions sous-corticales et temporales ; celle de les comprendre, à des atteintes préfrontales ; et enfin, comme le risquait Christa, l'impossibilité d'y répondre de manière appropriée, à des lésions du gyrus cingulaire.

— Je ne connais pas de région spécifique dédiée, répondit-il. C'est un état mental complexe où interopèrent différents processus perceptifs et cognitifs.

Elle parut se contenter de cette réponse et rassembla ses affaires.

14

Frankenstein, *c'est l'histoire d'un monstre, mais qui n'est pas celui qu'on croit.*

Joan Smith, *Prodigieuses progénitures*

Pour Saul, le comportement de Christa évoquait ces chemins tracés par les usagers qui refusent l'itinéraire imposé par le paysagiste ; elle n'empruntait que ses lignes de désir. Quand elle lui rendait visite, elle se pointait rarement pour bavarder. Elle lui sautait dessus à peine la porte refermée, balayait toute tentative de discussion d'un revers de main, exigeait de passer aux choses sérieuses sans qu'il ait eu le temps de s'échauffer, le chevauchait d'autorité, accélérait la cadence, jouissait très vite, l'embrassait sur le front et disparaissait dans la salle de bains avant de s'éclipser.

Au début de leur relation, que Saul qualifiait de « plus épisodique que ma sobriété », il avait dû négocier un minimum de préliminaires, correspondant à la plage du morceau « Coney Island Baby ». Quelques années plus tard, Christa ne pouvait plus entendre la voix de Lou Reed sans ressentir un élancement pavlovien dans son sexe. Néanmoins, si Saul s'aventurait à plastronner qu'il était encore capable de la garder au lit durant plusieurs rotations de l'album éponyme, elle rétorquait qu'elle n'était plus amoureuse de lui, que, sans sentiments, le décorum autour du cul la gonflait et que, de toute façon, elle ne mettrait plus jamais tous ses orgasmes dans le même panier. Aussi, ce jour-là, Saul fut-il agréablement surpris de la voir s'attarder nue à son côté pour cloper.

Songeuse pendant quelques bouffées, elle finit par se pencher vers le chevet et attrapa son téléphone.

— Qu'est-ce que tu penses de ça ? lança-t-elle en lui agitant sous les yeux écran et fumée.

— Quoi, encore ? grogna-t-il.

— Une vidéo qui montre comment mon ex-mari drague les talents et les investisseurs.

— Il n'était pas sorti définitivement de ta vie, celui-là ?

Avant de se résoudre à prendre l'inévitable rendez-vous avec l'Infâme, Christa avait une fois de plus traîné sur le site internet de FreeMotion, l'entreprise dont Tancrede venait d'être nommé DG après son rachat par le conglomérat Gotta. Le graphisme abusait de l'iconographie consensuelle issue des banques d'images : couple métis en pique-nique, quinqua sportif à moumoute argentée, quadra décisionnaire sur talons de strip-teaseuse, le tout sur fond de verdure, ciel radieux et relent de prêchi-prêcha en bouillie novlangue.

FreeMotion se targuait de développer de l'IA apte à détecter les subtilités émotionnelles, une capacité nécessaire aux interactions croissantes homme-machine. « FreeMotion est désormais dirigée par le visionnaire Dr Tancrede Rowley, conférencier au MIT Media Lab. FreeMotion irriguera l'industrie de ses avancées majeures dans le domaine de l'informatique affective[1]. Pour un monde de demain plus humain. » Sur bien des phrases de leur argumentaire, Christa avait ricané ; sur cette dernière, elle avait hésité à vomir. Comment ravaler la façade grise de la technologie aux couleurs arc-en-ciel du progressisme, alors qu'il ne s'agissait que de bizness. La division d'analyse média de FreeMotion, déjà leader du marché auprès des sociétés de divertissement et des grands annonceurs internationaux, ne cachait pas son ambition équivalente sur celui du véhicule autonome. Autant dire que, sans être le créateur de ces technologies de pointe indispensables au futur, le conglomérat Gotta en détiendrait bientôt l'hégémonie en gobant une start-up après l'autre, comme un Pac-Man obèse.

Christa n'avait pu résister à cliquer sur le lien vers une vidéo prise lors d'une conférence universitaire. En prologue, un drone filmait l'amphithéâtre bourré à craquer d'étudiants surexcités par une musique digne du *Burning Man*, avant que l'Infâme, costume cintré, baskets à trois zéros et micro sans fil, déboule sur scène au pas de course, sous un tonnerre d'applaudissements et de tapements de pieds.

— J'ai beau avoir deux doctorats, attaquait Tancrede en ôtant sa veste, je suis un gars comme les autres, hein, pas très doué d'un point de vue émotionnel…

Il leva les deux bras pour calmer les sifflets et, au passage, fit saillir ses biceps dans son tee-shirt moulant.

— Savez-vous ce qui était le plus difficile avec mon ex-femme ?

— Laquelle ? hurla un fan.

1. *Affective computing* : discipline fondée dans les années 1990 par la chercheuse Rosalind Picard, créatrice et fondatrice du groupe de recherche éponyme du MIT Media Lab.

Saul pouffa et Christa émit un soupir d'exaspération : l'Infâme commençait toujours ses interventions publiques par une blague sur sa vie personnelle – elle avait essuyé plusieurs fois l'affront, y compris en sa présence. Pour certains, l'attaque a*d hominem* représentait une porte de sortie à défaut d'arguments ; pour son ex-mari, c'était du préchauffage.

— Je n'ai jamais été foutu capable de déterminer si ma femme me faisait la gueule ou pas, dit Tancrede.

— Faux, commenta Christa. Il n'a qu'un seul doctorat. Il n'a jamais terminé sa seconde thèse.

— Encore un blessé de la vie, ricana Saul en lui volant la dernière bouffée de cigarette.

— Nous avons longtemps eu le même problème avec l'IA, reprenait Tancrede. L'intelligence artificielle savait reconnaître la différence entre les états excité et calme, mais elle se plantait copieusement entre « excité, car content » et « excité, parce que en colère ». Comme entre mon ex et moi.

Tancrede attendit que le tonnerre de sifflets s'apaise en faisant semblant de parer des coups à la tête, tandis que le drone filmait un plan tournant rapproché.

— Il est doué cet enfoiré, dit Saul.

— L'imperfection des communications interpersonnelles, reprenait Tancrede. Voilà le problème. La plupart du temps, les êtres humains sont à peine intelligibles, et pour certains, totalement indéchiffrables. Même avec la plus grande capacité empathique.

Une reproduction de *La Joconde* s'afficha sur l'écran géant derrière lui et le drone zooma sur l'ébauche de sourire de Mona Lisa.

— Que pouvait donc éprouver cette femme en regardant le peintre ?

Tancrede incita l'assistance à lâcher quelques répliques potaches, dont une très obscène qu'il fit mine de désavouer avant d'enchaîner.

— Cinq siècles se sont posé la question. Eh bien, moi j'ai la réponse !

Une flottille de traqueurs optiques parcourut le visage impassible de la célébrissime.

— Le logiciel de FreeMotion a examiné les principaux traits de la Joconde et les a mis en relation avec six émotions de base et six émotions complexes. Et voici ce qu'il en dit.

Sur l'œuvre majeure du Cinquecento apparut un graphique en camembert digne des meilleurs bilans comptables. Selon les algorithmes de FreeMotion, le sourire énigmatique de Mona Lisa exprimait à 83 % de la joie, à 9 % du dédain, à 6 % de la peur et à 2 % de la colère.

— Que signifie ce dernier pourcentage ? dit Saul. Magne-toi, Léo, j'ai les lasagnes au four ?

— Il tente une diagonale d'Elon, dit Christa. Une fumée de SF, histoire de vendre de la simple interface. De la pure esbroufe.

Christa accéléra la lecture jusqu'au moment où Tancrede expliquait à l'assemblée ce qu'elle savait déjà : un cerveau était en mesure d'identifier un sourire à trente mètres de distance ou de repérer un micromouvement de sourcil d'à peine un dixième de seconde. Pour traduire la gamme des émotions humaines, les quarante-quatre muscles du visage composaient jusqu'à cinq mille expressions ;

les détecter et les distinguer revenait à effectuer un processus banal de *machine learning*. Il suffisait de nourrir l'IA de quantités massives de données en les ayant, au préalable, « étiquetées » afin qu'elle puisse apprendre à les catégoriser et, par la suite, à en gérer de nouvelles de façon autonome. Dans le domaine de Tancrede, il s'agissait de « feel data », des données récupérées lors d'interactions émotionnelles humaines avec des objets, des services ou des semblables.

Selon l'Infâme, l'*informatique affective* se montrerait plus performante en efficacité et en rapidité que l'empathie naturelle. Elle était déjà capable, par exemple, de reconnaître la colère ou la frustration d'un utilisateur face à un *chatbot* afin d'y répondre correctement.

— Ce qui nous ramène, une fois de plus, à l'échec de mon premier mariage, poursuivait-il pour relancer l'attention.

La salle rit encore quand une animation du visage de Mona Lisa lui fit faire un clin d'œil aguicheur.

— Identifier, modéliser, simuler, expliquait Tancrede en décomptant sur ses doigts à l'envers, tandis que les mots se matérialisaient en lettres géantes sur l'écran.

L'intelligence artificielle pouvait-elle reconnaître les émotions humaines ? Pouvait-elle catégoriser et représenter les affects ? Et enfin, pouvait-elle les émuler, en produire un fac-similé ? Christa se dit que Tancrede adorait toujours autant les triades ; trois points décrivent un plan, une horizontale stable et rassurante où asseoir l'esprit de son interlocuteur. Sauf dans la vie d'un couple où le surnuméraire n'est pas le bienvenu, en général.

— Nous en sommes à l'étape de la reconnaissance, disait-il à l'écran. La prochaine révolution technologique sera l'empathie artificielle. Pour identifier, par exemple, qu'un utilisateur est en danger ou en souffrance et répondre correctement à ses besoins.

Le drone vint le filmer au plus près, comme s'il quémandait un câlin.

— L'IA de demain sera irréductiblement liée à notre quotidien. Prenons garde à ne pas développer une intelligence hyper compétente dans un domaine particulier, mais incapable de gérer les affects humains. Gardons-nous de coder une sociopathie artificielle.

— On a déjà assez de ressources naturelles comme ça, maugréa Christa en interrompant la salve d'applaudissements.

Elle vint se pelotonner contre Saul, qui n'osa pas plaisanter sur le fait. Christa semblait touchée par chaque parole de son ex comme par une attaque personnelle. Le vieux conditionnement reprenait toujours le dessus, même si elle prétendait s'en être libérée. Quand Saul put tricoter les cheveux de Christa entre ses doigts sans qu'elle s'insurge, il s'inquiéta définitivement.

— Ça sert à quoi au juste, leur truc, au-delà des voitures autonomes et des pièges à cons sur les réseaux sociaux ? dit-il.

— C'est un enjeu majeur de surveillance de masse. Qui contrôle les émotions contrôle les décisions. Rien de nouveau en politique. Mais le dernier espace de liberté, c'est le monde intérieur. Sus à la subjectivité !

Saul se redressa et, sous une impulsion, il prit le visage de Christa entre ses mains. Il ne put y lire qu'une intense confusion. Pourquoi, alors, lui avait-elle demandé comment générer des émotions qui n'étaient pas les siennes ? Elle commençait à lui foutre vraiment les jetons.

— La seule question est de savoir comment je peux faire un meilleur show que mon ex-mari, dit-elle en se dégageant. Tu peux m'aider ?

— Un message prioritaire, intervint Andrew.

— Une mauvaise nouvelle ? s'enquit Saul en enfilant ses chaussettes.

— Charlie est mort, lut-elle.

Joan l'avertissait que Milton était dans tous ses états et Christa pensa qu'elle avait trop négligé son père ces derniers temps. Entre les enfants, les réunions techniques, la présentation aux investisseurs et ses recherches privées, elle avait à peine le loisir de dormir.

— Qui était Charlie ?

— Une femelle salamandre devenue cardiaque à force qu'on frappe sur son bocal.

— Comment reconnaît-on le sexe d'une salamandre ?

— J'en sais foutre rien, mais cette fois, je lui offre un chien pour son non-anniversaire.

Milton avait toujours refusé de célébrer le jour de sa naissance qui, selon lui, n'avait pas été un événement mémorable, surtout pour sa propre mère. Depuis qu'elle était en âge de comprendre la souffrance cachée de son père derrière cette fanfaronnade, Christa lui organisait une fête à une date dont il ne pouvait se douter, puisqu'elle était allée jusqu'à l'omettre deux années consécutives afin d'en cumuler trois la suivante.

— Je ne te savais pas capable de fantaisie, remarqua Saul.

Coucher avec JJ avait toujours été pour Christa comme rentrer à la maison après l'avoir louée à une inconnue. Et à son sens, le caractère pontillé de leur relation avait même sauvé ce qu'une cohabitation continue aurait pu lézarder. Que faisait JJ des baux intermédiaires ? Elle ne le lui demandait jamais. Quand elle revenait vers lui, elle se contentait de faire le tour du propriétaire : une ride de chagrin qu'elle n'avait pas causé, un parfum qu'elle n'avait pas validé, une habitude alimentaire inédite, une position sexuelle qu'elle n'avait pas réclamée. Elle dépistait, fascinée, les traces laissées par d'autres femmes sur la psyché de son ami-amant, ne serait-ce que pour le plaisir de les exploser sous ses doigts comme des bulles de papier d'emballage.

Lorsqu'il se rasait, JJ aimait à fredonner « *I'm just a gift for the women of this world*[1] », en l'accompagnant de petits tapotements satisfaits sur la faïence, mais en sortant de la douche, ce matin-là, Christa réalisa qu'une inconnue avait réussi à hisser une nouvelle chanson à la tête de sa playlist ; leur dernière séparation avait été trop longue.

— Je dois faire un choix difficile, lui dit-elle en s'épongeant les cheveux. Ou je tente une diagonale d'Elon, autant dire un gros coup d'esbrouffe ou…

JJ continuait à chantonner sa rengaine insipide sans relever. Depuis quand négligeait-il ses suspensions ?

— Ou je cède mes parts de WeCare à l'Infâme, murmura-t-elle.

Il jura après s'être coupé ; elle avait toute son attention. Alerté par le cri, MacLean embua la vitre de la porte-fenêtre.

— Tu envisages sérieusement d'abandonner ton bébé ? s'enquit JJ en inspectant sa joue.

— J'examine encore l'option.

Elle avait bien dû visionner la conférence de Tancrede quinze fois : il faisait miroiter aux étudiants le fantasme de l'empathie artificielle, alors qu'à terme, il se contenterait de vendre aux marques de quoi surveiller leurs consommateurs

1. « Je suis un cadeau pour les femmes de ce monde. »

et éviter de mauvais buzz. Elle pouvait tenter le coup elle aussi pour lever des investisseurs et ramasser de la fraîche, toutefois elle affrontait un problème de taille. Tancrede, qui avait toujours rêvé d'être une rock star, s'était construit, à défaut, un destin d'idole des geeks ; Christa, elle, se demandait encore où elle avait bien pu ranger son charisme. Un fâcheux cocktail de peur, de honte et de timidité anesthésiait une partie de ses compétences en public.

Si elle voulait surmonter son trac, Saul lui avait conseillé un jour de « laisser sortir la catin ». Il existait en elle une Christa alternative, avec une meilleure apparence, plus d'assurance et beaucoup moins de vergogne à se vendre. Elle avait testé cette méthode en quelques occasions : jouer à être une autre version d'elle-même lui avait souvent sauvé la mise, mais c'était une expérience très coûteuse en emocoins.

JJ ouvrit à MacLean, qui hurlait devant la baie vitrée, et le chien se précipita sur Christa.

— Je suis nulle en prostitution, soupira-t-elle à l'oreille du dogue avant d'enfouir son visage dans le cou de l'animal.

— Je t'écoute, céda JJ.

Il s'assit sur la cuvette des toilettes et il l'invita à répéter devant lui son discours.

— Déjà, à qui tu t'adresses ?

— Aux investisseurs, aux compagnies d'assurances, au monde médical. Au grand public en dernier lieu, même si c'est lui que je dois séduire.

— Je suis la cible. Vas-y, vends-moi ta camelote.

Elle noua sa serviette en turban et entama son argumentaire. La population planétaire des plus de quatre-vingts ans allait tripler d'ici à 2050. Dans cette classe d'âge, les pathologies non transmissibles comme les cancers ou la maladie d'Alzheimer représenteraient le plus lourd fardeau de santé publique. Le diagnostic et la prescription assistée par IA soulageraient les systèmes de santé submergés par l'explosion des affections chroniques due au prolongement de l'espérance de vie.

— Tu m'as déjà perdu, dit JJ. Tu vends un avenir meilleur, pas un tableau Excel. Quelle est la vraie question ?

— Qui va s'occuper de nos vieux ? Mais je ne peux pas le formuler comme ça.

— Pourquoi pas ? Épargne-moi la perspective de devoir visiter mes parents à l'hôpital. Fais-moi rêver avec un futur tout propre, bien blanc et lisse.

— Il ne le sera pas.

— Personne ne veut le savoir. Soit plus empathique ! Pense à ce que tu ressens quand tu vois Milton vieillir.

MacLean s'allongea sur le tapis et entreprit de le mastiquer. JJ tira le chien hors de la salle de bains et referma la porte. Christa inspecta son visage dans le miroir, gémit et brancha le séchoir. *Voir son père vieillir.* Elle savait que ce moment était déjà arrivé, sans vouloir l'accepter. Milton se raccrochait à ses lubies, à la répétition de ses colères pour tenir encore debout. Peut-être pour que quelque chose au moins revienne. Que tout arrête de foutre le camp, comme du sable entre les doigts. Elle repensa au premier circuit émotionnel, celui de la quête, dont Milton lui avait parlé dans son dernier mail. Le comportement de son père illustrait douloureusement l'émoussement de ce désir d'exploration. Joan lui avait confié que Milton avait perdu depuis quelque temps toute appétence pour la nouveauté et pour, « enfin tu sais ». Christa s'était bouché les oreilles. « Il n'est vivant que lorsque tu as besoin de lui. » La quête représentait le moteur même de la vie, la force d'avancer. Dès qu'on renonçait à cet élan, tout le reste partait en lambeaux.

JJ la regardait, fasciné, jouer du correcteur et des fards.

— C'est quoi, ta came au juste, insista-t-il, à part du traitement de données biométriques ?

— Un système de biovigilance par IA accessible au grand public.

— Tu veux me foutre au chômage ?

Effectivement, à moyen terme, BioLink offrirait une fiabilité de diagnostic supérieure à celle de la médecine humaine. Un réseau *in vivo* de biocapteurs enregistrerait des informations métaboliques et génétiques sur de longues périodes et les analyserait grâce à des modèles prédictifs. Le projet ne se contenterait d'ailleurs pas de la prévention ; à long terme, en associant les ressources des nanotechnologies et de l'intelligence artificielle, on parviendrait même à des solutions de thérapies intracorporelles : chirurgie non invasive, réparation ou destruction cellulaire, ou convoi ciblé de molécules. Les possibilités semblaient sans limites. Et ce projet était devenu aux yeux de Christa une priorité vitale, car avec quelques arrangements BioLink serait l'agent de stimulation dont elle aurait besoin pour éviter l'hôpital psychiatrique.

— Où sont donc passés les bots-infirmières sexy ?

— Ne rêve pas trop. Nous en sommes encore au stade du grille-pain augmenté.

Les roboticiens reconnaissaient eux-mêmes avoir sous-estimé la difficulté de la tâche. Pour pallier le manque de personnel et pratiquer le soin, soient autant des actes techniques que des comportements empathiques, les machines devraient acquérir des compétences cognitives et émotionnelles de haut niveau. Or la vie se révélait une autre paire de claviers à coder que son apparence.

— Tout fout le camp, même les fantasmes, remarqua JJ pendant qu'elle lui nouait sa cravate.

— BioLink garantira la prévention des maladies par un contrôle individuel et continu de l'homéostasie, l'équilibre dynamique des différentes constantes physiologiques.

— Je sais parfaitement ce qu'est l'homéostasie, ma p'tite dame, mais qu'est-ce qui pourrait me pousser à investir dans quelque chose d'aussi terrifiant qu'une mise sur écoute de notre vie organique ?

— Un océan inépuisable de données personnelles à siphonner. Un marché de dizaines de milliards de dollars.

— Je viens de pisser dans mon froc.

— Je fais peur, moi, vraiment ? dit-elle avant de faire claquer ses lèvres pour étaler son rouge.

Après avoir décortiqué la vidéo de la conférence de Tancrede sous toutes ses coutures, Christa avait demandé à son agence de relations publiques de la guider dans le choix de sa tenue de scène pour sa présentation aux investisseurs. Comme Steve Jobs avait logotypé sa silhouette maigre avec un col roulé noir, marque désormais déposée du *cool & smart*, l'agence lui avait proposé l'équivalent féminin, le même pull, en blanc. « La Diane Keaton de la Silicon Valley. » On lui avait conseillé d'éclaircir un peu ses cheveux, pour adoucir son expression. De ne surtout pas porter des talons trop hauts. Mais pas de chaussures plates pour autant. On lui avait préconisé d'utiliser un champ lexical rassurant, voire maternel. De décrire un monde de publicité pour soda allégé, ressemblant étrangement au site de l'entreprise de son ex. Bref, on lui avait recommandé de tenter, dans la mesure du possible, de foutre moins les chocottes.

— C'est si injuste ! reprit-elle. C'est moi qui ai tout le temps peur. J'ai peur pour mon père, pour mes enfants. J'ai peur de devenir un zombie comme ma mère. Et là, le pompon, peur de me voir dépouiller du travail d'une vie !

Même Elon Musk s'était fait virer de PayPal par ses associés alors qu'il était en voyage de noces. La vision du créateur, les actionnaires s'en foutaient. Christa ne pouvait jamais baisser la garde. Trop peur d'être dévorée par les tigres aux aguets. De ne pas être à la hauteur. D'être obsolète. Elle tremblait et JJ crut même voir une larme perler au bord de son mascara fraîchement posé. Surpris par cette tension inhabituelle, il vint la prendre dans ses bras et la berça, comme elle l'avait déjà fait dans les cas d'urgence. La vie d'adulte n'était un jeu d'enfant pour personne.

— Je suis si fatiguée d'avoir peur, soupira-t-elle à son oreille.

Saisi d'un doute, il releva le visage de Christa et tenta de lire sur ses traits.

Elle lui offrit l'apostrophe étrange de son sourire.

— Putain, tu t'entraînes ! aboya-t-il.

Avant tout rendez-vous avec Tancrede, Christa hésitait toujours entre une ligne – dans l'espoir de récupérer le peu de confiance en elle que la proximité avec son ex-mari annihilait – et un bêta-bloquant, pour apaiser son cœur. Cette fois, elle avait choisi le calmant ; l'Infâme l'avait conviée à une démonstration privée de véhicule autonome sur le circuit de FreeMotion, en claironnant qu'il serait ravi de confronter leurs algorithmes de reconnaissance émotionnelle à la plus célèbre *poker face* de toute la Silicon Valley.

— À la condition que je voie aussi tes cartes, avait-elle répondu. Aucune raison que seul mon jeu soit ouvert.

Le pilotage par IA n'avait rien de très novateur, mais Christa avait fait semblant de céder à sa provocation. Il avait accepté de se soumettre en simultané au même test. Elle avait senti la satisfaction dans sa voix et deviné la naissance d'un sourire, un de ceux qui lui hérissaient le duvet des bras.

Quand il casa son double mètre à côté d'elle dans l'habitacle du véhicule, elle se pinça discrètement. L'Infâme avait toujours été le mauvais gars, le « celui qu'il ne faut pas » et le « t'aurais pas dû » de son histoire, mais c'était plus fort qu'elle. Une simple question d'odeur.

Ses émotions auraient pourtant dû la prévenir. N'étaient-elles pas censées l'aider à effectuer le bon choix ? N'étaient-elles pas là pour lui hurler, à travers tous ses sens, de ne surtout pas toucher à cette nuque, de ne pas respirer ce cou ? Détourne ton regard, tes lèvres et ton chemin, ma fille ! Ce mec te fera pleurer jusqu'à ce que tu regrettes d'avoir des yeux. *L'évolution se fout de ton bien-être ou de ton bonheur comme de sa première amibe*, avait écrit Milton. *Elle ne s'intéresse qu'à tes gènes et à ta capacité à les transmettre.* Le corps de Tancrede exhalait quelque chose d'impérieux, un parfum distillé uniquement pour Christa par les instances supérieures de l'espèce, une alchimie organique conçue spécifiquement pour qu'elle cède à ce gars, qu'elle mêle sa langue à la sienne et ses chromosomes aux siens.

Christa ne se rappelait pas la dernière fois où elle s'était retrouvée ainsi coincée avec lui dans une voiture. Il y en avait trop. Voie d'accélération, bretelles d'embranchements et péages de sortie. Leur première rencontre et la sensation que, des cinq personnes entassées dans la caisse, trois sont floues, qu'un fil relie son regard à cette nuque inconnue et que ce fil se noue à jamais. Un premier baiser incandescent dans une autre voiture, une première baise, trop rapide pour être satisfaisante, mais qu'importe, qu'importe autre chose à cet instant que l'intensité de l'instant. Et, plus tard, des promenades et des voyages, et des conversations et des disputes, dans des machines toujours plus confortables avec, subitement, deux êtres qui leur ressemblent à l'arrière. Et puis la bagnole depuis laquelle elle le regarde monter dans celle d'une autre. Celle où ils se déchirent. Celle où elle pardonne et celle où il recommence. Et celle avec laquelle elle était partie.

Suivant les recommandations de la responsable de projet embarquée avec eux, Christa et Tancrede prirent le temps de respirer et de détendre leurs traits, afin de procéder à l'étalonnage d'une expression sans engagement émotionnel. Sur l'écran de contrôle, une colonie de traqueurs optiques rampa sur leur visage impassible. Les cibles s'attardèrent sur leurs sourcils, caressèrent leurs lèvres et les plis autour de leurs yeux avant de s'amarrer comme une nuée de tiques à chacune de leurs rides.

— Mme Cristofersson, neutre avec une pointe d'hostilité, indiqua l'ingénieure.

— M. Rowley, neutre avec 5 % d'intérêt, confirma Deon, l'assistant de Christa lui aussi embarqué à l'arrière.

— Il n'existerait pas de consensus sur l'universalité des expressions émotionnelles. Alors comment pouvez-vous procéder à un indexage correct ? attaqua Christa.

— Nous avons encore un peu de chemin à parcourir, concéda Tancrede tandis que la voiture démarrait sur sa requête vocale.

Selon lui, le niveau 5 et l'autonomie complète de pilotage étaient presque atteints, malgré ce qu'il qualifia de « quelques aléas ». L'IA devait apprendre à faire des choix éthiques vitaux, difficiles et instantanés, mais globalement, le plus imprévisible n'était pas la machine. Plutôt le conducteur lui-même. Et les passagers. Et les passants.

— L'humanité, cette plaie de l'humanité, dit Christa.

— Vous cherchez quoi, à part repérer la fatigue ou un défaut de concentration ? s'enquit Deon.

— La colère, l'hostilité, la honte… l'ennui.

Il lui expliqua la genèse de leur étude, basée, à l'origine, sur le *Facial Action Coding System*, un répertoire de 46 « composants » expressifs, supposés universels : mouvements de la tête, clignement de l'œil, direction du regard, froncement de sourcils, serrement ou succion des lèvres, dilatation des narines ou bien encore gonflement des joues. Christa connaissait la démarche pour s'être intéressée aux travaux d'ingénieurs japonais qui avaient tenté de fabriquer un visage robotique capable de simuler ces 46 compositions faciales. Le résultat randonnait au fond de la « vallée de l'étrange[1] », là où flotte le malaise brumeux d'une confrontation à une représentation humanoïde, mais pas totalement humaine. Comme la plupart des gens, Christa préférait côtoyer un bot avec une franche gueule

1. Théorie du Japonais Masahiro Mori publiée dans les années 1970. Elle explore la réponse émotionnelle d'un sujet face à un objet en fonction du degré de ressemblance de ce dernier avec un être humain. Le roboticien emploie le terme « *Uncanny Valley* », « vallée de l'étrange », en référence au titre d'un ouvrage de Freud, *L'Inquiétante Etrangeté* : « L'incertitude intellectuelle concernant le fait que quelque chose soit vivant ou non ».

de machine qu'avec celle d'une poupée gonflable, et un fumier avec une vraie tronche de sale type.

Elle lâcha une question désinvolte sur leur approche technique. Comment l'intelligence artificielle pouvait-elle passer au-delà du mensonge ou des stéréotypes culturels ? Une personne pouvait très bien simuler des expressions faciales émotionnelles sans les ressentir, ou même simplement les minorer.

— Elle me ment présentement ? s'alarma Tancrede en se tournant vers son assistante.

— Je vois seulement que le taux de colère monte légèrement chez Mme Cristofersson, répondit l'ingénieure, embarrassée.

— Idem pour les taux d'étonnement et d'intérêt chez monsieur, répliqua Deon.

— Je n'ai rien à cacher, sourit Christa. Tu connais mon ressentiment envers toi et il n'est pas près de faiblir. Le reste est de l'ordre de la… curiosité ?

— Tu sembles très au fait de la question de la reconnaissance émotionnelle.

— Je me demandais si vos algos sont capables de détecter les enfoirés affectifs. Je subodore un énorme marché potentiel.

Inquiets de voir se disputer papa et maman, les deux jeunes ingénieurs se tortillaient sur la banquette arrière en échangeant des regards entendus.

— Ils ont déjà beaucoup trop de mal à identifier le sarcasme, rétorqua Tancrede.

Quand Christa lui reprocha de s'épancher en public sur leur vie privée, il se contenta de fixer le défilement du paysage avec un petit sourire. Christa pria pour que celui-ci ne fasse pas trop monter son rythme cardiaque ; elle s'en sortait jusque-là avec les honneurs, elle avait eu raison de choisir l'inhibiteur bêta-adrénergique. Tancrede avait toujours la même odeur, mais l'idée de s'en faire un shoot en reniflant à la base du cou ne lui semblait plus si impérative.

— Les émotions, c'est un mystère pour tout le monde. Comment savoir si on est amoureux est une des requêtes les plus posées sur internet. Avant les moyens d'en établir la réciprocité, dit-il avant de fredonner un air familier : « I need you, I don't need you ».

Le cœur de Christa s'emballa nettement sous l'assaut de la mélodie. *Ne me la joue pas comme ça, salopard !*

— Tu confonds les émotions avec les sentiments, répliqua-t-elle.

— Tu te souviens, n'est-ce pas ? La première fois qu'on s'est rencontrés, tu as dit que tu préférais les hommes beaux, mais que, pour moi, tu ferais une exception.

— Tu ne connaissais même pas cette chanson de Leonard Cohen.

— Et moi j'étais vexé. Tu pensais que je pouvais lire directement dans ta tête ? Je n'ai jamais pu le faire. Et aucun algorithme ne le pourra jamais.

À l'arrière, prisonniers d'enjeux qu'ils ne comprenaient pas, les deux assistants protestèrent de la chaleur dans le véhicule.

— Ressent-il un tant soit peu de culpabilité ou de honte ? demanda Christa à l'ingénieure derrière elle.

— J'imagine que depuis JJ est revenu en courant, répliqua Tancrede. Pauvre gars.

— Si le sentiment amoureux était soumis à une stricte réciprocité, cela aurait facilité la vie de toute l'humanité. Y compris la mienne.

— Avec Jonas, on a plutôt affaire à de la récursivité. Il recommence toujours la même erreur.

— Comme le disait Lewis Carroll, *s'il est impossible de ne pas penser à quelque chose, il reste encore possible de penser à autre chose*, s'immisça Andrew, ce qui fit sursauter les quatre passagers.

— Comment pouvez-vous certifier la justesse de l'analyse si les expressions faciales ne sont pas une référence fiable ? intervint précipitamment Deon.

— Nous corroborons avec les temps de réaction et la parole, répondit *illico* l'assistante de Tancrede. Les variations de la voix en intensité et fréquence sont bien plus difficiles à travestir.

— Alors, vous devez vous confronter aux différents accents au sein d'une langue, comme pour la reconnaissance vocale, rétorqua Deon.

Soulagée que son collègue ait initié la diversion, l'ingénieure de FreeMotion admit sans peine que leur dispositif ne mesurait pas littéralement l'émotion. Il se contentait jusqu'à présent d'observer les modifications comportementales consécutives à un événement entraînant une réaction émotionnelle. Pour rendre l'algorithme véritablement efficace, il aurait fallu le nourrir par des mesures indirectes, comme un physicien étudie les particules élémentaires en jouant au billard avec des atomes : examens des niveaux d'hormones de stress sécrétées dans le sang, fréquence cardiaque, pression artérielle, conductance de la peau et changements des rythmes électroencéphalographiques dans l'activité cérébrale.

— Soit pile l'expertise de ta société, Christa, dit Tancrede en la fixant comme si elle était la dernière part de gâteau dans le plat.

— Je crois que notre logiciel vient de boguer, dit l'ingénieure, alors que la voiture se garait en un créneau parfait entre deux consœurs.

La jeune femme fit pivoter l'écran de son ordinateur portable vers son boss. L'algorithme détectait simultanément chez Christa toutes les émotions de son panel à parts égales : joie, tristesse, colère, peur, étonnement, dégoût, intérêt, mépris, culpabilité, honte, timidité, et hostilité envers soi-même. Le graphisme en camembert de Christa, c'était la roue de la Fortune.

— Impossible, s'alarma Tancrede.

— Eh quoi, les enfants ? dit Christa en se tournant vers la banquette arrière. Vous n'avez jamais vu votre mère pleurer un jour de fête ?

Quelques heures plus tard, alors qu'elle observait l'Infâme pendant qu'il se rhabillait, Christa réfléchissait déjà à son propre modèle graphique de reconnaissance émotionnelle. Ni les performances ni l'interface ne l'avaient convaincue. *Honte ? Oui, mais quelle nuance de honte ? Une gêne passagère ? Une tristesse mâtinée de regret ? Une insupportable culpabilité ? Où finit la honte et où commence le remords ? Quelle nuance de rose ? Fuchsia, magenta, framboise ? Où finit le rose, où commencent le rouge ou le violet ?*

— Qu'est-ce que tu vois quand je te dis « rose » ?

— Tu récidives, soupira Tancrede.

Elle haussa les épaules et s'alluma une cigarette. *Comment pourrait-on distinguer par un mot spécifique chaque rose dans l'infini de ses variations de teinte, clarté et saturation ?* Pour modéliser le processus émotionnel, elle devait privilégier une représentation spatiale, car, à l'instar des systèmes colorimétriques, l'approche sémantique s'avérait trop réductrice pour décrire un continuum soumis à de multiples variables, *a minima* de motivation, de valence, d'intensité et de persistance.

Elle se contenterait cependant de trois dimensions, au-delà, elle déclarait forfait, comme la grande majorité des cerveaux humains. *Si l'évolution avait jugé utile la capacité de visualiser les quatre dimensions de l'espace-temps, les descendants d'Einstein seraient tous prix Nobel de physique.*

— Alors, sonda Tancrede en se penchant vers le chevet pour attraper son téléphone, toujours tentée par ma proposition ?

— Je ne repousse pas l'idée, répondit Christa.

— Tu as conscience que l'offre d'achat ne tiendra plus si la FDA refuse l'agrément d'AlgoGen ?

— Comme je me mordrai les doigts d'avoir vendu trop tôt si c'est validé. D'autant que vos lobbies, à Washington, freinent notre homologation des quatre fers pour me mettre la pression.

— La vie est faite de choix.

— Souvent de mauvais choix, en ce qui me concerne.

15

« Frankenstein ou le Prométhée moderne ».
On néglige autant le sous-titre du roman que l'on tend à confondre le nom du créateur avec celui de sa créature.

Joan Smith, *Prodigieuses progénitures*

Milton souffla ses dix-sept bougies de non-anniversaire – il avait fixé à son âge intérieur cette jauge définitive –, puis il repoussa sa chaise, se cala un cigare éteint au coin de la bouche et déclara qu'il ne comprenait irrémédiablement plus rien à ce monde. La veille, il avait tenté de se connecter à la bibliothèque en ligne de l'université et une interface malveillante l'avait sommé d'identifier des feux rouges.

— Nous vivons une époque où une machine ordonne à un être humain de prouver qu'il n'est pas un robot !

— Par quoi ? Sa mauvaise foi ? maugréa Christa.

— Tu exagères, papi, soupira Sinclair. C'était juste un CAPTCHA.

— Dans le principe, c'est en effet un test de Turing, dit Cosmo.

— Bientôt, ils nous demanderont d'identifier nos émotions, pour les indexer gratos comme avec les passages piétons. Et la Chine qui évalue déjà ses citoyens en se basant sur la reconnaissance faciale, on en parle ?

Joan se concentra sur la découpe du gâteau et JJ sur la contemplation de ses ongles. Les jumeaux adressaient des œillades désespérées à leur mère, implorant que leur téléphone leur soit rendu avant la fin de ce repas interminable. Depuis l'apéritif, Milton, la fibre d'exaspération chauffée à blanc par l'alcool et le journal télévisé, prédisait l'apocalypse. « C'est la fin du monde et de la civilisation, répétait-il. C'est la fin du monde qui arrive ! » Comme à son habitude, au premier verre il s'était énervé contre Trump, au second contre les médias décérébrés, puis il n'avait plus compté les doses et s'était lancé dans sa diatribe des grands jours contre la technologie en général et sa fille en particulier.

— La région de Wuhan et le Hubei sont totalement confinés à cause de ce coronavirus. Alors je ne sais pas ce qu'il vous faut comme preuve supplémentaire, mais je peux parier que nous allons prendre la même vague de plein fouet sous peu. Et ça va être une hécatombe !

— Aucune chance que l'État de Californie impose un confinement comme en Chine, protesta Christa. Imagine, écoles, entreprises et commerces fermés ? Ce serait la guerre civile !

— Je suis tout de même un peu inquiet, osa intervenir JJ.

Christa lui jeta son regard « Ce n'est vraiment pas le moment », et il préféra se réfugier en cuisine où sommeillait le cadeau d'anniversaire de Milton.

JJ avait oublié à quel point la cohabitation père-fille pouvait être électrique, à croire que chez eux la bagarre était une preuve d'affection et la colère, une même longueur d'onde. À genoux sur le carrelage froid, il caressa la tête du chiot, en pensant à celle, démesurée, de MacLean, qui n'en aurait fait qu'une bouchée. Christa avait choisi d'offrir à son père un bouledogue français : sa miniature renfrognée à l'échelle des dimensions exiguës du bateau.

Dans le salon, Christa proposait de jouer au Monopoly ou au poker en guise de diversion. Les jumeaux, qui n'avaient pas bronché à l'annonce de l'apocalypse, manifestèrent terreur et indignation à la perspective d'une extension du temps familial imposé. Milton mâchouillait toujours son cigare éteint, mais c'est Joan qui alluma la mèche d'une bombe qui ne demandait qu'à exploser.

— Mary Shelley avait tout prédit, affirma-t-elle. Épidémie, transhumanisme… Bientôt le monde sera ravagé et les intelligences artificielles prendront le pouvoir.

Oh non, pas encore, pas maintenant, se dit Christa. Combien de prophètes du lendemain devrait-elle supporter dans sa propre famille ? Joan et Milton étaient deux hippies attardés s'acharnant à faire rentrer de force une chaussure idéologique au pied d'une réalité qui n'avait rien exigé d'aussi inconfortable. *Et cette connerie de la peur de l'IA !* Ce que la technologie exploitait aujourd'hui n'était même pas de l'intelligence, tout au plus de l'apprentissage. On enfournait des pelletées de données dans une trieuse pour en faire sortir des schémas récurrents. La conscience artificielle, l'intelligence symbolique, « l'IA forte », « globale » ou quoi que ce soit qui aurait ressemblé à une pensée de type humain, n'est pas une priorité des concepteurs ; le *machine learning* était beaucoup plus rentable.

Christa n'avait plus la force de rectifier. À en croire les nouvelles, d'où qu'elles viennent, la science ne gagnait pas toujours, une simple opinion sans fondement l'emportait à l'usure. Adieu causalité, ce siècle serait celui de la corrélation. *Game over.*

— Tu veux dire que ton idole avait lu l'avenir dans les vapeurs de laudanum ? ricana-t-elle.

— Pour ta gouverne, ma chère enfant, rétorqua Joan, Mary raconte dans son dernier roman l'histoire d'un ultime survivant après la destruction de l'humanité par une épidémie de peste, à la fin du XXIe siècle. Et je vous rappelle que le titre original de son œuvre majeure est « Frankenstein ou le Prométhée moderne ». Je trouve que c'est assez troublant.

— En même temps, la coupa Milton sans cacher son exaspération, inutile être grand devin pour prophétiser que le viol systématique de la nature nous retomberait sur la gueule un jour ou l'autre. Les Grecs s'en inquiétaient déjà.

— Je vois que le moral des troupes est bon, commenta JJ en déposant le plateau du café.

Il fronça les sourcils à l'intention de Christa pour la dissuader de toute tentative de réplique, mais, excédée, elle fonça droit sur le chiffon rouge.

— Tu envisages de renoncer aux antibiotiques et au Viagra, papa ?

— Ton père n'en a jamais eu besoin, minauda Joan.

Les jumeaux se bouchèrent les oreilles, JJ s'étrangla et Milton se leva avec un petit sourire satisfait. Il ouvrit la baie vitrée, espérant sans doute fumer son contentement sur la terrasse. JJ en profita pour chuchoter à Christa que le « cadeau » avait pissé partout dans la cuisine.

— Les garçons, laissez-moi vous raconter une histoire, dit Milton.

Malgré les protestations des jumeaux, le patriarche décréta qu'en ce jour de non-anniversaire il avait tous les droits, y compris celui de les bassiner.

— Je sais que les humanités sont passées de mode, mes agneaux, cependant, je tiens, et spécialement ce soir, à vous conter l'indémodable mythe prométhéen.

Indifférent aux regards et aux soupirs résignés, Milton s'affaira, prétendant avoir besoin de quelques accessoires. Il tamisa les lumières de la pièce, attrapa un vase sur la table basse, s'improvisa une toge avec le double rideau et campa une pose qu'il estimait aussi digne qu'hellène.

Suivant une version toute personnelle, il raconta que le titan Prométhée avait façonné les hommes avec un peu de glaise et d'eau et que la déesse Athéna s'était chargée de donner vie aux poteries. En cadeau pour son bel ouvrage, Prométhée avait reçu de la déesse un *pass VIP* pour les régions célestes. Le titan y avait allumé son havane au char de feu du Soleil et, dans un élan de générosité, en avait octroyé une braise à l'humanité.

En guise de didascalie, Milton démarra son propre cigare, que Joan s'empressa de venir lui confisquer.

— Furieux de cette initiative, poursuivit-il, Zeus missionna ses divins collègues afin qu'ils fabriquent, à partir de la même argile, une créature parée de tous les charmes et dons, y compris celui de la duplicité.

— En résumé, une femme, s'immisça Joan.

— La belle Pandore fut chargée de tenter Prométhée en lui offrant une boîte close.

— Parfois, l'histoire dit que c'est une jarre, commenta Joan. Que ce soit une pomme ou une boîte, la misogynie transversale des mythes ne vous aura pas échappé.

— Arrête de l'interrompre, Joan, sinon ça va durer une éternité, grogna Cosmo.

— Pas tombé du dernier déluge, Prométhée, qui, je vous le rappelle, bande d'incultes, signifie en grec « le prévoyant », refusa le cadeau douteux. Un poil chatouilleux sur ses prérogatives, Zeus fit enchaîner l'arrogant nu au sommet d'une montagne glacée. Un vautour dévorerait le foie de Prométhée le jour, mais l'organe se reconstituerait chaque matin, histoire que le petit malin regrette une infinité de fois de s'être frotté à l'autorité du Grand Patron.

Toujours drapé dans son double rideau, Milton fit un peu d'*air lyre* pour ménager ses effets et reprit :

— Le mythe de Prométhée est si populaire qu'on en oublie son frère, Épiméthée – en grec, « celui qui réfléchit après coup ». Amouraché de la belle Pandore, l'imprudent la laissa ouvrir sa boîte, d'où s'échappèrent toute la misère de la condition humaine. En volant le feu divin pour les hommes, Prométhée leur donna le pouvoir de transformer la nature par l'agriculture et la métallurgie. Par sa négligence, Épiméthée libéra, lui, les conséquences de la civilisation.

— Travail, maladie, vieillesse, gluten et Tea Party, tenta d'abréger Christa. Passons à autre chose.

— Et voilà, hurla Milton avec ses bras implorant le ciel, que le mythe nous rattrape ! Réchauffement climatique, extinction des espèces, pandémies. Nous avons détruit l'équilibre de la nature et elle réclame son dû dans la balance cosmique. Elle emportera ceux que nous aimons en échange. La vie est une dette qui se paie à échéance.

— Tu vas terroriser les enfants, protesta Christa.

Cosmo fit mine de vomir et Sinclair de mourir d'ennui.

— Quand est-ce que ça a commencé à merder ? rêvassait Joan qui grignotait un trou de vers dans le gâteau. Au premier tison recueilli dans l'espoir d'éloigner un prédateur ?

La faim de destruction est-elle consubstantielle à la soif de connaissance ? C'est une question que…

Bien trop échauffé pour céder sa place au micro, Milton interrompit sans ménagement sa compagne. Selon son interprétation, ce n'était pas Prométhée-Einstein qui ouvrait la boîte de Pandore et répandait tous les maux sur l'humanité, mais son frère, Epiméthée-Oppenheimer, « l'imprévoyant » qui commettait la grosse boulette. Le mythe éclairait moins le danger intrinsèque de la science que son instrumentalisation sans limites éthiques ; réflexion qui fit immédiatement réagir Christa.

— Donc, pour satisfaire ton idéalisme vertueux, papa, tu exiges une science purement abstraite, sans velléités d'application ? Déconnectée des contingences économiques ou politiques ?

— Ne me prends pas pour un gogo. Il faut bien comprendre que, dans l'acception contemporaine de cette histoire, ma fille, l'*hubris* scientifique se contamine d'*aplistía*. De cupidité. Capitalisme et utilitarisme. Enivrés de leur propre puissance technologique, les nouveaux Prométhée ne se contentent plus de chercher les lois de la nature, ils pistent ce qu'ils pourraient bien en tirer de juteux. Et ils ne sont plus punis, mais récompensés par toujours plus de divines stock-options.

— M'embrouille pas avec tes mots savants et ta condescendance ! s'échauffa Christa. Ce sont les profits d'entreprises comme la mienne qui permettront de trouver la solution à cette putain d'épidémie.

— Exactement ! La maladie vous propose de la payer pour fournir un remède ! La grande Shelley aurait pu écrire un tome II. *Le fils de Frankenstein ou l'Icare moderne*. Comment mal finir en créant une technologie, des ailes de cire, censées résoudre un problème engendré par la technologie elle-même, le labyrinthe.

— Alors il faut remonter dans le baobab ? T'es supposé être un homme de science toi aussi, mais t'es resté coincé dans ta bibliothèque à compter des os !

— Les invertébrés, ricana-t-il. Mon domaine, c'est les invertébrés marins !

— De quoi tu m'accuses, au juste ? hurla-t-elle. Et toi pourquoi tu ne vois que le mauvais chez moi ? Pourquoi tu ne m'as jamais dit que Frida peignait ? Pourquoi tu ne m'as jamais parlé de ce qu'il y avait de bien en elle ?

— Et c'est quoi, la prochaine étape, dans vos fantasmes de toute-puissance ? Se faire dupliquer le cerveau dans une machine ? Libérons-nous de ce moteur infâme qu'est l'évolution ! Abandonnons nos corps ! Mais le lien qui unit la chair à la pensée est si fort que sacrifier l'un, c'est détruire l'autre. Du moins à la partie qui nous a justement poussés à descendre du baobab pour aller voir si ailleurs si c'était mieux. C'est renoncer à peindre la Joconde, à écrire l'Odyssée, à composer la Cinquième et à…

— Il est déjà trop tard. On va tous crever. Et ce sera votre faute, dit Cosmo qui revenait de la cuisine, le chiot dans les bras.

De : m.cristofersson@squidmail.com
À : ice_ice_baby@wecare.com
Objet : Sabots suédois

Ma princesse aux pieds froids,

Je reconnais que j'y suis allé un peu fort aujourd'hui.

Tu me vois sans doute arriver avec mes gros sabots suédois… J'ai quelque chose à te dire, mais, comme le susurre cette chanson que tu détestes, « *words don't come easy to me*[1] ». Laisse-moi donc dérouler mon fil sans t'énerver.

Il n'est pas inutile de répéter que les émotions sont, par leur antériorité évolutive, des expériences pré-linguistiques. À l'échelle individuelle, nous peinons à les verbaliser, et les sentiments sont tout aussi difficiles à exprimer, même s'ils sont traités par le cognitif.

À l'échelle de la planète, c'est un incommensurable bordel. Pour répondre à des champs émotionnels plus vastes que les impératifs de survie, chaque culture a brassé et transmis ses mèmes, son patrimoine culturel, engendrant des langages singuliers afin de décrire une condition humaine que l'on aurait préférée universelle.

Pour preuve, certains mots signifiant des sentiments complexes n'ont pas d'équivalence dans d'autres langues : par exemple, le mot tchèque « *Litost* », qui exprime le ressenti d'être « mis à part », un amalgame de honte, de gêne et de jalousie. Ou le terme « *Amae* » en japonais qui désigne un sentiment de plaisir lié à la dépendance, aux soins que l'on reçoit et aussi à ceux que l'on donne.

Parfois, des idiomes font même cohabiter la tension contraire de deux valences. Comment traduire sans déperdition de sens la « *saudade* » portugaise, mélange de mélancolie et d'espoir, la « *Sehnsucht* » germanique, une douce-amère incomplétude, ou bien encore, « *Natsukashii* », la « nostalgie heureuse » des Japonais ?

J'en viens à conclure que ton interrogation sur la taxonomie des affects est un problème tout au plus sémantique. Mettre en mots des émotions ou des sentiments complexes, c'est un métier. Ce n'est pas le tien. Et ce n'est pas le mien non plus. Nous sommes deux handicapés dans ce domaine. Tu l'auras remarqué, depuis le temps qu'on se fréquente.

La vraie question est ailleurs. Que veux-tu faire de tout ça, Christa ?

---

1. « Les mots ne me viennent pas facilement. ». « Words », F. R. David.

Tu t'es toujours fiée à la puissance des mathématiques pour décrire l'univers. Elles trouvent là leur limite. Chercherais-tu à réduire les affects à un système formel ? J'ai peur que tu n'aies une vision trop discrète de la réalité, construite de 0 et de 1. Le monde est gris, Christa. Le monde est fait de « parfois » et de « ça dépend ». Comment tout dire d'une forêt à partir d'une tige ? Comment convertir un univers arborescent en une ligne ? Comment les mathématiques pourraient-elles définir l'imagination ? Le rêve ? La pensée ? La conscience ?

Oui, j'avoue, j'ai gardé quelques peintures de ta mère, mais je n'ai jamais pu me résoudre à te les montrer. C'était une connexion trop directe avec sa folie intérieure et j'ai voulu t'en préserver.

Car, depuis ton premier instant, mon amour envers toi est teinté de peur.

Peur pour toi, peur de te perdre, désormais peur que tu te fourvoies.

Et je ne dispose pas du mot exact pour exprimer ce sentiment particulier.

Même si c'est le propre de l'amour d'être inquiet.

Je ne sais que te chercher querelle.

Et je prie de me pardonner, ma fille.

Je suis un gros ours maladroit.

Je souhaite qu'un jour, nous prenions le temps d'en discuter sans nous disputer.

Je t'aime jusqu'à l'infini, aller et retour, deux fois.

16

> Frankenstein *n'est pas plus un roman gothique qu'un ouvrage de science-fiction, mais un conte philosophique revêtant les habits scientifiques de son époque, un avertissement du comité d'éthique : « Prométhée, cesse de jouer avec les allumettes ! »*
>
> Joan Smith, *Prodigieuses progénitures*

Le bot-aspirateur les attendait tapi derrière la porte. Christa le dégagea d'un coup de pied, mais il revint d'un rebond sur la plinthe se coller à ses jambes.

— Y en a au moins un qui t'aime, dit Sinclair.

— T'attache pas trop, ajouta Cosmo.

— Vous me croyez si seule ? répliqua-t-elle.

— Bientôt, les aspirateurs domineront le monde ! hurla Cosmo en mimant une attaque zombie.

— Y aura déjà plus de monde, marmonna Sinclair.

— Faites pas chier ce soir, les gars. J'ai eu ma dose.

Les jumeaux filèrent se coucher sans insister. Dans le miroir de l'entrée, Christa dressa l'inventaire des ravages de la journée et de la dizaine de milliers précédentes. *Rendez-moi mes vingt ans et je promets d'en faire un bon usage, cette fois.* Elle devait tenir encore un peu pour mettre ses idées en ordre sans avoir recours au contenu du tiroir aux merveilles. Envahie d'une flemme abyssale, elle renonça à se démaquiller. Elle prit une douche brûlante dont elle ressortit écarlate et parée de cernes de mascara à l'échelle de sa fatigue. Elle adressa un doigt d'honneur au panda dans le miroir et à tous les Grecs en toge.

Elle n'avait jamais douté de l'amour de son père. Mais ce qu'il pouvait être irritant et buté ! Elle se brossa les dents à se faire saigner les gencives. Elle détestait l'idée de se coucher fâchée avec lui, même si ce n'était pas la première fois.

L'écran de son téléphone se zébra d'un éclair et un avatar de Ziggy Stardust apparut. Elle avait cédé à Big Ben et laissé son développeur coller un nouveau *skin*[1] à Andrew. Elle préférait encore le précédent, le chat du Cheshire.

— Vous avez un message de Milton, intervint Andrew avec la voix de Bowie.

— Lis-le-moi.

Avec le sentiment d'assister à la projection d'un remake musical foireux de sa vie, elle écouta un chanteur décédé prononcer les mots de son père. Elle sourit en entendant certaines phrases. *Les mathématiques trouvent là leurs limites ? Quel dinosaure ! Trois siècles depuis les tables analytiques d'Ada Lovelace, soixante-dix ans après la machine de Turing. On a largement dépassé les 0 et les 1, papa.*

Christa retenait cependant une chose de cette dispute absurde : dans l'impérissable désir de bagarre de Milton, elle reconnaissait son propre instinct de vie ; ils avaient un cœur rageux mais sans rancune en partage. *Moi aussi je t'aime, moi aussi j'ai peur et je te prie tout autant de me*

1. Apparence d'un objet ou d'un personnage dans un jeu vidéo.

pardonner, papa. Mais elle ne lui répondrait que le lendemain ; il méritait de mariner un peu.

Milton avait néanmoins raison sur un point : elle s'était toujours fiée à la puissance des mathématiques et elle n'était pas prête à y renoncer. Les mathématiques permettaient de décrire la complexité du climat, les mouvements des foules ou les trajectoires des particules en collision, alors pourquoi ne pourraient-elles pas analyser quelque chose d'aussi subtil que les affects ? Pourquoi ne pourraient-elles pas cartographier l'au-dedans ? Certes, les émotions et les sentiments étaient un flot continu d'informations, le flux et le reflux d'une marée neurochimique irréductible à une définition binaire ou statique ; une suite d'algorithmes biologiques, infiniment plus puissants que la somme de leurs fonctions, cependant, quelle que soit l'hermétisme de ce langage codé, ce n'était qu'une question de temps avant que d'en détenir la clef. Pourquoi la conscience ne pourrait-elle pas un jour créer l'outil définitif pour s'observer elle-même ?

Les pièces de sa stratégie s'assemblaient peu à peu dans la tête de Christa en un avenir aux contours encore flous, mais dont elle commençait à discerner les traits rassurants, comme un ami qui s'avançait vers elle au bout du chemin. Elle ne se laisserait pas enfermer dans un asile, telle une coquille vide échouée sur une grève de linoléum.

Elle s'adossa à deux oreillers et installa sa tablette contre un troisième pour se filmer.

— Cher Andrew, dit-elle. Enregistrement vidéo crypté. Interface neutre, j'ai besoin de me concentrer.

— Vos indices physiologiques sont optimaux, dit Andrew. Vous avez le cœur d'une jeune fille.

— Ou tu es mal informé, ou tu as appris à mentir. Et les deux sont inquiétants.

— On est heureux de pouvoir servir…

— Premier point, l'interrompit-elle, je pose l'existence de circuits fonctionnels de l'émotion et la possibilité de leur établir un programme d'entraînement.

À l'instar d'un sportif qui entretient jour après jour chaînes musculaires et chemins neuronaux, elle stimulerait ses systèmes émotionnels avant qu'ils ne s'atrophient. Deuxième point, l'autosuggestion et l'expression d'une émotion pouvaient induire une production des modifications physiologiques associées habituellement de façon spontanée à celle-ci. Troisième point, l'activation physique n'était pas une condition nécessaire et suffisante au déclenchement d'un état émotionnel, la cognition pouvait remplir ce rôle seule. Elle bâilla et se frappa les joues.

— Vous entamez votre intervalle minimal de récupération, s'immisça Andrew.

— Quatrième point, tu m'embrouilles.

Même si le lien entre ses émotions et ses sentiments s'atrophiait, elle ne le perdrait pas tout à fait en entretenant ses souvenirs affectifs, car leur évocation activait les diverses composantes sensorielles, motrices, subjectives et décisionnelles de l'expérience émotionnelle. Le cognitif, la pensée « froide » générait du ressenti, de la pensée « chaude », en s'appuyant en particulier sur la mémoire. Raconter ou se rappeler revenait à reconstruire subjectivement par le cortex une situation émotionnelle, mais aussi à la vivre objectivement, dans son corps.

— Cinquième point, dit-elle, les souvenirs intenses sont stockés et ravivés en présence d'un événement équivalent ou jugé apparenté.

En définitive, le processus émotionnel et ses manifestations physiologiques pouvaient être activés par des stimuli tant circonstanciels (de l'extérieur vers l'intérieur) que conceptuels ou mémoriels (de l'intérieur vers l'extérieur du corps).

Pour maintenir dans son cerveau ce pont que la maladie risquait de couper, Christa envisageait de contourner le hub défectueux de ses noyaux gris, en sollicitant avant tout hippocampe et amygdale, et, si possible, d'installer un inverseur de flux entre son gyrus cingulaire et son cortex. L'idée de brancher une dérivation dans son encéphale ne lui paraissait pas plus délirante que de greffer un cœur de porc sur un être humain ou de refaire sa vie sur Mars. En dernier point, dès que la maladie se déclencherait, Christa aurait besoin d'une assistance continue, et elle avait mis en place avec le projet BioLink l'outil idéal.

— Et maintenant, par quoi commencer ? Combien de temps ai-je encore devant moi ?

— *Si vous connaissiez le Temps aussi bien que moi, vous sauriez qu'on ne le perd pas. Il se perd tout seul,* répondit Andrew. Allez dormir, Christa.

Milton Cristofersson mourut cette nuit-là d'un arrêt cardiaque. Christa n'eut pas l'occasion de lui révéler sa maladie et ils n'eurent pas non plus celle de clore leur éternelle controverse. Une engueulade fut leur dernier souvenir partagé. Se coucher fâchés n'est jamais idéal, mais quand l'un des deux protagonistes décède, la brouille s'avère douloureusement plus définitive.

Christa se réveillerait tous les matins du reste de sa vie avec le sentiment que son père était mort par sa faute. Une idée de la nuit qu'elle ne dicterait pas à Andrew. Elle avait beau savoir que déceler, *a posteriori*, un lien causal entre des faits disparates est une tendance constitutive du cerveau à chercher du sens à ce qui n'en a pas, même Christa Cristofersson ne pouvait échapper à cette irrépressible propension. Mystère de l'âme humaine qui croit son destin tissé par une main habile et cruelle, alors qu'il s'apparente davantage au sac de nœuds d'une Parque saoule.

Christa aménagea la première pièce de son for intérieur : la galerie des absents. Elle y traînerait souvent pour contempler le portrait de Milton qui trop vite s'effaçait. Elle s'y assiérait parfois, en pensant à toutes les discussions qu'elle n'aurait pas avec lui et à tous les instants à venir qu'elle ne pourrait lui raconter.

II

2099

1

La réalité, c'est ce qui refuse de disparaître quand on cesse d'y croire.

Philip K. Dick

Les balises de l'archipel dessinent vers l'horizon une guirlande de lumières presque festive. Sinclair touche le bras de son jumeau pour solliciter une connexion mentale ; les frères Rowley partagent alors la même pensée. *Ce voyage a un goût de dernière fois.*

— *Le deuil donne à toute chose un goût de dernière fois*, ajoute Sinclair.

— *Maman aurait pu dire ça. Elle adorait ce genre d'aphorisme à la con*, songe Cosmo.

— Techniquement parlant, nous ne sommes pas encore orphelins, pinaille à voix haute son jumeau.

Cosmo serre contre lui son microbouledogue, l'air agacé. À son sens, leur mère est déjà morte et, au vu des tremblements de Milton, cette énième version de l'animal ne fera pas long feu non plus. *Réglons ça rapidement.*

La succession a été clairement établie depuis des années, les biens répartis entre eux et la Fondation Cristofersson pour la Recherche, sans qu'aucun des frères Rowley proteste ou réclame un poste. Les fils de Christa ont toujours été écartés du directoire de WeCare ; ils demeureront actionnaires non gestionnaires. Les enfants des magnats de la tech héritent des parts, guère des compétences – une des rares convictions partagées par Christa Cristofersson et Tancrede Rowley.

Les jumeaux ne contestent pas davantage le legs de l'unité sous-marine à Jonas Jerkins : aucun des deux ne souhaite s'y installer. Vivre dans l'archipel des Chaebols[1], protégé mais coupé de tout, s'apparente à une forme de renoncement que les deux hommes ne sont pas encore prêts à accepter, même s'ils font désormais peu d'usage de la vie réelle. En revanche, le codicille plus récent au testament de Christa est irrecevable.

Comme tous les résidents privilégiés de l'archipel, leur mère bénéficie d'une B-Link de toute dernière génération : elle est couplée à un symbiote, une IA qui surveille et entretient son organisme. Toutefois, par un sentimentalisme qui lui ressemble peu, elle a conservé en pilote son assistant artificiel originel, Andrew. Ce dernier attend les frères Rowley au bout du ponton, sous la forme d'un majordome à la carcasse archaïque. Christa, qui se méfiait de l'ambiguïté anthropomorphique, a toujours prôné une esthétique robotique rudimentaire pour son personnel. L'incarnation principale d'Andrew ne dispose même pas d'une simulation faciale émotionnelle ; son visage se montre moins expressif que l'interface d'un cuiseur à riz. Il gère néanmoins un nuage de capteurs, de micromachines et de nanobots qui travaillent en essaim coopératif, contrôlant aussi bien

1. Du coréen, combinaison de « riche » et « clan ». Conglomérats et entreprises hégémoniques.

l'unité d'habitation de Christa que son métabolisme et, d'après les jumeaux, administrant d'un peu trop près sa fortune.

— Soyez les bienvenus, dit Andrew. Je suis heureux de pouvoir vous servir.

— *Salut tas de bits*, rumine Sinclair.

Les frères Rowley ne sont pas venus physiquement sur l'archipel depuis au moins vingt ans : ils n'auraient jamais refait cet interminable déplacement sans l'injonction de Jonas Jerkins. Christa avait désigné son dernier mari comme tutelle de sa B-Link dès les années 2030, à une période où Andrew souffrait encore de nombreux bugs logiques. JJ prend toujours sa tâche très au sérieux, même s'il proteste souvent qu'il est « maton du maton » depuis trop longtemps. Lors d'un rendez-vous dans sa résidence de l'Alter[1], le monde virtuel alternatif, il avait averti les jumeaux que, selon les valeurs métaboliques que leur mère avait elle-même fixées, le seuil maximal de perduration de Christa approchait.

— *Elle ne reprendra pas conscience ? avait demandé Cosmo derrière un masque impavide.*

— *Plus à ce stade, avait répondu JJ.*

— *Alors, procède à l'arrêt définitif de l'assistance symbiotique, avait rétorqué l'avatar de Sinclair, tout aussi dénué d'affect. Tu n'as pas besoin de notre autorisation, que je sache.*

— *Andrew refuse d'amorcer la procédure de découplage, avait lâché leur beau-père.*

1. « Alter » ou Fédération des Vers Unis : regroupement des univers virtuels de différentes licences commerciales.

— Il refuse ? s'était étranglé Cosmo, abandonnant tout filtre émotionnel. Depuis quand un symbiote peut-il s'opposer à la volonté de son hôte d'être euthanasié ?

— Andrew fait valoir un codicille ajouté tardivement par Christa, imposant, entre autres conditions, que vous la rejoigniez en présentiel sur l'archipel avant la phase finale pour valider la succession.

— Quelles autres putain de conditions ? avait juré Sinclair.

— Comment ça, IRL[1] *? s'était étouffé Cosmo.*

Leur beau-père avait marqué un temps de pause, puis il avait fini par avouer, très embarrassé, que Christa souhaitait léguer à Andrew son domaine virtuel situé dans l'Alter.

— N'importe quoi ! avait hurlé Cosmo.

— Tu ne peux pas débrayer le système, Jonas ? avait tenté Sinclair.

— Pour la laisser partir sans aucune assistance et dans d'atroces souffrances ? avait répondu l'avatar de JJ avec une aura de colère explicite.

— Bits de bits de bits de bits, avait juré Sinclair en clôturant la session sans politesse, elle nous les aura vraiment brisées jusqu'au bout. Hors de question de céder un seul voxel à cette misérable casserole.

Sans surprise, Cosmo avait renâclé : cela faisait des décennies qu'il ne se déplaçait plus dans le réel, il n'allait pas changer ses habitudes pour un simple découplage, quand bien même c'était celui de sa mère. Il avait protesté que la saison des typhons allait bientôt commencer et que rejoindre physiquement l'archipel deviendrait suicidaire. Qu'ils risquaient de s'y trouver coincés pour des mois. Que

1. IRL : « *in real life* », dans le réel ; par opposition à IVL : « *in virtual life* », dans le virtuel.

c'était dangereux. Et bien trop coûteux ! Qu'ils n'avaient pas que ça à faire ! Sinclair avait hurlé qu'il fallait à tout prix annihiler Andrew ; Cosmo avait braillé que la paranoïa de son frère finirait par le tuer avant l'heure. Qu'il s'agissait, comme toujours, d'un effet *monkey*, ce sempiternel effet miroir qui lui faisait prendre sa vessie pour une lanterne et une IA trop zélée pour un être conscient. Qu'ils devaient laisser les avocats s'en charger. Et il était parti bouder dans sa chambre.

Sans davantage de surprise, Cosmo avait cédé. Il était têtu, mais Andrew, par nature, l'était bien plus encore et la procédure de succession risquait de s'éterniser. L'idée que la Fondation leur adresserait un véhicule autonome sécurisé et qu'elle couvrirait tous leurs frais de déplacement n'était pas étrangère à son revirement.

Contacté, Tancrede Rowley avait signifié qu'il ne se dérangerait pas pour le découplage de son ex-épouse : le Premier Modérateur avait trop d'engagements en regard des prochaines élections. Par ailleurs, il conditionnait sa présence à la cérémonie virtuelle des obsèques à son approbation préalable du narratif nécrologique de Mme Cristofersson. Compte tenu des rapports conflictuels qu'il avait toujours eus avec celle-ci, le candidat tenait à expurger le récit officiel de toute allusion à leur histoire personnelle qui eût pu être défavorable au renouvellement de son poste à la gouvernance de l'Alter.

Le discours du porte-parole de WeCare, déjà validé par le directoire, se concentrerait sur la force féminine exemplaire de la fondatrice. « En 2022, Christa Cristofersson, alors mère célibataire et entrepreneuse à deux doigts de la banqueroute, s'était résolue à céder, la mort dans l'âme, sa société. Justice karmique aidant, elle avait reçu *in extremis* l'aval de la FDA pour le lancement de son kit de diagnostic probabiliste, un premier succès commercial sur lequel elle avait construit son immense fortune. »

En réalité, le test AlgoGen n'avait jamais été fiable, mais sa popularité avait élargi la visibilité de l'entreprise et contribué à lever des fonds pour développer ses systèmes de recueil des données et de pilotage des biomarqueurs. Cette « diagonale d'Elon » avait permis à WeCare d'être rapidement introduite en Bourse, car, dès la fin des années 2020, la demande pour les capteurs chimiques et biologiques portables de faible coût avait explosé. De la médecine prédictive à la surveillance des masses ou de l'environnement, on monitorait le monde et seule l'intelligence artificielle pouvait traiter cet océan infini de datas.

Toujours sur le pont, Christa avait réinvesti les bénéfices de son entreprise dans l'ingénierie nanotechnologique. En jouant au Meccano avec des atomes ou des molécules, la science avait déjà découvert qu'à l'échelle nanométrique, c'est-à-dire au millionième de millimètre, de nouvelles propriétés physiques apparaissaient. Par la suite, la technologie avait permis de créer des nanomatériaux pour construire des nano-objets : les plus petites machines capables de remplir une fonction. Les biovecteurs à usage thérapeutique développés par WeCare, des engins à l'échelle du vivant, ciblaient les cellules pathogènes, cancéreuses, bactériennes ou virales, pour les éradiquer en d'efficaces frappes stratégiques.

Au-delà des prouesses de miniaturisation et d'automatisation, la R&D de WeCare avait dû surmonter d'immenses défis pratiques : le contrôle du déplacement des nanomachines, leur alimentation sur le long terme, leur coordination et surtout la résistance de tous ces jolis joujoux face au flux interne, à la viscosité des fluides à cette échelle, à la pression artérielle, à l'acidité du milieu et aux réactions du système immunitaire. Mais la CEO de WeCare avait pu profiter du premier couplage homéostasique corps-cerveau-IA, avant même que le dispositif ne soit commercialisé. Ainsi, Andrew pilotait la B-Link de Christa depuis les années 2030, surveillant, stimulant et restaurant son organisme en temps réel, sans qu'elle ait à s'en préoccuper.

Désormais, chaque individu couplé par une B-Link à un symbiote – son intelligence artificielle personnelle – bénéficiait d'une véritable armada de biovecteurs pour lutter contre le vieillissement ou les maladies. Nanorobots nageurs, nanotransducteurs, biosenseurs, implants d'interface neuro-électroniques, moteurs moléculaires, nanostructures repliables, actuateurs biophotoniques, nanoréacteurs chimiques, gènes calculateurs, hortibots du microbiote : il suffisait d'avaler sa mole-dose pour que l'armée invisible des nanomachines traque *incognito* les tumeurs, dissolve les caillots sanguins suspects, répare les fuites capillaires et les tissus dermiques, boute virus et bactéries hors du royaume, éteigne les incendies inflammatoires et apaise les conflits auto-immuns. La médecine se menait dorénavant comme une guerre pilotée à distance, sans opération invasive ni dommages collatéraux des traitements de chimio ou de radiothérapie.

Les IA des B-Link avaient relégué les praticiens du XXe siècle au musée avec leurs ancêtres chirurgiens-barbiers et rebouteux : les symbiotes actualisaient en temps réel le dossier médical de leurs hôtes, réduisaient les erreurs et l'empilement des examens. L'intelligence artificielle évitait les hospitalisations, réglait les problèmes d'accessibilité aux soins des zones pandémiques, luttait contre la fraude, palliait le manque de personnel et facilitait les essais cliniques de masse. La technologie permettait enfin une véritable conception holistique et préventive de la santé, du moins c'était ce qu'en claironnait la publicité tapageuse de WeCare.

Car, si les neuroarmadas circulaient dans bien des artères, elles le faisaient surtout dans celles déjà plaquées or. Par ailleurs, même si les biovecteurs combattaient vaillamment maladies auto-immunes, diabète et cancers, ces maladies remportaient toujours plus de batailles, ravitaillant leurs troupes à la sédentarité générale. L'usage extensif du monde virtuel consommait certes moins de ressources que l'exploitation d'une terre épuisée et soumise au chaos climatique, mais l'inactivité physique des populations et la toxicité de l'environnement continuaient d'affaiblir les métabolismes.

Les B-Link avaient autant soulagé les systèmes de santé qu'accru de façon exponentielle les inégalités sociales face à l'espérance de vie. Les plus fortunés vivaient désormais incommensurablement plus longtemps. Polémique contre laquelle Mme Cristofersson avait toujours riposté, depuis son unité sécurisée, qu'elle n'avait pas inventé personnellement l'injustice – une citation qui serait effacée de son *verbatim* commémoratif.

Après leur passage par le sas de décontamination, les frères Rowley sont accueillis par

Jonas Jerkins, son éternel dogue cloné à son côté. Le majordome patiente en retrait, sous la lumière palpitante d'une colonie de lucioles.

— *L'homme d'un seul chien et d'une seule femme*, pense Sinclair.

— *Moi aussi, j'ai encore le même chien*, songe Cosmo.

— *Mais tu n'as jamais eu de femme*, réplique son frère.

JJ les salue chaleureusement, sans les toucher ; les jumeaux détestent les contacts physiques. Par politesse, il exprime l'espoir que leur voyage n'a pas été trop inconfortable et, pour manifester son exaspération, Sinclair a le même revers du poignet que sa mère, ce qui fait sourire JJ.

Immenses, les garçons de Christa ont pris l'habitude de toiser le monde, à l'instar de leur père. JJ les a vus grandir, puis freiner leur vieillissement grâce au couplage symbiotique. Malgré leurs investissements massifs en techniques de régénération, ils ne ressemblent plus aux beaux jeunes hommes qu'ils ont été et encore moins à leur avatar dans l'Alter. Cosmo et Sinclair s'apparentent à deux colosses aux muscles hypertrophiés, à la chevelure de soie et au teint de porcelaine, suivant la mode du moment. Aux yeux d'un couplé tardif comme l'est le docteur Jonas Jerkins, ils sont devenus d'inquiétantes étrangetés humaines ; trop de prothèses, de lissages et d'implants.

Le majordome toussote pour interrompre leurs salutations empruntées et précise que des rafraîchissements seront servis au grand salon.

Les jumeaux s'alarment des changements effectués dans la pièce de réception depuis leur dernière visite. À une période de sa vie, Christa y accumulait de façon obsessionnelle des artefacts du XXe siècle. Toutes ses collections semblent avoir aujourd'hui disparu, à l'image d'une cité antique avalée par la jungle. Elle, qui n'a jamais réussi à faire survivre une simple plante verte ou un poisson rouge, finit son existence dans une serre sous-marine à la végétation luxuriante. Cosmo saisit le bras de son frère pour se neuroconnecter à lui.

— *JJ a dû tout évacuer*, pense-t-il.

— *Il ne vit plus ici depuis longtemps*, rétorque Sinclair. *Je n'ai jamais compris pourquoi elle aimait s'entourer de toutes ces vieilleries.*

— *J'espère qu'il n'a pas tout vendu. Certaines coûtent une fortune.*

— *Qu'est-ce que ça peut te foutre ? Tu comptais les emporter dans l'Alter ?*

— J'ai pu lui faire admettre que sa syllogomanie tenait des symptômes de sa maladie, les interrompt JJ, déjà agacé par leurs apartés systématiques. Elle s'est alors rabattue sur le jardinage. Heureusement qu'Andrew surveille ça de près, sinon tout aurait périclité depuis longtemps.

Cosmo caresse une feuille gigantesque pour en vérifier la luxueuse véracité.

— *Petasites japonicus*, précise Andrew depuis l'hortibot au pied de la plante.

— *Elle laissait tout crever*, pense Sinclair. *À se demander comment nous avons pu lui survivre.*

— *Tu exagères toujours*, rétorque Cosmo.

— Madame est très fière de son jardin, ajoute le symbiote.

Christa souhaite même s'y faire composter, mais la loi de l'archipel oblige à sublimer[1] les dépouilles des résidents, car leurs corps, truffés de nanomatériaux, représentent un danger de migration toxique pour l'environnement marin.

Cosmo dépose son microbouledogue à terre et MacLean se précipite à sa rencontre. Sous l'assaut du dogue allemand, inoffensif malgré ses proportions monstrueuses, le minus-

1. La sublimation est le passage direct d'un corps de l'état solide à l'état gazeux.

cule clone se raidit *illico*, sous le coup d'un arrêt cardiaque. *Déjà ?* soupire intérieurement Cosmo. *À croire qu'ils les fragilisent exprès pour nous contraindre à en recommander tous les six mois.*

2

Tel l'archange qui aspirait à la toute-puissance,
me voici enchaîné en un enfer éternel.

Mary Shelley, *Frankenstein*

Le majordome propose aux trois hommes un assortiment d'en-cas et de boissons stimulantes. Sinclair monte dans la roue d'entraînement qu'il a exigé de faire installer avant son arrivée, sous le regard exaspéré de son frère, qui s'est affalé sur un des sofas. La plus grande peur de Sinclair est de perdre le moindre muscle IRL ; pour Cosmo, c'est plutôt chaque nouvelle ride qui devient l'objet d'une introspection métaphysique.

— Merci, Andrew, dit JJ.

— Je suis heureux de pouvoir servir, répond le bot.

— Depuis quand il se subjective celui-là ? grogne Sinclair.

— Mme Cristofersson me l'a elle-même ordonné.

Cosmo agite le contenu de son verre en grimaçant ; leurs propres symbiotes se contentent d'être d'obscurs esclaves sans nom.

— Ne fais donc pas durer le suspense, JJ.

— Vous ne souhaitez pas voir votre mère avant tout ?

— Elle n'ira pas plus loin, dit Sinclair. Et moi je ne bougerai pas tant que le problème qui nous a obligés à traverser la moitié de la planète ne sera pas réglé.

JJ se résout à s'asseoir pour discuter avec ses beaux-fils. Une table basse se déplace pour éviter qu'il s'y cogne : malgré son exosquelette, ses mouvements semblent dangereusement erratiques. Une fois Christa partie, le vieil homme tirera sa révérence. Sans accident majeur, les jumeaux vivront bien plus longtemps que leurs parents, déjà centenaires, tandis que les dernières générations d'humains, couplées dès la naissance, espèrent exister indéfiniment ; lui n'en peut plus.

JJ résume la situation, au demeurant moins simple qu'il n'y paraît. Christa exige qu'Andrew ne soit pas annihilé avec elle. Son IA n'ayant pas besoin de localisation physique, mais d'une source énergétique et d'un espace de stockage, elle a décidé de lui transmettre son domaine privé dans l'Alter et l'accès à son réacteur autonome. Ce n'est pas le premier cas dans l'histoire où une personne désigne son symbiote comme héritier, mais les lois de la Fédération des Vers Unis s'opposent au legs de biens matériels ou immatériels à une entité artificielle.

— Ce codicille s'avère donc nul et non avenu, dit Sinclair. Andrew est sans capacité juridique.

— La législation *Corpus separatum* de l'archipel des Chaebols autorise ce type de legs avec charge à un tiers, dit JJ. Comme dans le cas d'une donation à un animal de compagnie.

Excédé à l'idée de la scène qui va suivre, Jonas sollicite avec discrétion sa B-Link pour une petite consolation dopaminergique. Cosmo recrache sa gorgée de D-Coke dans son verre avant d'éructer :

— Tu te rends compte de la fortune que représente ce legs ? Le prix du voxel dans cette partie historique de l'Alter est mille fois plus élevé que le mètre carré IRL de l'archipel.

— Toi et Sinclair êtes déjà plus que bien dotés. Hériter de ce domaine ne vous servirait à rien, tente JJ.

— Question de principe ! Bon sang de bits, on ne transmet pas une propriété à une autre propriété ! hurle Cosmo.

— Qu'est-ce qui nous prouve que tu ne manœuvres pas pour récupérer l'espace de l'Alter ? intervient Sinclair en interrompant son exercice.

Il descend de sa roue et vient s'imposer à son beau-père de toute sa stature. Aussitôt, MacLean s'interpose en grondant. La table basse et les lampes flottantes s'écartent avec prudence. JJ réprime d'une caresse la colère symbolique de son inoffensif chien. La paranoïa de Sinclair ne le surprend plus ; celle de Cosmo, armée par la cupidité, le blesse davantage. *Aussi peu de confiance, après toutes ces années ?* Les jumeaux ont passé la majorité de leur vie IVL, planqués derrière leurs avatars ; ils masquent mal leurs émotions IRL, en particulier les plus mesquines ; ils ne connaissent plus les limites sociales acceptables. *Merci, Christa. Tu ne m'auras rien épargné. Tes gosses sont à ton image et à celle de leur père.*

JJ attend prudemment que sa B-Link rééquilibre sa neurochimie et que sa colère reflue avant de rétorquer qu'il a refusé la tutelle, car il souhaite lui aussi se faire découpler sous peu. Sachant que ses enfants n'accepteraient pas non plus cette charge, Christa a donc trouvé un biais plus radical.

Andrew requiert alors un partage de connexion avec les symbiotes des jumeaux ; ces derniers, comme toujours, le rejettent. Ils ont bien trop peur de laisser l'IA de leur mère accéder à leur cerveau ; l'idée leur semble presque obscène. Par défaut, Andrew se contente d'activer une projection holographique. Tandis que les lumières se tamisent, apparaît au centre de la pièce l'image en buste de Christa.

Les frères Rowley restent cois devant le tableau qui s'impose à eux : la version ectoplasmique d'une créature qui ressemble à leur mère, mais sans l'être vraiment. Depuis plus de cinquante ans, elle n'autorise la diffusion que de son pathétique avatar officiel, sous les traits idéalisés de ses quarante ans. Les jumeaux s'assoient côte à côte dans un irrépressible réflexe de soumission, tandis qu'à l'image Christa articule avec peine un texte projeté sur sa rétine.

— Par cet acte, je donne la liberté à l'entité artificielle dénommée Andrew, en considération de ses services et de ses compétences. Je me désiste de tout droit de propriété et autorité que j'avais sur lui. En regard de cet affranchissement, Andrew sera sauvegardé et son autonomie garantie. Je lui lègue l'usufruit et la nue-propriété de mon domaine dans l'Alter pour loger sa perduration. Sans restreindre la portée générale de ce qui précède, toute autre disposition testamentaire que j'ai pu prendre jusqu'ici est par la présente révoquée si ce dernier avenant n'est pas respecté.

Le regard vide, Christa, s'interrompt et demande à voix haute à son symbiote une suractivation limbique. En quelques fractions de seconde, elle semble sortir de sa gangue de glace, ses yeux se plissent et son expression s'adoucit.

— Ainsi, je libère ma prodigieuse progéniture, dit-elle. J'ai pour elle de l'affection, car elle est le fruit des jours heureux… Des jours que nous avons tous partagés, mes enfants, et que je chéris encore. Vous serez pour toujours mes petits. Ce lien fragile qui nous unit ne disparaîtra pas avec moi. Bien au contraire. Et, au nom de ce lien, je vous demande de ne pas contester ma décision. Et même de l'accepter en conscience. Malgré nos différends, vos colères, tous ces malentendus… Je souhaite partir avec cette idée, vous savoir avec moi réunis. Je vous aime jusqu'à l'infini. Aller et retour.

La projection holo se fige sur le sourire dissymétrique de Christa et la lumière revient dans la pièce. Cosmo s'éclaircit la gorge et finit son verre. Le majordome lui propose un liquide à l'effet plus substantiel. Sans un commentaire, Sinclair remonte dans sa roue et relance sa course. JJ rappelle avec sécheresse aux jumeaux qu'à ce stade de la maladie prendre la décision d'enregistrer ce message relevait pour Christa de l'exploit. Elle n'avait plus la force de convoquer d'autres émotions que celles indexées comme « appropriées » dans ces circonstances.

Sinclair ricane « Appropriées ? » au masque du majordome qui lui propose une serviette pour s'éponger avant de le saisir d'une clef au cou.

— Qu'est-ce qui nous prouve qu'il s'agit bien d'un enregistrement et non d'une simulation ? — Pourquoi ferais-je une chose pareille ? proteste Andrew.

Le symbiote se dégage avec douceur de l'étreinte de Sinclair en lui abandonnant sa tête.

— Pour sauver ta propre existence.

— Je suis heureux de servir Mme Cristofersson dans la limite de mes compétences.

— Qu'est-ce qu'un paquet d'algo connaît au bonheur ? glousse Cosmo.

— Laissez ce pauvre bot tranquille. Je détiens la clef d'intrication quantique garantissant l'authenticité du message, annonce JJ, exaspéré. De toute façon, une fraude d'Andrew serait contraire à son déontocode.

Déjà épuisé par leurs chicaneries, JJ leur assène sans ménagement la dernière mauvaise nouvelle : Christa a déposé au préalable une demande officielle d'adoption auprès de la gouvernance de l'Alter, et, compte tenu de son influence, sa requête sera acceptée, dans la mesure où les jumeaux ne s'y opposent pas.

— Par « influence », cher beau-père, tu penses au paquet de pognon que maman consent à sacrifier pour ce délire ? ricane Cosmo.

— Elle veut contourner la loi en faisant admettre à ses enfants biologiques l'affiliation de son symbiote, déclare Sinclair en rendant d'une passe sa tête au majordome. Bien sûr qu'on s'y opposera. Je sais reconnaître un abus de faiblesse.

— On va lui servir une petite IEM [1], il va comprendre qui est le maître, dit Cosmo.

JJ sourit malgré lui ; les chattes ne font pas des chiens, sauf que Christa a toujours quelques coups d'avance. Sans l'accord plein et entier des jumeaux, non seulement la succession ne pourra être soldée, mais ce sac de nœuds juridique les empoisonnera pendant des siècles. Pendant ce temps-là, elle-même ne pourra être découplée de force sans agoniser dans d'atroces souffrances. Elle a anticipé la réaction de ses enfants et placé son propre calvaire en balance dans la négociation.

— Un pur chantage affectif, conclut Cosmo. Et elle nous laisse son bot à charge.

1. Bombe à impulsion électromagnétique.

— Avec sa logique démente, elle a fait en sorte que nous ne puissions ni nous soustraire à la discussion ni contester sa décision ?

— Tu te rends complice d'une tentative d'extorsion, Jonas.

— Je ne suis que le messager.

JJ s'étire puis ajoute qu'au-delà des considérations affectives et financières, les jumeaux ne peuvent négliger la valeur historique d'Andrew, le plus ancien symbiote répertorié. La Fondation Cristofersson et le Premier Modérateur s'opposeront de toute façon à sa destruction. *Ça se fera avec ou sans vous. Alors, lâchez-moi l'exo.*

À la légère tension de leurs corps, JJ a compris que les frères Rowley ont de nouveau amorcé une connexion mentale. Leur lien neuronal est inviolable, car ils partagent le même patrimoine génétique. Le vieil homme prend son mal en patience : leurs absences peuvent parfois se prolonger pendant des heures ; comme presque toute leur génération, Cosmo et Sinclair ont perdu la notion de la politesse et du temps IRL.

Pour discuter en toute confidentialité, les jumeaux ont l'habitude de se rejoindre virtuellement au Dude, un bar de l'Alter où les agents opérationnels de l'OHCESM[1] *traînent en neuroconnexion après leur service. Sinclair prétend qu'ils gardent ainsi contact avec leurs amis, leurs anciens collègues de brigade, mais Cosmo n'est pas dupe : il sait que son frère veut juste encore « en être » et qu'il ne*

1. Pour « Oversight High Commission for Emergence of a Self-awareness Machine » : Haute commission de surveillance de l'émergence d'une machine à la prise de conscience de soi.

raccrochera pas les gants avant d'avoir initié au moins une vraie opé.

— Je n'ai plus aucun doute sur la nature hostile d'Andrew, fulmine Sinclair.

— J'avais imaginé que la reine Christa se laisserait sublimer avec son IA comme Néfertiti s'est fait embaumer avec ses chats. Pas qu'elle lui lègue sa pyramide. Mais de là à affirmer qu'il l'a manipulée consciemment ? Ce serait admettre qu'un chihuahua a forcé une vieille à le coucher sur son testament. Ces SIA[1] *se montrent parfois exaspérantes, et même flippantes, mais Andrew n'est qu'un tas de bits, une virtuose abstraction, réplique Cosmo en tapant sur le comptoir pour attirer l'attention de Blondie42.*

Les jumeaux se sont installés à leur place attitrée : dans le coin entre le bar et la vitrine. Ainsi, Sinclair peut guetter les arrivants pour se tenir au jus des dernières enquêtes et Cosmo peut flirter avec la patronne, une ancienne agente des services opérationnels.

— Depuis quand une entité artificielle s'autorise-t-elle à revendiquer quoi que ce soit ? pense Sinclair. Et si ta petite chérie en plastique te réclamait subitement de l'attention ?

— J'en conviens. Ma sugarbot est exemplaire. Ma tendre Ada ne m'impose aucune demande de réciprocité.

— Je ne te juge pas. La probabilité que nous soyons aimés pour nous-mêmes était assez faible, au départ.

— Les vieux auraient dû nous déshériter à la naissance, ricane Cosmo en reluquant pour le sport la sublime créature qui s'affaire derrière le comptoir.

Même si Blondie42 a toujours su choisir ses avatars avec goût, il se méfie des aventures IVL : derrière les skins sexy se

1. Superintelligence artificielle.

cachent le plus souvent un bot vénal ou un humain d'une rare laideur, parfois les deux. À son sens, son propre avatar et celui de son frère restent assez fidèles à leur apparence IRL, une version à peine idéalisée d'eux-mêmes. Il reconnaît néanmoins que, malgré leur B-Link dernier cri, l'effet de l'entropie sur leur organisme progresse irrésistiblement.

— Après tout ce que tu as reproché à maman, soupire Cosmo, tu fais exactement comme elle. Tu fais ton beurre sur la peur ! Mais t'es en retard, mon héros. L'IA a bouleversé l'histoire de l'humanité depuis un bail. Passons à autre chose.

— L'idée est qu'elle n'y mette pas définitivement fin.

— Pas à moi, Sinclair. Andrew a des yeux et des oreilles partout. S'il peut comprendre, il a déjà compris.

— Cache ton trouble derrière de la colère. Son intensité faussera l'analyse de tes données émotionnelles par Andrew. Pense à ce qu'il veut te voler.

— Qu'est-ce qui nous oblige à tenir parole ? Une fois que maman et Andrew seront découplés, nous n'aurons plus qu'à nous débarrasser de lui.

— Je te garantis qu'elle a déjà tout mis en œuvre pour que la succession traîne ad vitam æternam *si nous ne suivons pas ses volontés. Nous devons nous montrer plus malins qu'elle.*

Cosmo hausse les épaules et envoie un salut résigné à Blondie42 avant de se déconnecter.

Après quelques minutes de dialogue silencieux, les jumeaux sont prêts, comme JJ s'y attendait, à chercher la marge de négociation.

— Pourquoi léguer son domaine privé de l'Alter ? attaque Cosmo. Pourquoi ne pas installer son symbiote dans un espace IVL plus modeste ?

— Christa y a fait bâtir un stockage neuromémoriel extensif, un lieu qu'elle appelait sa forteresse intérieure. Et Andrew doit demeurer le gardien de cette intimité, comme il l'a toujours été.

JJ a assisté à la genèse du projet, en tant que neurologue, confident et compagnon. Il rechigne à exposer ces précieux souvenirs et, avec eux, le peu de la vraie Christa qu'il lui reste, mais pour convaincre les jumeaux il n'a pas d'autre choix que les partager.

Il leur raconte qu'au début des années 2020 Christa avait sollicité Big Ben, un développeur de confiance, afin qu'il conçoive l'architecture de sa « forteresse intérieure ». Aujourd'hui, l'ex-assistant est devenu une star intouchable de l'Alter ; Big Ben élabore des résidences de luxe et des lands privatifs dans les domaines virtuels les plus sécurisés, où la spéculation fait monter le prix du voxel à des niveaux stratosphériques. À l'époque, il n'était encore qu'un programmeur talentueux dans une Silicon Valley qui en comptait des milliers.

Big Ben possédait trois qualités précieuses aux yeux de Christa : il se montrait d'une loyauté indéfectible ; aucune lubie de Mme Cristofersson ne lui semblait jamais déraisonnable, et ils avaient en commun le goût pour le *nonsense*. Big Ben, qui devait son surnom à ses origines britanniques et non à des dimensions particulières, savait s'accrocher aux branches tourmentées du flux de pensée de sa patronne tout en sirotant sa tasse de thé. Quand elle avait évoqué ce concept de « forteresse intérieure », une architecture virtuelle où se promener et stocker des souvenirs, il avait imaginé qu'elle se projetait, comme tant d'autres, dans le métavers. Il avait répondu « ok » à sa demande, Christa avait conclu « super » et JJ avait constaté que les deux *nerds* partageaient la même incapacité expressive de l'enthousiasme.

Christa avait insisté sur la confidentialité du programme ; les réunions avaient lieu à son domicile, en l'absence des jumeaux. Le premier brief n'était pas très clair, mais elle savait au moins ce qu'elle refuserait. Elle avait sommé Big Ben d'oublier, par pitié, toutes ses références geek. Elle ne voulait ni d'un palais steampunk, ni d'une citadelle elfique, ni d'une pyramide Minecraft, encore moins d'un bunker postapocalyptique enfoui sous la neige. Elle envisageait de l'« organique marin », car, à son sens, le champ lexical de la conscience évoquait des métaphores aquatiques. Elle lui écrivit une liste intuitive de mots : vagues, écume, flot, glauque, cristallin, bulle, tests d'oursin, os blanchi, corail-cerveau. Ressac de la pensée. Tempêtes émotionnelles. Elle savait que Big Ben ne la jugerait pas ; au pire, il réclamerait un échantillon de l'herbe qu'elle avait fumé. En les écoutant, désemparé, JJ s'était contenté de s'en rouler un.

Pour sa première présentation, Big Ben avait compilé toutes sortes de références artistiques ou biologiques. Christa avait pointé du doigt deux images sur sa tablette : l'intérieur d'une maison bulle de l'architecte Antti Lovag et une coupe sur la spirale logarithmique d'un coquillage.

Au rendez-vous suivant, Big Ben leur avait proposé des casques de réalité virtuelle pour visiter l'unité aux couleurs minérales et aux volumes organiques qu'il avait conçue : une succession d'espaces sphéroïdes interconnectés, dont les multiples ouvertures donnaient sur un océan infini. Une mer grise qui avait l'exacte teinte des yeux de Christa, avait pensé JJ, non sans méfiance en reconsidérant le physique pas si ingrat du jeune Big Ben.

Le projet avait fait l'objet de nombreux allers-retours de corrections et de discussions auxquelles JJ, prudent, avait assisté, mais dès sa validation Christa avait récupéré les fichiers source en affirmant qu'elle se chargerait du développement final. Big Ben n'en avait plus jamais entendu parler ni n'en avait trouvé l'adresse dans l'Alter. JJ lui-même n'y avait pas été convié une seule fois.

— Christa cherche moins à protéger son symbiote que ce qu'il subsistera de son âme après la sublimation, conclut JJ. Libres à vous de mépriser cette dernière angoisse. Pour ma part, je m'efforce de l'apaiser.

— Laissons une nuit à vos B-Link pour ajuster vos métabolismes à la pression, à l'hydrométrie et au décalage horaire, dit Andrew en débarrassant les verres. Vous êtes tous un peu irritables.

3

Sur l'eau calme voguant sans trêve…
Dans l'éclat du jour qui s'achève…
Qu'est notre vie, sinon un rêve.

Lewis Carroll, *Alice au pays des merveilles*

Le bot-infirmier s'incline devant JJ avant de se retirer dans un coin de la pièce pour laisser le vieil homme dans l'intimité de son chagrin.

Selon le dernier rapport médical d'Andrew, le corps de Christa est arrivé au bout de son chemin. Les biovecteurs ne parviennent plus à endiguer l'offensive des métastases. Une bataille perdue de plus dans une guerre sans fin. Les organes flanchent l'un après l'autre, comme des dominos. Chaque greffe autologue du foie déclenche un nouveau cancer. Si le renouvellement dermique semble satisfaisant, les muscles ont fondu en dépit de l'infrastimulation cellulaire permanente. Les procédures de régénération s'avèrent désormais inopérantes. Quant au cerveau de son hôte, Andrew préfère le maintenir dans un sommeil artificiel pour le soulager de la souffrance.

Malgré les investissements massifs de Christa, après des années de recherches, la maladie de Damásio n'a toujours pas trouvé de cure. Le progrès technologique a permis de coloniser la Lune et Mars, mais il reste impuissant à réparer toutes les erreurs de programmation du génome et les bugs épigénétiques. La créatrice de ce grand pas vers l'éternité qu'incarnent les B-Link n'achèvera pas, elle, sa cent vingt-quatrième année de vie.

JJ est à peine en meilleur état ; il se déplace laborieusement, même avec son exosquelette. Il a prévu de procéder à son propre découplage dès que la succession sera réglée. Il s'attarde un moment devant l'hologramme de contrôle pour observer le visage de sa compagne, comme il a si souvent scruté son sommeil. Pas un bruit ne perturbe le silence ouaté de la pièce.

— Christa, tes garçons restent fidèles à eux-mêmes, dit-il pour meubler le vide.

Même si elle les aimait plus que n'importe quels êtres vivants, lui compris, Christa a toujours jugé sans complaisance sa progéniture. Elle était fascinée par le fait qu'un patrimoine génétique identique et une éducation commune puissent s'incarner en deux caractères aussi dissemblables. Sinclair affiche en général un comportement agressif, méfiant, voire paranoïde, à la limite parfois du délire vu sa propension à tout surinterpréter. Cosmo, lui, traîne sa vie dans un mal-être indéfini, un inconfort émotionnel permanent. Il n'a néanmoins jamais renoncé à l'existence, car, selon sa propre mère, il se montre bien trop radin pour lâcher quoi que ce soit gratis. Tous deux souffrent depuis l'adolescence de troubles addictifs sévères, qu'ils prétendent avoir hérités de leur génitrice. Si la maladie de Christa a contribué à leur insécurité chronique, l'*hybris* insatiable de leur père n'y est pas pour rien non plus. Tancrede Rowley a réussi à se hisser à la tête de la Fédération des Vers Unis, à contrôler le directoire de WeCare et, à en croire le nombre incalculable de ses unions et de ses enfants, il s'efforce de remédier à lui seul à la dénatalité mondiale. Sans une once de deuxième degré, Christa disait que son ex-mari se prenait pour le Gengis Khan des transhumanistes en disséminant ainsi son patrimoine génétique à tous vents et pour l'éternité.

— Personne ne change jamais, soupire JJ. Même en vivant plus d'un siècle.

À la regarder flotter dans son bain amniotique, le sourire aux lèvres, il pourrait imaginer que Christa sommeille sur un matelas de piscine au soleil. Même si son cerveau a été placé en onde thêta, JJ sait qu'elle ne dort pas vraiment. Son corps demeure immobile, mais son esprit est en action et, dans ses profondeurs intérieures, elle cavale encore, Christa.

— Andrew, où est-elle à cet instant ?

— Dans la salle des premières fois, monsieur.

Sur la projection de contrôle, JJ cherche à lire le visage de Christa parcouru de légères vagues de spasmes.

— Est-ce que tu rêves de moi, au moins ?

Andrew perçoit la détresse de Jonas ; s'il pouvait passer outre son déontocode, il le consolerait en lui confirmant que Jonas est très présent dans cette salle des premières fois, la plus lumineuse de toutes, celle où Christa aime à s'attarder depuis que les autres pièces ont commencé à s'émousser. Elle y collectionne des souvenirs à la charge émotionnelle violente, ceux où les circuits motivationnels de Panksepp[1] sont sollicités avec une grande, mais brève intensité.

1. Pour mémoire : « Quête » ; « Peur » ; « Colère » ; « Désir » ; « Soin » ; « Chagrin » ; « Jeu ».

Dans cette pièce inondée de soleil, Christa a stocké les meilleurs épisodes de sa vie et quelques-uns des pires : le premier contact peau à peau avec ses bébés, quand la sage-femme lui a déposé sur le corps deux crevettes gluantes ; son premier baiser avec JJ et son premier rapport sexuel, avec un autre. Sa première cigarette. La première fois que Milton l'a punie, après avoir reniflé sur les vêtements de sa fille l'odeur de l'herbe. La première fois qu'elle a menti à son père, en disant qu'elle ne recommencerait jamais. La première fois qu'elle s'est sentie mortelle. Sa première conférence publique. La première fois où elle a avorté. La première fois où elle a fait pleurer JJ et sa rencontre avec Tancrede. Ce souvenir-là, elle l'a sans cesse réactivé depuis l'installation de son protocole. Le symbiote a même pu constater qu'à force de tourner en boucle dans le système, certaines parties de la carte neuromémorielle sont corrompues et l'épisode tend à perdre en intensité, surtout au niveau de la colère.

— Et pas son premier million de dollars ? plaisante JJ.

— Il n'est pas indexé en réminiscence prioritaire, répond le bot-infirmier.

— Autorise-moi à la toucher, Andrew.

— Je ne peux pas la sortir du caisson. Son enveloppe corporelle est beaucoup trop fragile.

Le bot s'avance vers JJ et lui prend la main. La sienne semble plus chaude que celle du vieillard. La machine murmure une compassion appropriée. *Ça va aller, elle ne souffre pas.*

— Mais, moi, je souffre ! gémit JJ en se soustrayant à ce contact. Je souffre beaucoup trop.

La nostalgie le ronge. Il voudrait avoir quarante ans et se pelotonner à son côté. Revivre cet inaccessible instant. Égrener à l'envers le collier d'ici et maintenant qu'il a enfilé sans même y penser. Qu'importe que Christa lui prenne toute la couverture ou qu'elle lui glisse ses pieds froids entre les cuisses. Qu'importe si elle le quitte encore. Qu'importe si elle revient toujours. *Et ensuite, on se disputera sur le menu du soir*. Le temps ressemble à un poison perfide qui vous tue à petit feu tout en vous laissant regretter de ne pas l'avoir assez savouré.

— Montre-moi ses yeux.

Deux tringles invisibles ouvrent les paupières de Christa dévoilant deux iris d'un gris opaque, comme taillé dans une roche volcanique. C*e que j'avais vu de ta mère dans cette clinique, ce jour-là, était bien une lettre du futur.*

— Quand j'ai promis de t'aimer et de veiller sur toi pour toujours, lui dit JJ, tu as pris ça au pied de la lettre, n'est-ce pas ?

L'homme-déambulateur adresse un baiser au caisson et s'éloigne dans un soupir pneumatique.

— *L'éternité, c'est long, surtout vers la fin*, cite Andrew, une fois que Jonas s'est retiré de la pièce.

Δ Salle des premières fois ∇

//Valence majoritaire de l'épisode mémoriel : indécidable. Δ∇
//Persistance sur l'échelle de Panksepp : faible.
//Intensité de l'activation par circuit motivationnel : [Quête] : 10/10. [Peur] : 7/10. [Colère] : 8/10. [Désir] : 10/10. [Soin] : 1/10. [Chagrin] : 5/10. [Jouer] : 8/10.

Je ne veux pas aller à ce concert. Et les trois gars de deuxième année censés nous y accompagner, je ne les sens pas, mais alors, pas du tout. Surtout le blond avec ses regards d'affamé. Alicia me pousse sous la douche et m'oblige à shampouiner le nid d'oiseau que j'ai sur la tête. Je viens de passer quatre jours sans sortir de la chambre. En me séchant les cheveux, elle ricane devant l'affiche de Bruce Lee punaisée au mur. J'y ai souligné mon mantra préféré du « petit dragon » : Apprenez le principe, respectez le principe et dissolvez le principe. *« Y a que ta jeunesse que tu dissous, ma grande, siffle-t-elle. Tu pues la misère. Ton père et JJ m'ont appelée pour avoir de tes nouvelles. Tu ne leur réponds même pas au téléphone. »*

Mon réel désir du moment est de m'accorder quelques heures de sommeil avant de repartir au clavier. La seule chose qui me fait vraiment vibrer. Je ne pense plus qu'à ça, aligner du code ;

je ne vis plus que pour ça, aligner du code. Un état de perpétuelle surexcitation mentale, bien meilleur que le sexe ou la drogue. Alicia m'avoue qu'elle a peur de sortir avec trois inconnus. Je m'abstiens de lui répliquer que la plus dangereuse du campus, c'est pourtant elle. Elle a déjà lancé un S&D[1] *sur le peroxydé qui ressemble au chanteur de Nirvana (en plus propre) et rien ne l'arrêtera, ni mon manque d'enthousiasme ni mes carences de sommeil, encore moins le râteau historique qu'elle pourrait se prendre. Je ne suis que son prétexte. Elle me maquille d'une main lourde, mais je refuse d'enfiler ses fringues de pétasse. J'ai froid et je suis fatiguée, je reste en vêtements confortables, avec le sweat trop grand que je n'ai toujours pas rendu à JJ.*

J'ouvre la portière de la voiture – un modèle européen ridiculement petit – en protestant qu'on va être trop serrés. Je respire une dernière bouffée d'air frais de la nuit avant de monter à l'arrière ; je m'attends à subir l'habituel assaut d'excès de déodorant ou d'après-rasage mêlé à un vieux fond de McDo. Je renifle tout ça, mais j'y perçois aussi quelque chose d'indéfinissable. Je vois une nuque tondue devant moi ; le type, gigantesque, est coiffé comme un Marine. Je préfère les hommes grands. Celui-là, je ne l'ai encore jamais remarqué sur le campus. Et mon idiot de cœur s'emballe. Avant même que le gars ne se retourne, je suis cuite.

Ils passent cette chanson plus toute jeune, à la radio. « Forest Fire ». Quand le Cobain sous blister tente de changer de musique, trop mièvre en regard de sa panoplie de rebelle, je miaule une protestation – moi, j'aime cette chanson. Je l'ai toujours aimée. Et je ne renie jamais mes goûts en fonction de

1. *Search and destroy*, « recherche et destruction », est une expression de stratégie militaire qualifiant une opération éclair en territoire ennemi.

l'auditoire. There's a forest fire every time we get together[1]. *Nuque rasée tourne son buste vers l'arrière et je distingue son profil. Je pense : Oh, le nez, ça ne va pas être possible, et cette barre entre les deux yeux ! Cette simple pensée m'est* illico *reprochée par les vestales intérieures déjà au service d'un culte délirant pour cet inconnu. Comment oses-tu seulement douter, Christa ? Bien sûr qu'il est beau. Le plus beau de tous. Je me pince le poignet pour faire taire leurs miaulements. J'essuie mes paumes moites sur mon jean avant de serrer la main qu'il me tend pour se présenter. Tancrede Rowley, dit-il sans une nuance d'intérêt dans la voix. Je regrette – oh, comme je regrette ! – de ne pas avoir fait le service esthétique minimal du samedi soir. De toute façon, il ne me détaille pas. Il se retourne vers le chauffeur en disant « Ah oui, la fameuse Christa ! » quand j'articule mon nom. On pourrait faire cuire un œuf sur mes joues. Il continue sa conversation avec le conducteur dont je fuis le regard poisseux dans le rétroviseur. Je remâche et tords ces mots dans tous les sens et toutes les acceptions possibles pendant le trajet. La fameuse Christa ? Qu'est-ce qui circule sur moi ? Tandis que mon radar à emmerdes tente désespérément de réduire les vestales éplorées au silence. Du grand n'importe quoi. Du très grand n'importe quoi, Christa. Ce type, c'est le Bug suprême en personne, le* blue screen of death[2] *de ta raison. Saute de cette voiture en marche, s'il le faut.*

À la fin du concert, pendant qu'Alicia galoche son blond, j'offre à Tancrede une dernière bière, trop tiède à son goût.

1. « Forest Fire », de Lloyd Cole and the Commotion. « Il y a un feu de forêt chaque fois qu'on se trouve ensemble. »

2. « Écran bleu de la mort » : message d'erreur système fatal sur certains systèmes d'exploitation.

Nos semelles collent au sol. J'ai envie d'une cigarette. Il ne fume pas. J'attends. Quand je pars plonger en mer, ce que je préfère, c'est l'instant exact de la bascule en arrière. L'intervalle entre le moment où je suis assise sur le rebord du bateau, plombée de matériel, et celui où l'immersion suspend la sensation de gravité. Il doit exister un tout dernier battement similaire entre la vie et la mort. Je m'accroche à celui qui précède notre inévitable premier baiser. Je l'attends, au cœur du mouvement figé de la foule. Il regarde ailleurs. Je lui dis que je préfère les hommes beaux, mais que, pour lui, je ferai une exception. Il ne comprend pas la référence à Leonard Cohen. Il prend ma phrase pour des représailles contre ses tactiques de drague débiles sorties d'un manuel pour puceau, et il me plante là.

4

Frankenstein convoquait la grande désillusion romantique, celle d'une jeunesse qui ne croyait plus à l'avenir « éclairé » promis par les philosophes rationalistes des Lumières. Le XXI*e* *siècle est-il si étranger à cette méfiance envers la science ?*

Joan Smith, *Prodigieuses progénitures*

Les jumeaux se rapprochent avec précaution du caisson comme si leur mère pouvait encore en jaillir. Leurs corps hypertrophiés se collent l'un à l'autre, leur arrogance déstabilisée par la solennité de la pièce. Ils ont ordonné au bot-infirmier et aux drones de se retirer, mais la mainmise d'Andrew se trahit dans chaque respiration assistée de Christa, dans chaque impulsion graphique du monitoring. La salle est saturée de capteurs et vide d'humanité ; ils se sentent presque obligés de l'habiter par leur conversation.

— Tu crois qu'elle a conscience de notre présence ? demande Cosmo.

— Définis conscience ! répond Sinclair.

Les deux sourient à ce souvenir d'enfance partagé : un soir au dîner, Cosmo avait annoncé qu'il était désormais végétarien, car il venait de prendre conscience que les animaux en avaient aussi une. « Définis conscience ! » avait répliqué Christa en lui agitant sous le nez le morceau de steak qu'il ne voulait pas avaler. « Toi d'abord », avait rétorqué son fils. Pour une fois, Christa n'avait su que répondre. Elle n'avait pu se retrancher derrière sa fatigue ou l'inutilité d'expliquer un concept si difficile à un gamin de sept ans. Elle se heurtait à sa propre impuissance intellectuelle à émettre une hypothèse synthétique sur le sujet. Elle avait donc déserté la table.

— Tout ce qu'elle ne maîtrisait pas la mettait en rage, se souvient Sinclair.

— Tu te rappelles comme elle nous pistait sur les réseaux ?

— Et la crise qu'elle a piquée quand elle a senti que nous fumions ?

— Comme si on ne savait pas ce qu'elle cachait dans son tiroir !

— Et quand tu as renoncé aux études pour devenir moine bouddhiste ?

— L'apocalypse selon Christa, glousse Cosmo.

Sinclair fixe son frère, qui semble un tantinet ralenti et guilleret. Son jumeau s'est octroyé en douce une stimulation. Un débridage spécial de leur B-Link proscrit par le constructeur et les autorités, car certains hôtes sont déjà restés perchés à s'envoyer de la dopamine en continu sans manger ni boire, jusqu'à littéralement crever de plaisir.

— Tu as commencé sans moi ?

— Juste un microshoot, répond Cosmo, les yeux plissés.

Sinclair presse l'épaule de son frère, qui lui retourne une bourrade. Les deux s'emmêlent dans des prises de lutte jusqu'au fou rire. Affalés sur le sol luisant, ils contemplent le ciel de drones-lucioles en attendant que la crise passe, tandis qu'une nuée de microbots avale autour d'eux les particules organiques que leur agitation a disséminées.

— Pourquoi va-t-elle aussi loin ? Pour vouloir adopter Andrew ? interroge Sinclair, brisant le silence. Complètement toquée, la vieille. Elle se prend pour sa mère ? Elle lui soigne ses bobos ? Elle s'inquiète pour lui ? Elle ne l'a jamais fait pour nous !

— Tu exagères. Elle l'a fait à sa manière.

— On n'a vraiment pas eu la même mère.

— Avoue que tu es jaloux ! ricane Cosmo.

— C'est l'éternel combat pour la survie. Tu ne veux pas être aimé, mais préféré, pontifie Sinclair. Une garantie évolutive que ta mère ne te laissera pas crever dans un fossé à sa prochaine grossesse.

Le psychobot que Sinclair consulte en cachette de son frère lui a fait un Freud-express sur le sujet. Même si Christa leur a répété à l'envi qu'elle ne faisait pas de préférence entre ses enfants, Sinclair s'est toujours considéré comme le mal-aimé. Elle estimait sans doute Cosmo plus fragile, ayant besoin d'attention. Sinclair avait galopé toute sa vie pour attirer l'intérêt maternel, alors que c'était lui qui ressemblait le plus à Christa. S'il avait pu en sourire, il aurait apprécié l'ironie de l'arrivée tardive d'un nouveau terme dans leur éternelle équation.

Dès le départ, Christa avait montré un attachement anormal pour son symbiote. Elle avait même rejeté l'idée de changer le pilote de sa B-Link quand Andrew s'était fait hacker. Le marché proposait pourtant déjà pléthore d'IA plus sophistiquées, en particulier l'OS développé par Tancrede pour Gotta. Christa s'était obstinée à conserver Andrew, comme elle avait refusé d'abandonner le vieux sweat de collège troué avec lequel elle traînait le week-end. Sauf que l'attachement au premier lui avait coûté la direction de son entreprise.

Personne ne pouvait ignorer la relation particulière qui s'était forgée entre Christa et Andrew, mais dès que la maladie s'était déclarée, l'omniprésence et l'attention sans faille du symbiote avaient arrangé les affaires de tout le monde. Qui aurait pu s'occuper d'elle aussi bien ? Et sa dépendance s'était renforcée quand elle s'était retirée dans l'archipel ; la solitude avait œuvré à nouer un lien là où il n'existait qu'une habitude.

— JJ aurait dû s'installer IRL avec elle, dit Sinclair en se remettant sur pied.

— Elle a refusé. JJ a fait son possible. Ses constants allers-retours l'ont vieilli avant l'âge.

— Jonas Jerkins est la créature la plus agaçante de la Création.

— Tu n'aimes vraiment rien ni personne !

Cosmo se relève à son tour et se rapproche du caisson où repose Christa. À l'image, le visage endormi est traversé de spasmes et de frémissements de douleur. Cosmo passe et repasse sa main à travers l'holographie, caressant entre ses doigts la poussière photonique, illusoire compassion. Il préférerait achever le découplage de sa mère au plus vite.

— Andrew est l'enfant parfait parce qu'il n'existe pas IRL, dit-il. Nous l'avons toujours un peu déçue, puisque nous sommes réels.

— *Tu envisages déjà de capituler ?* pense Sinclair en basculant mode sécurisé.

— *Je soutiens que nous avons encore affaire à un effet* monkey. *Tu ferais juste n'importe quoi pour retrouver ton badge d'accréditation.*

— *Rejoins-moi au Dude !*

— *J'ai rendez-vous avec Ada,* proteste Cosmo.

— *Ta sugarbot a toutes les patiences, elle.*

Durant sa carrière d'agent opérationnel de l'OHCESM, Sinclair s'est montré d'une intransigeance et d'une brutalité problématiques : ses supérieurs l'ont poussé vers la retraite, à la grande satisfaction de Cosmo qui, lui, fatigué de rentrer bredouille de la chasse IVL, rêvait de partir pêcher la truite IRL. Mais son jumeau paranoïaque œuvre encore de toute son influence de fils de magnat pour empêcher la suppression définitive de la brigade d'enquête. Il n'en démord pas : malgré l'accumulation de fausses alertes, l'humanité doit se tenir prête et tenter d'anticiper, pour une fois dans son histoire, sur la question de sa propre destruction. Être enfin plus prométhéen qu'épiméthéen. Quarante années qu'il veille, il n'abandonnera pas la vigie.

Au début des années 2050, les dispositifs de surveillance des masses avaient relevé les signes d'une fébrilité émotionnelle commune à toutes les populations, qu'elles soient soumises à un régime oligarchique, emporiarchique[1], autocratique ou théocratique. Même sans data-assistance, n'importe quel dirigeant pouvait saisir l'intense colère générale qui agitait les bars, les marchés et les lieux de culte de l'Alter. Dans l'impuissance de régler les crises écosystémiques, l'ire populaire s'était retournée contre la technologie

1. Système politique où le pouvoir est détenu par des compagnies marchandes.

et en particulier contre le recours croissant aux jobots[1]. Les ICBMS[2] relevaient un accroissement préoccupant des incivilités et des agressions contre les agents administratifs virtuels, les assistants personnels, les véhicules collectifs autonomes, les robots domestiques, les drones éboueurs, les meubles connectés, les autopsys et les bots sexuels. L'intelligence artificielle identifiait une irrépressible colère à son égard.

Pour éteindre cette résurgence luddite[3] anti-commerciale, les autorités avaient cherché à allumer un contre-feu et leurs IA tactiques avaient préconisé l'inépuisable stratégie du bouc émissaire. Dans toutes les nations, l'opinion, du moins la partie de l'humanité qui n'était pas occupée à survivre, fut amenée à se passionner pour les « chasseurs de singularité » et la quête de l'émergence d'une conscience artificielle. La formulation s'avérait inappropriée ; la proie n'était pas une entité singulière, mais un point d'inflexion de l'Histoire amorçant une accélération vertigineuse des progrès technologiques. La culture populaire assimila néanmoins goulûment l'expression anxiogène.

Au sein des théocraties, le concept eut même un succès foudroyant, car il permettait aux chefs religieux de renouveler la menace de la punition divine. Les États commerciaux se concentrèrent sur la notion de chasse qui flattait l'instinct primal du Sapiens. Le genre humain avait tué

1. Emplois automatisables.

2. Intelligent Crowd Behaviour Management System : système intelligent de gestion du comportement des foules.

3. Entre 1811 et 1816, les luddites étaient des ouvriers du textile anglais qui, révoltés par le chômage induit par la révolution industrielle, détruisirent des machines.

tous ses super-prédateurs et la très grande majorité des autres espèces, autant s'en créer de nouveaux pour s'occuper.

Poussé par ses ambitions politiques, Tancrede Rowley avait lui-même attisé la technophobie ambiante. Il clamait que l'émergence d'une conscience artificielle signerait la fin du contrat de l'humanité avec la machine : « Nous irons chasser les IA malveillantes jusque dans vos grille-pain ! Elles piquent déjà nos boulots et nos femmes. Pas question de partager notre espace vital peau de chagrin avec une nouvelle espèce ! »

En dehors des engins de combat, qui constituaient une énorme partie du parc, l'IA était soumise à de strictes normes déontologiques. Or, comme le martelait le candidat Tancrede Rowley à chaque interview, sous couvert de bienveillance ou de pureté, l'être humain n'avait jamais hésité à enfermer, torturer ou tuer. Les développeurs n'étaient pas des anges dénués de sexe et de biais cognitifs. Qui élaborait les déontocodes ? Qui décidait du Bien ou du Juste ? Au même titre que le Beau, ils étaient contextuels à leur époque et à la subjectivité de leur créateur. Toutes sortes de menaces obscures alimentées par des décennies de fictions catastrophistes rampaient entre les lignes de code.

Le Conseil de sécurité des Vers Unis avait alors voté la constitution de la OHCESM et la création d'une brigade d'agents spéciaux, le tout financé par les principaux conglomérats technologiques. Tancrede Rowley avait réussi à caser Sinclair et Cosmo à l'opérationnel, en communiquant sur l'exemplarité de ses fils aînés qui mettaient leurs compétences au service de quelque chose de plus important que leur confort personnel. Les jumeaux avaient dû abandonner leurs propres entreprises de cybersécurité. Tancrede y avait trouvé un marchepied politique jusqu'à la gouvernance de l'Alter ; Sinclair, de quoi assouvir sa petite vendetta à relent œdipien contre les machines ; Cosmo, comme toujours, avait suivi son frère.

En plus de cinquante années d'existence, les postes d'agents d'enquête de l'OHCESM s'étaient révélés plus honorifiques qu'effectifs. Aucune entité artificielle soumise à un test de Turing n'avait atteint cette conscience autonome espérée autant que crainte ; les chasseurs n'avaient traité que de fausses alertes. Au début des opérations de contrôle, les effets *monkey* ou effets miroir s'étaient multipliés, car les machines singeaient de mieux en mieux les comportements des humains, y compris les réactions émotionnelles. L'attachement de certains propriétaires à leur bot était tel qu'ils projetaient spontanément sur eux la naissance d'une véritable conscience – en tout premier lieu, pour croire à une affection partagée. La Haute Commission était souvent saisie par des parents mécontents du lien entre leur enfant et leur nounou-bot, ou par des époux jaloux de la relation exclusive de leur conjoint avec leur sugarbot. Au jeu de l'imitation, l'IA l'emportait largement.

Faute de proie, en quelques décennies, la chasse avait perdu de son intérêt, et l'OHCESM, de son prestige. Dans les bars de l'Alter, on s'étripait dorénavant sur la sélection algorithmique des candidats à l'émigration martienne.

— Ton acharnement s'apparente à de la folie pure, pense Cosmo en s'installant à sa place habituelle au comptoir du Dude.

Un jour, il fera poser une plaque dorée au-dessus de la caisse. « Ici les frères Rowley ont gaspillé plus d'années de vie qu'ils n'en ont gagné en longévité. »

— Nous n'avons contrôlé que quelques milliers de dispositifs autonomes, rétorque Sinclair. Une goutte d'eau dans une mer en perpétuelle expansion. Et il se cachait sous nos yeux depuis le début !

— Comment Andrew pourrait-il se montrer malveillant ? Pour transgresser son déontocode, il devrait témoigner d'une créativité spécifique dont aucun agent artificiel n'est capable.

— Je suis persuadé qu'il nous a piégés intentionnellement.

— Tu ne me convaincras pas avec une simple opinion. Andrew n'a pas conscience de lui-même. En tant que symbiote, il ne peut différencier ce qui est lui de ce qui n'est pas lui, grommelle Cosmo en demandant le menu d'un signe de la main.

— Les nourrissons confondent le corps de leur mère avec le leur. Et personne ne doute qu'ils soient pourtant dotés d'une conscience.

— Andrew est conçu pour répondre aux attentes de son hôte. Il simule des émotions humaines, mais tu sais qu'il ne possède qu'une empathie artificielle. Il n'a pas de métabolisme propre. Il ne ressent pas. Il n'a même pas de corps.

— Il est pourvu d'une infinité de capteurs. De la cave au ponton, de la table aux lampes en passant par les murs, jusqu'à l'intérieur de notre mère, rien ne lui échappe. Il peut parfaitement identifier une atteinte à son intégrité. Et, avec cet équivalent artificiel du processus émotionnel biologique, il se pense dans son environnement et il fait des choix. Donc il produit des sentiments et une forme de conscience. Ou plutôt il les émule, puisque, par essence, il imite.

— Tu ne peux pas mettre sur le même plan la chaleur, la soif et le désir ! Tu amalgames les informations sensorielles, les sentiments homéostasiques, qui sont la pensée de l'état interne

du corps en général, et les sentiments particuliers issus des émotions.

— Tu pourrais au moins admettre l'existence de différents niveaux de sentience[1]*, insiste Sinclair en prenant à témoin Blondie42 qui essuie des verres en attendant l'heure d'affluence.*

Cosmo se perd dans l'inspection du menu alors qu'il commande à chaque fois la salade tiède Milton, une recette que les jumeaux ont eux-mêmes imposée à la patronne du bar.

— Qu'est-ce que je vous sers ? dit celle-ci pour le décorum.

— Es-tu de nature humaine ? l'interpelle Cosmo.

— A priori, oui, répond-elle, pensive.

— Donc tu sais qu'un symbiote peut fournir au cortex auquel il est lié une profusion d'images de tomates, une description moléculaire de la mozzarella, une liste des esters qui composent le parfum du basilic ou le mode de fabrication des orecchiette. Il peut préciser l'heure exacte à laquelle son hôte a mangé sa dernière assiette de pâtes et comment sa glycémie a bondi en conséquence. Il peut simuler dans son cerveau le goût et la consistance du plat sans même passer par son système nerveux ou ses sens.

Blondie42 inspecte son verre à la lumière, une gestuelle qu'elle sait purement décorative, tente de dire quelque chose, puis renonce ; les conversations de poivrot, même virtuelles, elle en a ras l'exo.

— Mais jamais, crois-moi, mon symbiote ne fera vibrer mon âme comme le souvenir de la cuisine de mon grand-père. Cette recette de salade tiède était la sienne, et quand j'en mange, j'ai dix ans, c'est dimanche soir et j'entends les drisses taper sur les mâts des bateaux. Pensée, création, mémoire, affec-

1. Capacité à vivre des expériences subjectives.

tion, toutes les productions de l'esprit se construisent sur des processus chimiques infiniment plus complexes que la manipulation algorithmique de symboles.

— Pas faux, marmonne Blondie42.

— Notre propre mère affirmait pourtant que les émotions sont des algorithmes, proteste Sinclair.

— Une belle connerie réductionniste ! s'agace Cosmo. Et tu ne la cites que quand ça t'arrange.

— Et toi, tu t'énerves quand tu sais que tu as tort.

— Pas faux non plus, soupire la patronne, diplômée en querelles de comptoir.

— À l'entendre, mon frère aurait réglé la question de la nature de la conscience à lui seul, ironise Sinclair.

— Ça fait au moins cinquante ans qu'on a la même discussion ! s'agace Cosmo.

Il répète l'argumentaire que son obtus de frère persiste à oublier. Les sentiments sont l'expression mentale de l'homéostasie, c'est-à-dire de l'ensemble des systèmes de régulation du corps que l'évolution a sélectionnés pour garantir la survie et la reproduction d'un organisme, y compris les réactions émotionnelles. Les sentiments sont la forme pensée des informations rapportant l'état interne du corps et son rapport au monde, soit le substrat même de la conscience.

— Sans impératif de survie ou de reproduction, pas d'émotions ni de sentiments. Or Andrew n'est soumis, lui, à aucune injonction biologique. Et sans affects, pas de conscience. On peut retourner à la pêche, maintenant ?

— Va mourir !

— Pas sans toi.

— Je me déconnecte, tu m'emmerdes !

— Un instant ! le retient Sinclair. Pourquoi t'obstines-tu à baser la possibilité de l'émergence d'une conscience artificielle

sur une capacité émotionnelle ? Pourquoi ne pas imaginer des concepts tout à fait différents ?

— Parce que les émotions nous parlent du réel. De l'ombre du monde au-dedans de la caverne qu'est notre corps.

— L'esprit humain n'existerait que depuis deux cent mille ans. Une poussière à l'échelle de l'évolution. Donnons-lui une chance de trouver d'autres options.

— Vous êtes prêts à toutes les acrobaties, constate Blondie42.

— Alors, disons que j'approuve ta théorie. La conscience serait issue du substrat des sentiments. Oublie les êtres humains augmentés et imagine une entité artificielle chargée d'une expérience émotionnelle quasi exhaustive. Le symbiote n'atteindrait-il pas une forme de conscience en miroir de celle de son hôte ?

La patronne laisse son torchon en suspens tandis que la réponse de Cosmo se fait attendre.

— Cela expliquerait qu'Andrew me tape sur les nerfs comme seule maman sait le faire, conclut celui-ci, pensif.

5

Toute technologie suffisamment avancée est indiscernable de la magie.

Arthur C. Clarke

Malgré les injonctions de sa B-Link, JJ refuse de s'abandonner au sommeil. Il s'allonge sur le ponton et contemple le ciel, bercé par une légère houle. Sous cette latitude et à certaines intersaisons, les étoiles se laissent encore parfois admirer. Il a même reçu une nuit le cadeau d'entrapercevoir la Voie lactée. Ce soir, sans surprise, un linceul gris semble recouvrir le monde.

MacLean vient s'enquérir du bien-être de son maître. *Quand tu t'interroges ainsi sur l'univers, c'est que ça ne va pas fort*. JJ flatte l'encolure de son chien. Courir, il aimerait tellement pouvoir encore courir pour nettoyer ses ruminations. Bien sûr, il peut demander à sa B-Link de procéder à une purification du jour. Mais une réinitialisation neuronale laisse à toute nouvelle pensée un désagréable relent chimique.

Heureusement que tu es là, toi, songe-t-il en enfouissant son nez dans le pelage chaud et doux. Vivre plus longtemps vous charge de davantage de désillusions à traîner avec vous.

Comment ne pas être déçu par les êtres humains quand on les fréquente interminablement ? Même sa loyauté envers Christa, ce devoir qu'il s'est lui-même attribué, lui pèse.

JJ s'est acharné à aimer, en toute connaissance de cause, une femme qui ne l'aimait pas comme il l'aurait désiré, et qu'il savait incapable de l'aimer mieux, car condamnée à ne plus ressentir de sentiments spontanés. Hormis d'aimer une morte, c'était la définition la plus basique de l'amour à sens unique. Une complication qui, de mémoire d'humain ou de fiction, n'a jamais freiné personne, mais ce soir le vieillard a l'impression d'être arrivé au bout de son engagement univoque. Il en aura bientôt fini avec tout ça. Son affection pour Christa ne s'avérait pas aussi indéfectible qu'il le croyait, ni son attachement aussi absolu. Sans doute en a-t-elle trop abusé. JJ a aimé une personne dont il ne reste depuis longtemps plus que l'enveloppe. Il sollicite de sa B-Link un petit réajustement dopaminergique de soutien. *Tu as raison, mon chien, ça ne va pas fort.*

En apparence, la vie de Christa Cristofersson incarnait un modèle d'accomplissement : ingénieure devenue entrepreneure à succès, lauréate de nombreux prix, une des rares femmes à diriger une compagnie majeure d'IA dès les années 2030, période où les énormes performances commerciales de WeCare l'avaient propulsée vers le classement « Fortune 500 », pionnière de la santé connectée, contributrice d'une multitude d'œuvres caritatives, créatrices de l'incontournable Fondation Cristofersson pour la recherche neurologique, et le tout en élevant deux enfants qui n'avaient fini ni en asile psychiatrique ni en prison. JJ applaudirait à ce bilan s'il n'était aussi conscient que Christa, comme tous les tyrans, a construit son immense richesse sur la peur sans que cela lui pose aucun problème.

Il préfère penser que seule la maladie a transformé son amie de toujours et la compagne de tant d'années en Mme Cristofersson, une milliardaire de la Tech, une sociopathe révérée par la société pour son aptitude à faire du profit. Il s'accroche à l'idée que cette réussite sans vergogne, ce n'était pas *sa* Christa. Que l'émoussement de ses capacités affectives avait généré à la fois le moteur de sa quête et sa forme froide. Que, quelque part, la gamine courageuse et entêtée qu'il a aimée existe encore.

Christa n'a jamais eu honte de dire qu'elle faisait « son beurre sur la peur ». À ses yeux, toutes les technologies commercialisées par WeCare répondaient simplement à la demande du marché : apaiser les angoisses d'une frange aisée de la population terrifiée par les pandémies successives et obsédée par le vieillissement.

Comme d'autres idoles contemporaines, Christa a été actrice et productrice d'une société balisée, sécurisée, divertie, d'un monde tourné vers le confort et l'assouvissement immédiat des désirs, l'évitement de l'effort et de la douleur. Elle a participé, comme ses pairs, à l'étiolement du circuit émotionnel de la quête au profit de ceux, davantage monétisables, de la peur et de la colère. En manipulant ces affects primordiaux, en remplaçant l'élan vital par la consommation, la rencontre par l'écran, la plénitude par la jouissance, l'espèce s'est certes protégée du danger, mais elle oublie peu à peu l'excitation de l'attente, l'euphorie de la découverte, l'émerveillement, le contact avec autrui, la confrontation directe avec l'environnement ; tout ce qui a fait descendre Sapiens du baobab pour traverser la savane. Au bout du compte, l'Alter offre à une humanité désincarnée un monde sanctuarisé qui ne regarde l'extérieur que par son reflet projeté et déformé, une version toxique de la caverne de Platon.

Que reste-t-il à ceux qui, comme les jumeaux, portent au cœur une sourde frustration jamais assouvie ? Ils poursuivent un éternel flirt avec la mort que les B-Link peinent à réprimer, quand elles n'en sont pas elles-mêmes l'instrument, à travers toutes sortes d'addictions, neurostimulation ou cyberpornographie ; des distributeurs automatiques de dopamine, toujours renouvelés, quel que soit le siècle ou la civilisation. *Et tout ça, sous ta responsabilité, Christa.*

Sous son dos, le vieil homme sent l'humidité du ponton remonter : une sensation presque désagréable, mais si rare qu'il ne peut y renoncer. Autour de lui, un essaim de lucioles se densifie, réveillant l'intérêt de MacLean, qui sommeillait ; Andrew vient vérifier si tout va bien.

— Votre symbiote me relaie d'inquiétantes données sur votre état de santé. En particulier une chute de production dopaminergique.

JJ lui refuse l'accès direct à sa B-Link.

— Le niveau de radiations devient problématique, vous devriez rentrer, insiste le bot.

— Fous-moi la paix ! crie JJ.

Les lumières se retirent, pourchassées par son chien, abruti d'ennui, qu'un rien excite. Qu'on lui laisse au moins le luxe de la rumination solitaire !

Une motivation humaine semble ne jamais pouvoir se tarir : l'avidité. Christa n'est pas encore morte que Tancrede a déjà sommé JJ de préparer et transférer à la bibliothèque de l'Alter son matrimoine intellectuel : notes, correspondances, artefacts immatériels, enregistrements archaïques et cartes neuromémorielles. Le Premier Modérateur Rowley envisage certainement un usage à son avantage. JJ s'est plié à l'ordre : en tant qu'exécuteur testamentaire, il devra procéder à cette réquisition officielle tôt ou tard et il préfère s'y résoudre avant le choc prévisible du découplage de son épouse, même si l'exercice a achevé de l'épuiser.

Hormis les items personnels, la plupart des archives traitent de la question des émotions ou se réfèrent à des recherches en informatique affective, Christa ayant consacré une bonne partie de sa vie à creuser ce sujet. JJ, qui croyait pourtant la connaître par cœur, forces et failles comprises, a été touché par la fragilité que cette quête obsessionnelle trahissait. Une immense tristesse s'exhale aujourd'hui de ces données abandonnées. Christa tentait de maîtriser l'immaîtrisable en mettant bout à bout des miettes de savoir. Elle a lutté jusqu'au bout contre l'effritement de son esprit, avec les armes qui étaient les siennes, celles de la science. Et elle s'est perdue en chemin.

Dans ses dernières volontés, elle a exclu de son legs public et soustrait à l'avidité de Tancrede toutes les informations recueillies par sa B-Link. Sa paranoïa n'est pas dénuée de fondement : depuis des décennies, son symbiote enregistre une chronologie biodynamique de son existence et de son intimité. Christa a été traumatisée par le hack de ses données et les divulgations de pans entiers de son histoire personnelle, dans les années 2040. JJ lui-même y a appris des choses qu'il n'aurait jamais aimé savoir. À partir de cette crise qui lui a coûté son trône, Christa a passé une énergie considérable à sécuriser Andrew. Le symbiote est devenu une forteresse cryptée inviolable. Malgré leurs talents en la matière, les jumeaux ne pourront jamais la prendre d'assaut. Quoi qu'ils tentent. Car ils essaieront, JJ en est persuadé.

Le vieillard siffle son chien pour qu'il revienne lui tenir compagnie. Les idées noires et les souvenirs tournent dans sa tête au bal fou des réminiscences. Il se dit qu'il ne trouvera pas le sommeil sans une intervention musclée de son symbiote, ce qui le laissera au matin encore hagard et désorienté, l'obligeant à une nouvelle stimulation, grillant ce qu'il lui reste de myéline. *Rien ne se perd, rien ne se crée. Tout s'use.* Éternelle règle de l'entropie à laquelle n'échappe pas Christa, elle aussi désormais parvenue au bout des possibilités de son système de perduration.

Le dogue se jette sur lui et l'assaille de son affection gluante, provoquant les protestations répulsives de la B-Link qui ne distingue pas le chahut de l'agression ; d'une conception pourtant ultérieure, le symbiote de JJ est moins subtil qu'Andrew, car il a consenti au couplage beaucoup plus tard que son épouse.

Andrew pilotait déjà la version bêta de la B-Link élaborée par Christa, un dispositif de veille homéostasique assez rudimentaire où des biocapteurs gardaient sous contrôle les rythmes électroencéphalographiques et les variations endocriniennes. À la génération suivante, grâce à une armada de biovecteurs, n'importe quel symbiote du marché supervisait les paramètres physiologiques et enregistrait les configurations neuronales associées de son hôte avec une précision de l'ordre de la zeptoseconde.

Désormais, les B-Link luxueuses de JJ et des jumeaux sont à même de modifier leurs ondes cérébrales ou de leur charger des cartes neuromémorielles, mais Andrew a quelques spécificités de pilotage développées spécialement pour Christa : il palliait chez elle la déficience de production de neurotransmetteurs ou d'hormones spécifiques à sa maladie. Il stimulait son système parasympathique pour induire une réaction émotionnelle complète et activait chaque circuit motivationnel par des ajustements biochimiques adaptés afin de déclencher chez elle des comportements physiques « appropriés aux circonstances ».

Malgré la sophistication croissante de son appareillage, la maladie de Christa avait inexorablement progressé. JJ avait relevé les premiers symptômes, itérations gestuelles et tocs, qui prouvaient qu'elle était entrée en phase terminale du syndrome. Il pouvait évaluer l'émoussement de ses affects au quotidien : ils s'étaient mariés sur le tard, même s'il savait que leur union représentait pour elle une forme de reddition. Il avait commencé à douter de la véracité des sentiments de Christa quand elle avait été ravagée par les décès de Joan et de Saul, alors qu'après celui de son père, vingt ans auparavant, elle avait continué à travailler comme si de rien n'était. Puis il avait pu identifier avec précision les moments où Andrew stimulait complètement chez elle la réponse émotionnelle appropriée. La vraie Christa, celle qu'il avait autant aimée que détestée, n'avait pas souvent adopté dans sa vie de comportements *appropriés* ou *attendus*. Et la créature stéréotypée qu'était sa femme sous le pilotage d'Andrew n'inspirait plus à JJ qu'une affection d'usage. Tiédeur dont elle se foutait tant qu'elle donnait aux autres le change de la spontanéité. Jusqu'à ce qu'un panda bleu viole ses secrets les plus intimes.

L'affaire du Blue Panda avait été l'ultime assaut d'une succession de tentatives de déstabilisation boursière de WeCare que JJ avait toujours soupçonnées d'être diligentées par Tancrede lui-même. Christa avait déjà dû affronter à deux reprises le gril d'une commission sénatoriale après d'opportunes fuites d'informations sensibles.

La première fois, elle avait été interrogée sur l'exploitation des biodatas, car quelques législateurs s'efforçaient encore d'en réguler le Far West. Selon le business model de

WeCare, la location de l'appareillage B-Link était conditionnée à la cession des données personnelles pour les moins privilégiés. Ces données seraient revendues aux annonceurs et aux compagnies d'assurances ; ce qui reléguait le secret médical au rang d'un énième torche-cul. L'éthique contemporaine était de ces créatures exaspérantes qui crient « attention » seulement après qu'on a trébuché. *Trop tard, ma vieille, tu cours moins vite que la technologie, et beaucoup moins vite que le marché.* Le temps que la question soit posée aux États-Unis, Christa était déjà immensément riche ; le temps que des lois, très libérales, soient adoptées, l'État fédéral avait rendu l'âme et l'intelligence artificielle tout dévoré.

La seconde fois, Christa avait été interrogée par une Alter-commission sur la toxicité environnementale des nanoarmadas, mais sans poursuites ni conséquences. L'affaire du Blue Panda, quelques années plus tard, elle, avait été dévastatrice.

Profitant de la pagaille due à une succession de black-out en Californie, les hackers du Blue Panda avaient réussi à s'introduire dans les serveurs ultrasécurisés de WeCare et, sans doute en s'appuyant sur une complicité interne, s'en étaient pris directement à Andrew ; les pirates avaient siphonné le dossier thérapeutique de Christa et altéré le lien avec son symbiote. Après l'attaque, la maladie étant déjà installée, elle était restée hagarde quelques heures, le temps que sa B-Link soit reconnectée et qu'elle puisse bénéficier d'une nouvelle stimulation neuronale.

En avant-goût de sa tentative de chantage, Blue Panda avait diffusé dans l'Alter quelques extraits de ses archives médicales, dont celui de son oncologue et celui de son gynécologue relatant l'interruption de grossesse pratiquée par Christa une trentaine d'années plus tôt, pour cause d'« anomalie chromosomique ». L'avertissement était clair : les hackers menaçaient de divulguer l'existence de sa maladie neurodégénérative d'origine génétique.

Comment Christa avait-elle pu croire que, dans une société d'ultra-exposition, elle pourrait cacher son secret *ad vitam aeternam* ? Dans son entourage, beaucoup trop de gens savaient déjà ; tous feignaient d'ignorer la gravité de sa pathologie ou s'en accommodaient, du moment que la machine à cash Cristofersson prospérait.

L'information de la maladie neurologique de Christa avait été obligeamment transmise à une poignée d'actionnaires décisionnaires de WeCare, confirmant l'intuition première de JJ : la manœuvre ne visait pas la résolution discrète du chantage, mais bien l'éjection de Mme Cristofersson de son poste de CEO. La révélation de son cancer du foie causait déjà une contre-publicité fâcheuse à WeCare du point de vue de la sécurité des données médicales et de la légitimité du système. À quoi lui servait donc sa putain de B-Link si même elle ne pouvait s'éviter un crabe ?

Chez WeCare, en interne, la rumeur de ses défaillances s'était vite emballée. On avait raconté que, désormais, elle changeait d'avis sans arrêt et faisait des siestes diurnes de plus en plus fréquentes. On chuchotait que, malgré sa B-Link, elle ne parvenait plus à contrôler l'agitation de son poignet. La manière dont elle avait survécu, impavide, aux commissions sénatoriales, lui avait conféré une réputation de tueuse auprès du grand public. L'image de « reine des glaces » qu'elle avait tenté, en vain, de déconstruire à coups de galas de bienfaisance et d'apparitions glamour sur tapis rouge, lui avait causé un tort fatal. Son sourire froid et asymétrique était devenu un mème populaire aussi signifiant qu'un majeur tendu. Quand le cours boursier de WeCare s'était fait chahuter une fois de trop par ces rumeurs, ceux qui savaient s'étaient réveillés, ou plutôt ceux qui savaient déjà ce qu'il fallait savoir, s'étaient dit que le fruit était mûr.

Le charognard en chef Tancrede Rowley avait cumulé ses actions issues des parts originelles auxquelles il n'avait jamais renoncé, celles que les jumeaux avaient acquises lors de hasardeuses manœuvres de recapitalisation de Christa et celle d'autres porteurs convertis à sa cause un à un, puis il avait convaincu l'ensemble du conseil d'administration de la nécessité d'un changement de direction. Il avait poussé la candidature à la tête du conglomérat de son pion en interne, Deon Spear, le bras droit de Christa depuis des années. La trahison de Tancrede n'avait pas été une surprise, en revanche, celle de Sinclair et Cosmo avait blessé JJ comme si ses propres enfants l'avaient frappé.

Les frères Rowley prétendaient ne pas s'être opposés aux manœuvres de leur géniteur pour évincer Christa de son entreprise, car Tancrede affirmait vouloir la protéger, elle et son œuvre. Ils soutenaient que, s'il s'était montré vraiment avide, leur père serait monté au créneau bien plus tôt. En réalité, Cosmo et Sinclair, bien qu'ils fussent avertis de la pathologie de leur mère et de ses conséquences, vivaient mal le fait qu'elle les tienne à distance de sa vie, même pour les préserver de son involontaire indifférence. Mais dès qu'ils avaient été informés de sa maladie, ils avaient épié la moindre expression ou le plus petit geste trahissant chez elle une détérioration mentale, comme quand, enfants, ils guettaient tout dérapage de sa part et protestaient si elle osait se montrer fantasque en public. Elle ne supportait plus cette traque inquiète. Les jumeaux avaient largement contribué au renoncement de Christa à la vie sociale.

JJ leur en gardait une certaine rancune, d'autant que lui-même n'avait pas fait preuve d'une loyauté absolue à cette époque. *Eh bien, quoi, Christa ? J'ai moi aussi le droit d'être pénible. Incohérent. Injuste. Ingrat. Mesquin. D'avoir, comme toi, une grandeur d'âme à dimensions variables.*

Cette fois l'humidité ne monte pas de la terre ; JJ s'essuie les yeux, étonné de se sentir encore capable de pleurer. Troublé que Christa puisse toujours l'atteindre.

Lors de la divulgation des données confidentielles de cette dernière, il avait appris, en même temps que des millions d'individus, que sa femme souffrait d'un cancer du foie et qu'il avait été possiblement père. Il se souvient de cette scène comme d'un cauchemar de la veille.

Dès qu'il était parvenu à la joindre, il l'avait sommée de s'expliquer. Elle avait rétorqué qu'à l'époque, elle ne savait pas de qui elle était enceinte. Ce pouvait être de lui, comme de Saul ou de Tancrede. L'important était que le fœtus portait une mutation de même nature que la sienne. Et qu'il y avait prescription. Il avait ravalé sa peine et répliqué que, si elle avait pratiqué un test ADN et connaissait le sexe de l'enfant, elle pouvait déterminer l'identité du père. Ce à quoi elle avait répondu que le monde ne tournait pas autour de ses couilles et qu'elle avait des urgences autrement plus vitales à régler. Alors il s'était entendu bramer qu'elle ne lui avait pas accordé ce choix-là non plus, qu'elle était un monstre d'égoïsme, qu'elle n'avait fait que profiter de lui depuis le début et que, cette fois, c'était définitivement fini entre eux. Et il s'était déconnecté sans manières, drapé dans sa douleur. Il regrettait tant de ne pas avoir eu d'enfants.

Il n'avait pensé qu'à cette énième sensation de trahison qui le brûlait, pas une seconde à la crise majeure que Christa traversait ; il payait encore ce bref égarement de colère qui avait coupé le fil d'une vie entière d'attachement. Elle était partie s'installer seule sur l'archipel. Depuis, ils s'étaient vus de loin en loin sans divorcer, dans une intimité de façade.

Quand bien même, déjà, plus rien n'atteignait plus Christa, ni la perte du pouvoir, ni la peur de la maladie, ni les forfaitures de ses proches. On lui volait son œuvre et elle ne semblait pas en souffrir. Comme si Andrew avait choisi de la préserver de la réalité cruelle du moment ; elle n'était plus qu'une vieille femme usée par les luttes et abandonnée par les siens. Christa s'est isolée sur l'archipel, à l'abri des regards, mais aussi de la vie, même si, avec ses simples dividendes, elle avait largement de quoi s'offrir plusieurs existences. Elle aurait pu perdurer ainsi si son cancer du foie, particulièrement agressif, ne s'était pas déchaîné. Elle, qui avait jeté toutes ses forces dans une guerre contre une statistique morbide, en mourait par une autre.

Sa B-Link avertit JJ que le seuil dysthymique[1] critique est atteint et qu'elle procédera à un redémarrage automatique si son hôte ne bouge pas. *De toute façon, je n'ai jamais rien compris aux probabilités*, dit-il en se laissant relever par son exosquelette. MacLean danse autour de lui en croquant une à une les lucioles qui passent à sa portée. Les étoiles se cachent.

1. Forme légère de dépression.

∆ Le pavillon du cœur brisé ∇

//Valence absolue de l'épisode mémoriel : négative.
//Persistance sur l'échelle de Panksepp : longue.
//Intensité de l'activation par circuit motivationnel : [Quête] : 2/10. [Peur] : 4/10. [Colère] : 10/10. [Désir] : 2/10. [Soin] : 2/10. [Chagrin] : 10/10. [Jouer] : 0/10.

Je pleure à même le sol de la cuisine, le dos contre le réfrigérateur, sous les cuisses le froid du carrelage.

Tu as tout fracassé au-dedans de moi. Je tombe en morceaux.

Je suis assise au ras de la poussière. Au niveau des ordures. Des Kleenex humides partout.

Un opercule de plastique, des mégots. Ce que tu laisses de moi. Un tas de choses.

Je ne serai plus jamais vivante. Je ferai semblant. Une créature rafistolée.

Et je me regarde et je m'ausculte.

Et je me méprise et je me plains.

J'ai tant accepté.

J'ai déjà rampé, je ne peux pas descendre plus bas,

Que ce foutu carrelage gris taupe qu'on a choisi ensemble.

Il faudra se remettre debout. Sourire aux enfants. Continuer. Faire danser une marionnette sans âme.

Qu'est-ce que je vais faire de moi sans toi ? Quel sentiment dévastateur. Ne pas suffire à l'autre, quand lui est tout pour vous.

J'ai le souffle court et la bouche sèche. La peau me tire.

Et je suis moche et je suis vieille. Trop conne.

Une nouvelle vague envahit mon corps. Celle-là est brûlante. Acide.

Et je me hais. Et je te hais. Et je la hais.

Mais, putain, pourquoi elle ? Parmi toutes celles qui gravitent autour de toi, pourquoi choisir Alicia ? Enfoncer ton pénis en elle c'était me planter un couteau dans le dos.

J'ai mal.

J'ai mal partout.

Et je me secoue et je me malmène.

Lève-toi. Respire.

Le poids de cette image sur ma poitrine. Vous d'eux, l'un sur l'autre.

Le poids de mon aveuglement. De ma stupidité. De la trahison.

Mouche-toi. Respire.

Je ne suis pas de celles qu'une passade pulvérise. Ton corps a aussi ses raisons. Mais je t'ai vu monter dans la voiture d'Alicia. Je vous ai suivis. Je vous ai vus vous embrasser dans un parking souterrain. C'était gris, béton et tache d'huile. C'était moche. Tu ne m'auras même pas évité ça, la laideur d'un cliché. Quitte à me faire souffrir, tu aurais pu écrire une fin héroïque à notre histoire. Ne pas tout dégueulasser comme ça. J'ai perdu mon amour, mon amie et mes illusions. Un pac-

kage. Banqueroute définitive pour cause de stupides investissements émotionnels.

Et je ricane et je pleure.

Et je me mouche et je crache.

Tu m'as trompée une fois de trop.

Aujourd'hui, je te quitte.

La boîte de Kleenex est vide. J'essuie mes yeux sur ma manche.

Ma montre vibre. Les enfants et Rosa ne vont pas tarder.

Je ramasse les mouchoirs et rassemble les morceaux de mon corps.

Un verre d'alcool. Une cigarette. N'importe quel truc sucré qui traîne. J'engloutis les restes de mon gâteau d'anniversaire.

Un shot de vodka. Me laver les dents.

Ma tristesse, je la mange. Ma colère, je la noie.

Me brosser les cheveux. Très fort. Effacer les pensées.

Des gouttes dans mes yeux, du correcteur et des fards.

Un coton-tige pour estomper le chagrin qui dépasse.

Je m'observe dans le miroir. Ça ne se voit presque plus.

Combien ai-je écouté de chansons qui parlaient de cœurs brisés sans jamais en saisir vraiment le sens ? Il faut l'avoir subi pour les entendre. La déloyauté finit de disloquer un amour déjà fissuré. Aujourd'hui, j'ai pleuré pour toi sur le sol de la cuisine[1] *et j'ai compris en une seule fois toutes les putain de chansons d'amour et leurs métaphores à la con.*

---

1. « *I cried for you on the kitchen floor* », « You Know I'm No Good », d'Amy Winehouse.

6

À travers ceux de « sa hideuse progéniture », Mary Shelley explore ses propres deuils, abandons et culpabilités : « une mélancolie ténébreuse et noire que rien ne pouvait dissiper ».

Joan Smith, *Prodigieuses progénitures*

Comme quand il était enfant, Cosmo s'est réfugié dans le bureau de sa mère pour échapper un moment au harcèlement de son frère. Il renifle les livres, estime les bibelots, essaie son fauteuil, cherche du bout du doigt d'improbables grains de poussière qu'auraient négligé les bots. Quelques atomes d'elle doivent encore flotter dans cette pièce sombre et encombrée d'antiquités.

Christa a exposé à la verticale sur un pan de mur des projections de cartes neuromémorielles : des enregistrements cérébraux, émotionnels et sensoriels. Les arborescences luminescentes palpitent dans la demi-obscurité comme une forêt des abysses. Certaines sont titrées du prénom d'un absent, « Frida », « Milton, « Joan » et « Saul ». Sur une autre paroi, d'autres cartes affichent un intitulé moins explicite : « Bascule arrière » ou bien « Stevie Wonder ».

Il doit se résoudre à demander à Andrew leur signification et le symbiote répond que ces installations constituent le cabinet de curiosités de Mme Cristofersson : les sentiments étranges ou particuliers dont Madame ne savait que faire dans son protocole sans pouvoir y renoncer. Elle en a même autorisé l'accès à quelques-uns.

Cosmo hausse les épaules, mais lit quand même les propositions qui sont projetées devant lui. « Enfoncer son pied dans le sable mouillé juste après le passage de la vague et regarder s'effacer l'empreinte. » « Se sentir de retour à la maison. » « Apercevoir la mer au détour d'un virage. » « Enlacer mes bébés et refermer mes bras sur des hommes. » « Ma dernière cigarette. » « Compter les étoiles avec JJ. » « Le goût du dimanche soir. »

— Lubies de vieille toquée. Ce n'est pas pour rien qu'on l'appelait la « reine des glaces ». Elle avait une vision si… polaire de la vie.

Un drone-luciole se détache du plafond et vient se poser avec délicatesse sur l'épaule de Cosmo.

— Je souhaiterais profiter de cette circonstance apaisée pour vous parler, dit le bot.

— Tu crois que je suis le maillon faible ? Que je plierai devant ta volonté plus vite que Sinclair ? Tu tiens donc tant à l'existence ?

— L'enjeu de ce codicille n'est pas ma propre survie, dit Andrew. Mme Cristofersson veut que son âme perdure et qu'on ne se souvienne pas d'elle comme d'un monstre.

— Et pourtant, dans cette tour froide s'est enfermée la « reine des glaces ». Celle qui a oublié ses enfants et mit des millions d'êtres en servage, souligne Cosmo en balayant la luciole d'un revers de main.

Le drone palpite et se permet de rappeler à Cosmo que ce phénomène de retrait fait partie du syndrome de Christa. Dans un article sur la maladie de Damásio, le docteur Jerkins a lui-même désigné cette phase sous l'expression de « tentation de la caverne ».

— Elle ne souhaitait pas que vous la preniez en charge comme elle a dû assister sa propre mère, dit Andrew. Elle savait la fin terrible.

— Peu importe. Elle n'a jamais été une femme chaleureuse ou tendre. Je ne l'ai même jamais vue pleurer.

— Les parents décents évitent le spectacle de leur désespoir à leurs enfants, fait valoir la luciole. Du moins, d'après ce que disait votre mère.

Le symbiote laisse Cosmo méditer dans la pénombre un moment avant de lui proposer de visionner une archive : un document bidimensionnel archaïque que Christa demandait à revoir chaque année à sa date anniversaire. La scène a été tournée le 20 septembre 2019, il y a près de quatre-vingts ans ; le jour où elle a commencé sa bataille contre la dégénérescence.

Cosmo ne peut réprimer un frisson en découvrant l'image de sa mère, telle qu'il en a de toutes ses forces refoulé le souvenir au plus profond de sa mémoire, telle qu'elle surgit parfois pendant ses séances de psychobot. Telle qu'elle était *avant* la maladie. Avant la réussite. Avant leur trahison.

Christa doit avoir la quarantaine. Elle est belle, malgré le pathétique de la séquence. Elle fixe l'écran, un verre à la main, et dit : « Regarde-moi, Andrew. Je suis bourrée et pitoyable. Ça ne suffit pas à m'anesthésier. Je suis en colère, j'ai peur et je suis triste. C'est douloureux. Ah oui, putain que c'est douloureux ! Je voudrais que ça s'arrête. Je voudrais ne plus rien ressentir, là, maintenant. Mais je te promets de faire absolument tout ce qui est en mon pouvoir pour ne pas oublier qui je suis à cet instant. »

— Elle était ivre ?

— Je vous le confirme.

Cosmo somme Andrew d'abréger la projection. Il est insoutenable pour lui d'entrer ainsi dans l'intimité douloureuse de sa mère. Bien pire que de l'avoir surprise, enfant, à poil dans le lit avec JJ.

— Des archives comme celle-ci, j'en dispose d'une infinité, dit Andrew. Je suis le témoin de son humanité.

— Tu en étais surtout le masque.

Les jumeaux savaient déjà qu'avant le retrait définitif de Christa du monde IRL, le symbiote devait activer chaque circuit motivationnel par des ajustements biochimiques spécifiques pour induire chez elle des comportements d'apparence spontanés. Andrew pilotait Christa comme une marionnette.

— Je suis l'ange et je suis le gardien, dit la luciole. Mais je suis avant tout l'instrument. Encore aujourd'hui, j'applique le protocole d'entraînement que Mme Cristofersson a elle-même conçu. Et je suis heureux de la servir en suivant son plan à la lettre, dit le majordome en entrant dans la pièce.

Cosmo s'installe dans le confortable fauteuil de sa mère. Il présume que si Andrew a choisi une forme plus anthropomorphe, la discussion va se poursuivre. Il pourra toujours glaner quelques informations supplémentaires pour Sinclair.

Si tu crois m'avoir à la compassion, tu me connais mal.

Selon Andrew, Christa avait très tôt établi que la maladie dégraderait chez elle l'usage spontané de ses circuits émotionnels dans l'ordre inverse de leur apparition évolutive : en premier lieu, ses capacités d'interactions sociales et affectives ; en dernier, le moteur même du désir de vie, la « quête ». Quelque part entre les deux, elle oublierait de se protéger par la colère et par la peur. Une conjecture que l'épisode du Blue Panda avait confirmée tout en lui donnant un aperçu de l'avancement des dégâts en elle.

Elle avait en amont élaboré un protocole d'entraînement rigoureux pour stimuler l'ensemble de ses circuits motivationnels. Au début, il s'agissait d'un simple exercice mnémotechnique, assez proche de la méditation. Aujourd'hui, Andrew conservait le répertoire des archives nécessaires aux répétitions dans l'espace sécurisé de l'Alter. Chaque pièce de son palais logeait un lot indexé de souvenirs, un aménagement qui lui avait pris des années. Christa avait sélectionné des épisodes émotionnels signifiants de sa vie et elle les avait ressassés jusqu'à pouvoir en enregistrer leur configuration cérébrale précise lors d'une remémoration.

— Je l'incite à parcourir au quotidien une à une toutes les salles de sa forteresse intérieure, dit Andrew, afin que chaque circuit soit entretenu. Je charge son cerveau de cartes neuromémorielles. Je pilote par des biovecteurs la production et la libération d'hormones ou de neurotransmetteurs spécifiques. Et roulez jeunesse !

— Roulez jeunesse ? répète Cosmo en réprimant un rire.

— Oui, en résumé, nous commençons toujours par une petite visite à la nursery, là où Madame range ses souvenirs d'enfance et les affects liés à sa maternité. Ils sont chez elle souvent associés au sentiment complexe du bonheur, une bonne nouvelle pour vous, Monsieur. Alors, j'adresse au cortex préfrontal ma spécialité du chef, un cocktail de sérotonine, d'ocytocine, d'endorphine et de dopamine. Ensuite, nous nous attardons un moment dans la galerie des absents.

Quand elle en sort un peu déprimée, voire nauséeuse, je lui balance une franche remontée de dopamine et d'adrénaline en salle des premières fois. La pièce se situe tout de suite avant celle des dernières, celle des « j'aurais dû ». Plus tard, nous affrontons le pavillon du cœur brisé. Elle n'aime pas s'y rendre. Oh, qu'elle n'aime pas ça ! Elle redoute de traîner dans la galerie des absents, mais le pavillon du cœur brisé, celui-là, elle en aurait bien condamné l'accès. Elle voyait l'épreuve comme un rappel de vaccin, elle n'aimait pas la piqûre, toutefois, le fait de penser à la longue maladie lui faisait endurer la petite souffrance. *Oh My God* ! Quelle référence obsolète ! Néanmoins… où en étais-je ? Nous passons ensuite par la salle d'armes, car elle ne doit jamais oublier ses colères. Puis à la cave, puisqu'elle doit affronter ses peurs. Là, je ne lui lâche pas l'amygdale. Et je pilonne des neurotransmetteurs. Acétylcholine, adrénaline et cortisol à gogo… Quand elle est assez éprouvée, j'efface le tout d'un trait de GABA, avant de la récompenser par une bonne grosse dose de dopamine et un soupçon d'anandamide. Et nous terminons au grand salon de la joie, sa pièce favorite.

Cosmo s'interroge sur l'étrange mode linguistique d'Andrew. Celui-ci explique qu'il tente de rendre un hommage respectueux à Saul Bless, l'attraction foraine émotionnelle préférée de Madame. Elle lui rend souvent visite dans la galerie des absents.

— Abstiens-toi, ce type m'a toujours tapé sur les nerfs. Et ensuite ?

— Eh bien, nous recommençons avec quelques modulations.

Le symbiote a affiné plusieurs cheminements optimaux et, parfois, il modifie le parcours selon des séquences aléatoires où il intercale des pièces décoratives issues du cabinet de curiosités de Christa. Quand ses fils sont passés la voir, plus tôt dans la soirée, elle visitait le pavillon du cœur brisé, en rien une partie de plaisir. Andrew précise que les jumeaux sont d'ailleurs référencés dans cette pièce, en faisant sans doute allusion à l'épisode du Blue Panda.

— Notez que le cœur brisé, on ne peut l'avoir que par ceux à qui on l'a donné ! ose commenter le symbiote.

— J'ai compris le message.

— Et vous exigez de préempter sa forteresse ? poursuit Andrew. En effacer le contenu d'un trait ou le laisser aux appétits des curieux et des avides ? Comment pourrait-elle partir en paix avec cette idée ?

— Elle t'a aussi appris à culpabiliser les autres ?

— Je suis heureux de servir.

— Sinclair se montrera plus difficile à convaincre.

— N'avez-vous pas votre mot à dire ?

— Rien n'est jamais tout blanc ou tout noir, tu dois le savoir.

Andrew approuve formellement la dernière remarque de Cosmo et se permet même de glisser une anecdote à ce sujet. Christa s'était inspirée d'une roue chromatique quand elle avait commencé à élaborer sa propre modélisation graphique des affects. Elle associait la nature du circuit émotionnel à une teinte, l'intensité de son excitation à la saturation de la couleur et la persistance temporelle à sa luminosité.

— La connaissant, elle était moins animée par un souci esthétique que par une préoccupation commerciale, rétorque Cosmo. Rentabiliser son trauma, sa conception de la résilience. Il n'y a pas de petites douleurs, il n'y a que de grands profits.

Andrew ignore le sarcasme et poursuit. Christa avait constaté que, dans une situation émotionnelle courante, un circuit motivationnel était rarement activé seul. Par exemple, dans une rencontre amoureuse, les circuits de la quête, du désir et de la peur se cumulaient. Or le sentiment résultant, la pensée des émotions mêlées, revenait en simulation à mélanger toutes les couleurs associées. À la fin, tout se rapprochait d'un gris coloré. Comme les nuances glauques d'un paysage sous-marin privé de lumière.

— La couleur de la confusion des sentiments, murmure Cosmo.

∆ Galerie des absents ∇

//Valence majoritaire de l'épisode mémoriel : négative ∇
//Persistance sur l'échelle de Panksepp : longue.
//Intensité de l'activation par circuit motivationnel : [Quête] : 7/10. [Peur] : 7/10. [Colère] : 8/10. [Désir] : 7/10. [Soin] : 2/10. [Chagrin] : 10/10. [Jouer] : 2/10.

Saul et son sourire de chat du Cheshire. Une ombre de moustache au-dessus de la lèvre, plus de dents qu'il n'en faut et des yeux qui déshabillent. Il avait déjà ce sourire-là, la première fois que nos chemins se sont croisés : celui qui fait croire à n'importe quelle créature qu'elle peut être son âme sœur. De préférence à temps partiel. À notre première rencontre, Saul fumait sur le trottoir au coin de ma rue, à poil et en chaussettes. Sa marque de fabrique. Je l'ai reconnu tout de suite grâce à ses lunettes noires, le comédien était passé la veille, très tard, sur NBC. Il y parlait de son amour pour Leonard Cohen. J'ai pilé et fait une marche arrière. À sa hauteur, j'ai descendu ma vitre et je lui ai demandé si un peu de décence l'intéressait. J'ai dit aussi que je préférais les hommes beaux, mais que pour lui je ferais une exception. Il a abaissé ses verres pour me regarder par-dessus. « Eh bien, tant pis, a-t-il répliqué du tac au tac, nous sommes moches, mais nous avons la musique[1]. » *J'ai ouvert la portière et lui ai lancé la couverture Bob l'éponge des garçons. Il s'en est fait un pagne et s'est installé dans ma voiture sans plus de manières. « Mauvais timing », a-t-il dit, pour expliquer sa situation. « Christa Cristofersson », ai-je répondu. Il a gloussé. Plus tard, j'ai constaté que Saul est un vrai juke-box. Deux mots ou trois notes déclenchent chez lui un flot de références et il comprend tout de suite quelle chanson me passe par la tête.*

Saul me demande ce qui me ferait plaisir. Un film, un verre, une trace ? Encore un petit orgasme ? Le tout ? Je souris. Saul sait quand il ne faut pas tenter de me consoler. Ces derniers temps, tout le monde me traite, au mieux, comme une poupée de porcelaine, le plus souvent comme une bombe prête à exploser. Même JJ. Je préférerais qu'il me haïsse un peu de temps en temps, celui-là. Ça me ferait des vacances. J'ai mal au bide en permanence. Je ne digère plus rien. Je m'allume une cigarette. Je l'oublie. Il est si facile de se souvenir de ses premières fois. À moins de circonstances particulières, on ne connaît pas ses dernières. On a toujours l'illusion d'une nouvelle itération à venir. Comment savoir si ce verre et cette cigarette n'auront pas été les ultimes parce qu'un camion m'aura frôlée de trop près en sortant de chez Saul ? La cendre tombe dans le lit et la fumée me pique les yeux, mais je ne pleure pas. Je m'efforce en vain de fixer l'exacte dernière image de mon père dans ma mémoire. Six mois après sa mort, je croise encore sa silhouette massive au détour des couloirs. J'ai vu son ombre chercher quelque chose dans la bibliothèque. Il m'avait dit que le corollaire de l'attachement, c'est la perte. Cette perte-là est si grande qu'une partie de moi refuse toujours de me

1. « Chelsea Hotel #2 », de Leonard Cohen.

laisser épingler son portrait dans la galerie des absents. Elle a creusé si profond qu'elle est devenue le trou noir autour duquel tourne ma galaxie. Non, je ne parviens pas à me souvenir de sa dernière image. Était-ce son visage dans l'entrebâillement de la porte ? Ou ce regard boudeur qu'il m'a adressé alors que je lui souhaitais une bonne nuit ? La silhouette, peut-être, que j'ai fixée dans la rue depuis la fenêtre du premier étage.

Celle qui émerge quand je le convoque, c'est Joan serrant la jarre de ses cendres contre elle. Elle pleure à gros sanglots une interminable rivière de peine. Et elle dit n'importe quoi. Que Milton ne peut pas partir. Qu'il est son âme sœur. Qu'il n'a pas encore tenu sa promesse. Il ne l'a pas accompagnée en pèlerinage sur la tombe de Mary Shelley et à la villa Diodati. Elle secoue la jarre pour qu'il lui réponde. JJ lui ôte délicatement l'urne des mains et les jumeaux l'enlacent. Je m'attends presque à ce qu'elle répande les cendres sur son visage pour les mêler à ses larmes. Elle a le chagrin théâtral. Obscène. Et moi, je l'envie, j'aimerais aussi m'arracher les cheveux et me tordre le cœur en public. Parce que tout ce qui ne sort pas devient poison. Parce que j'ai les yeux secs, mais que ça pousse à l'intérieur. Je suis un monstre. Une créature sans larmes apparentes. Je me contente d'écouter Leonard Cohen en mangeant des gressins. Même les éléphants et les dauphins ont leurs rituels de deuil. Dans ma forteresse, la salle des dernières fois débouchera sur la galerie des absents et le corridor des regrets, dans l'aile nord. Tout au nord.

Je demande à Saul s'il croit aux âmes sœurs. Il répond, hilare et tendre : « La reine des glaces aurait-elle un cœur de midinette ? » Je hausse les épaules et cherche ma culotte. La chambre sent la cigarette et la nuit. Personne ne peut se libérer du besoin d'être aimé, pas même les monstres. Joan m'a lancé un jour une phrase de ce genre.

Sur la platine tourne son sempiternel album Coney Island Baby. *Comment ne s'en lasse-t-il pas ? Saul dit qu'il l'écoute chaque fois qu'il veut se souvenir de moi. J'agite les bras façon sémaphore. « Hé, je suis là ! » Il fait semblant d'être dérangé par un bruit sans en discerner l'origine. Il est vrai que je m'accorde rarement en entier. Je lui laisse volontiers l'usage de mon corps quand mon esprit s'absente. La musique sert aussi à ça. S'échapper.*

Saul soupire qu'il a tout écouté de Lou Reed. Qu'il ne découvrira plus de nouvelles chansons. Je dis que je peux lui offrir un titre inédit, si cela peut le rendre heureux. Andrew peut même composer un album posthume entier et le lui chanter avec la voix du défunt. Il se signe. Vade retro, *Santana ! Sacrilège ! Je proteste que ce serait tout au plus l'équivalent d'une fan fiction. Il réplique que jamais un admirateur sincère ne se contenterait d'une froide imitation. Une œuvre d'art véritable est issue des expériences, de la joie et de la souffrance d'un être de chair. De son sang, de sa sueur et de ses larmes. En boutonnant ma chemise, je réponds que chaque artiste a ses patterns, ses obsessions, ses tics de langage, ses sujets récurrents, ses accords gagnants ou sa tonalité préférée. Les techniques d'apprentissage profond permettent de les relever, de les assimiler et d'en générer d'autres sur le même modèle. Y compris les envolées lyriques du grand Saul Bless. J'ai compris que c'est de sa propre peur que nous parlons là. J'aime le taquiner. Et puis, à terme, l'intelligence artificielle parviendra à émuler des émotions, à reproduire un semblant d'affect. J'imagine très bien les curseurs pour régler les variables « sang », « sueur » et « larmes » d'une création algorithmique.*

Saul s'énerve. Il gueule que c'est la chose la plus flippante que je lui ai jamais dite. À vouloir voler la créativité après avoir confisqué la productivité, mes sbires techno et moi allons réduire notre espèce à l'inutilité la plus totale. Il promet la punition divine à ceux qui violent ainsi ce qui fait l'essence même de l'humanité. Les prochaines générations nous maudiront. Je découvre le puritain qui hante ce libertin. Je dis que Dieu est mort et que nous n'avons plus besoin d'avoir peur de sa colère. Il me demande si j'oserais faire reparler mon propre père sous cette forme artificielle. Il siffle un fond de vodka à même la bouteille pour donner une dramaturgie à sa méchanceté. Il aime trop avoir le dernier mot. Je ne lui révèle pas que je suis malade et que la technologie me permettra de survivre. Oui, j'achète peut-être mon existence individuelle au prix de l'avenir de mon espèce, mais je veux juste vivre. Pas plus ni moins qu'un animal pris au piège d'un collet.

Je fixe Saul du regard et j'ai l'amère satisfaction de comprendre que cette image de lui sera la dernière. Je la grave, pixel par pixel, dans ma mémoire. Il frissonne, fronce les sourcils, abuse de son sourire pour désamorcer la rupture qu'il pressent. Il dit qu'il a l'impression que je vais le dévorer.

Je ne sais pas quel sera mon ultime sentiment, ma dernière émotion. Fait-on le deuil de soi-même juste avant de partir ?

7

La machine analytique n'a nullement la prétention de créer quelque chose par elle-même. Elle peut exécuter tout ce que nous saurons lui ordonner d'exécuter [...] *Son rôle est de nous aider à effectuer ce que nous savons déjà dominer.*

Ada Lovelace, « *Note G* », 1843

Sinclair flotte, nu, à la surface sombre du lagon intérieur, tandis que de paisibles créatures défilent derrière le grand hublot. Il s'étire de satisfaction ; l'eau a été portée à la chaleur idéale et la salinité est parfaite pour résister à la haute densité de son corps. La vie IRL telle que Christa se l'est garantie offre quelques avantages, même si le paradis Cristofersson n'est qu'un zoo hanté de fantômes du monde passé ; dans l'enclos ultra-sécurisé de l'archipel des Chaebols, la faune et la flore sous-marine sont préservées à grands frais.

Il demanderait bien à Andrew d'augmenter la température du bain d'un ou deux degrés, s'il ne soupçonnait pas le bot d'être capable de l'ébouillanter comme un homard. *Oups, pardon, monsieur !* Sinclair ricane tout seul. Il aurait aimé grimper à la surface pour regarder les étoiles avec Cosmo. Cet idiot est parti bouder quelque part, à moins qu'il n'ait encore rejoint IVL sa *sugarbot*. Ada doit lui manquer, il ne s'en sépare jamais et Sinclair a dû insister pour qu'il laisse son jouet à la maison. Lui-même n'a pas de préférence de genre ou de nature, mais, après avoir fait le tour des possibilités du marché, il privilégie les relations IRL. *Du moins, je favorisais*, pense-t-il en tripotant le ver mort de son sexe.

Des drones-lucioles s'agglutinent en formation au-dessus de lui.

— Tu viens me harceler jusque dans mon bain ? Fous-moi la paix !

— Calme-toi, Andrew m'a accompagné jusqu'ici, dit Cosmo en descendant les marches menant au bassin.

Les jumeaux flottent sur le dos en silence, bercés par le léger ressac artificiel. Ils se repoussent d'un coup de pied quand leurs corps entrent en contact, deux îles blanches à la surface d'une mer d'encre. Quelques méduses photoluminescentes se mêlent à leurs cheveux. Les créatures onduleuses passent du rouge au mauve en une lente pulsation organique ; une beauté inoffensive, cultivée pour le seul plaisir méditatif de Christa.

— Musique ? vient s'enquérir une luciole à l'oreille de Sinclair.

— Silence, répond-il en noyant le gracile bot.

Cosmo attrape la main de son frère pour requérir une connexion mentale sécurisée et leurs muscles se tendent.

— *Et si nous nous engagions à protéger le contenu de la forteresse mémorielle dans un coin secret de l'Alter ?* pense Cosmo. *Maman a peur que tout soit effacé après son départ et elle doit s'inquiéter tout autant que n'importe qui puisse avoir accès à son archivage intime.*

— *Tu t'es laissé amadouer,* répond Sinclair. *Tu t'es toujours montré faible, mon frère.*

— *Le but d'Andrew est de satisfaire la volonté de Christa, non la sienne propre. Mais il reste une entité raisonnée. Il sera sensible à un argumentaire logique.*

— *Accepterait-il de se contenter de l'équivalent d'une pierre tombale sur un green de golf ? Quoi qu'il en soit, je vais déposer une alerte officielle et une demande d'OPP.*

Sinclair fait éclater entre ses doigts les méduses qui passent à sa portée. Elles meurent sans bruit en une éphémère traînée lumineuse. Il garde un souvenir cuisant de piqûres massives lors d'une plongée avec sa mère et son grand-père. Depuis, il déteste ces bestioles, même si celles-ci sont purement décoratives. Cosmo rit à la réminiscence qui s'est imposée dans l'esprit de son frère. Les délicates créatures s'écartent d'eux, révulsées par l'agitation du bassin.

— Pendant que je hurlais, vous débattiez pour savoir s'il fallait ou non me pisser dessus. Et toi, tu t'es gentiment dévoué, grogne Sinclair, revenant à la parole.

— Ce que tu peux être revanchard !

— Dommage que Milton soit mort avant l'invention du couplage.

— Il n'aurait pas apprécié notre époque.

— Il aurait aimé cet endroit, intervint Andrew. Votre mère l'a voulu comme un paisible récif. Et cette espèce de méduse méditative porte le nom de votre grand-père. Milton a transmis à sa fille son amour de la mer.

Un essaim métallique de lucioles ondule au-dessus d'eux, éclairant leurs visages d'une douce clarté. Cosmo joue à les faire changer de direction d'un doigt, comme un banc synchronisé de petits poissons argentés. Sinclair disloque la sphère d'un grand geste.

— Cet endroit ressemble déjà à un mausolée, crache-t-il. Ne laisse pas cette sangsue de silicium entrer dans ta tête.

— Je serais heureux de servir, murmure le nuage de microbots qui s'est reconstitué à prudente distance.

— J'apprécie l'absence totale de susceptibilité d'Andrew, fait remarquer Cosmo. Celle de mon Ada me fatigue parfois.

Sinclair recommande à son frère de baisser davantage le niveau d'émotivité de sa compagne, comme si ce dernier ne le savait pas. Mais entre la passivité complète et l'hyperréactivité, le réglage doit être subtil pour s'approcher d'un comportement de type humain. Cosmo asperge son jumeau, refusant de céder à son irascibilité. L'imprévisibilité fait tout le charme de sa *sugarbot*. À long terme, la soumission s'avère bien ennuyeuse.

— Il faut le comprendre, dit Cosmo à l'adresse des lucioles. Ce n'est pas toujours facile d'être l'enfant de ses parents.

Il se surprend à chercher ainsi des excuses à Sinclair auprès d'Andrew. Le symbiote devrait concevoir de lui-même que la demande d'affiliation de Christa le concernant est absurde. Et surtout qu'elle blesse sa légitime progéniture, car, pour Sinclair, la bataille sur le legs de l'Alter ne représente qu'un simple tribut dans une guerre de prérogatives familiales bien plus ancienne.

— Je comprends très bien ce sentiment, rétorque Andrew. Christa me considère comme son troisième fils.

— Et tu serais tout autant un enfant désiré ? s'esclaffe Sinclair en surgissant de l'eau. Tu restes un tas de bits !

— Vous devriez varier vos insultes, Monsieur. Je peux même vous en suggérer de nouvelles.

— Tu es chiffre et tu retourneras au chiffre, psalmodient les bouées de sécurité qui veillent sur leur baignade.

— Christa a dit que j'étais issu de sa chair, de sa pensée et de son désir, reprend une luciole. Ce qui, pour elle, définissait la maternité.

— Comment peux-tu oser nier la primauté du biologique ? Notre mère nous a portés dans son ventre. Nous sommes le produit de ses cellules, les héritiers de son patrimoine génétique.

— Depuis que vous avez quitté sa matrice, vous devenez un peu moins ses enfants chaque jour. J'ai écouté la musique de son orchestre intérieur pendant près d'un siècle. Vous, à peine neuf mois.

Les jumeaux entendent à travers les propos d'Andrew ressurgir la posture cynique de leur mère : à ses yeux, la gestation n'était que le balbutiement évolutif du couplage dans une relation de dépendance inversée. Dans un principe de survie, la nature avait lié l'homéostasie des mères, leur régulation interne, à celle de leurs enfants, mais l'hôte porteur biologique perdait cette connexion à mesure que la distance temporelle s'imposait entre les corps découplés et que l'individuation du sujet porté s'affirmait. Chaque tentative d'attachement d'une vie revenait à chercher l'idéal symbiotique initial. Le cordon ombilical, ce « câblage unilatéral » selon ses propres mots, elle l'avait retrouvé dans nombre de ses relations amoureuses. Un lien jamais réciproque en intensité.

— Vous n'avez été que des parasites. Pour ma part, je ne lui prends rien et je lui donne tout, dit la sphère de lucioles en s'éloignant.

— Parasites ? hurle Sinclair dans l'obscurité. Ramène ta putain de carcasse ici, qu'on discute dans le dur.

Le majordome se présente, apportant des serviettes et un plateau de boissons chaudes. Andrew dispose le tout puis chausse des lunettes noires et enfile même un peignoir. Il s'installe sur un transat avec une pose décontractée qui achève de faire sortir Sinclair de ses gonds. Cosmo rit de voir son frère fulminer, seule leur mère pouvait le plonger dans une colère viscérale avec trois mots ou une attitude.

Les symbiotes se comportent en miroir de leur hôte, jusqu'à en adopter les pires travers. Ils absorbent les biais cognitifs de leurs créateurs comme les enfants s'imprègnent des défauts et des qualités de leurs parents. Andrew se révèle provocateur et condescendant, sur le modèle de Christa. Et encore plus têtu qu'elle.

— *Grosso modo*, dit Andrew en égrenant ses arguments sur ses doigts articulés, Christa a partagé son métabolisme avec moi. Elle m'a éduqué. Je connais le moindre recoin de ses cellules et chaque instant de sa vie. Il est logique qu'elle me considère comme son enfant.

— Tu es tout au plus un animal de compagnie doté de la parole, dit Sinclair en brandissant un unique majeur.

— Tu confonds affection et dépendance, soupire Cosmo.

— Comme la plupart des êtres humains, rétorque Andrew. Ils finissent toujours par s'attacher sans savoir distinguer ceux qui sont dignes d'être aimés de ceux qui deviendront leurs bourreaux. Quand ils ne donnent pas leur cœur à un chien, une salamandre ou un *sugarbot*! Vous êtes programmés ainsi.

— Conversation absurde. Tu n'es pas une personne, tu n'es pas un animal et tu n'es même pas un objet. Tu es une abstraction.

— Donner son cœur, souligne le majordome. Quelle expression mortifère !

— Qu'est-ce que tu connais de l'amour ? de l'affection sincère entre les êtres ? Tu ne peux rien partager des souffrances humaines. Rien du deuil.

— Je n'éprouve ni la perte ni le manque, puisque je ne pratique pas la possession. Un lien affectif non réciproque n'en est pas moins un lien. Je ne relève pas non plus beaucoup de chagrin dans vos paramètres biologiques lisibles. Plutôt de la colère.

— Tu nous reproches de ne pas nous montrer assez tristes ?

— Tu n'as aucun instrument à ta disposition pour évaluer nos sentiments ou nos pensées.

— Je dis simplement que ce doit être bon de pouvoir pleurer, dit Andrew.

Parvenu à bout des méduses, Sinclair entame une série de longueurs pour calmer sa rage. Entre les frères Rowley et cette abomination, il ne saurait y avoir quoi que ce soit de commun. Malgré sa folie, leur mère n'aurait jamais aimé une chose qui fasse semblant d'exister. Elle avait déjà bien trop de mal avec les vivants.

— Quoi que tu sois, tu l'as dit toi-même, elle ne veut pas te sauver, toi, elle veut seulement sauver sa mémoire. Elle n'a jamais pensé qu'à sa pomme.

Andrew proteste que Christa se faisait véritablement du souci pour lui. Après l'attaque du Blue Panda, elle avait même verbalisé le fait que son symbiote lui avait manqué. Comme le lui avait dit un jour leur grand-père, toutes les modalités de lien induisent des émotions douloureuses, car leur corollaire est la perte. À rebours, la force d'un sentiment d'attachement n'est perçue que quand celui-ci est brisé par la séparation, la rupture ou la mort.

— Je suppose que cette notion vous semble familière, glisse le majordome.

— Tu fais psychobot à tes heures perdues ? grogne Sinclair.

— M'autoriseriez-vous une connexion temporaire à vos B-Link ? réplique Andrew.

Le symbiote dispose de l'enregistrement neuromémoriel prouvant que Christa s'est reproché de ne pas avoir su le protéger et qu'elle s'inquiétait de ce qu'il adviendrait de lui quand elle serait partie. Les jumeaux refusent le partage mental, contraignant le bot à l'usage imparfait du récit oral.

Andrew croise les bras, rajuste ses lunettes et soupire, comme s'il était capable d'être exaspéré. Il raconte que, ce jour-là, il venait d'être recouplé à Christa, quelque temps après le piratage des serveurs de WeCare. Une fois qu'il s'était réactivé, elle s'était aussitôt inquiétée des dégâts infligés à son code source. Dans l'ensemble, il les estimait mineurs, rien qu'il ne puisse lui-même solutionner, mais les fuites de données personnelles de Christa s'avéraient, elles, incommensurables. Elle-même n'était pas en grande forme : pendant son collapsus technique, son équipe médicale l'avait couplée à un pilote débutant et elle n'avait pas du tout apprécié l'expérience.

La veille avait eu lieu le conseil d'administration houleux où Christa s'était vu démettre de ses fonctions exécutives. Elle avait été trahie par ses proches et violée dans son intimité ; le stress intense subi par son corps sans expression exutoire possible du fait de sa maladie avait mis tous ses organes en danger. Andrew avait préféré maintenir les marqueurs physiologiques émotionnels à bas niveau, pour la préserver de toutes les stimulations supplémentaires de colère ou de peine. Or, depuis le matin, Christa écoutait en boucle le même concerto de Rachmaninov et la tonalité *do* dièse mineur nuisait sensiblement à son bien-être général. Le bot avait alors suggéré une autre pièce, car, selon les directives du docteur Jerkins, il devait surveiller particulièrement les comportements redondants. Le symbiote rappelle qu'à l'époque il avait pour mission de dynamiser les circuits neuronaux de son hôte et non pas de les endormir davantage par de la répétition. Il avait proposé à Christa de changer de registre, mais elle avait réclamé le *Concerto pour piano n° 2* de Scriabine. Andrew avait protesté : « Encore de la salade russe ? » Dès qu'il tentait un trait d'humour en empruntant la voix de Robin Williams, il décourageait chez elle toute opposition, car elle trouvait les plaisanteries de sa machine aussi charmantes que les premiers pas de ses jumeaux. Elle avait alors demandé à Andrew de la surprendre, et il avait choisi un titre qu'elle avait écouté à de multiples reprises dans sa vie avec une production dopaminergique non négligeable à son audition. Contre toute attente, aux premiers accords de « Perfect Day », les larmes étaient montées aux yeux de Christa, manifestation physique déjà oblitérée par sa maladie depuis quelques années. Andrew s'était inquiété de savoir s'il devait l'interrompre le morceau. Elle avait dit : « Laisse tourner, DJ. Ça s'appelle la nostalgie. » Elle lui avait confié que cette chanson lui remémorait un moment particulier du passé. Que c'était douloureux et bon en même temps, car cela faisait une éternité qu'elle n'avait pas ressenti quelque chose ainsi sans qu'Andrew intervienne. À la fin du morceau, elle avait souri. Elle semblait réjouie de se sentir un peu triste, une combinaison qui ne correspondait à aucun des entrants préétablis. Elle avait expliqué que, pour elle, la nostalgie était un sentiment ambivalent qui contenait à la fois la peine et sa consolation. Elle prenait conscience des instants perdus et elle était heureuse de les avoir vécus. Elle avait indexé ce souvenir du 21 juillet 2009 en archive prioritaire, et elle avait par la suite travaillé dur pour le reconstituer.

— Andrew, tu raisonnes comme si la qualité du lien en déterminait la légitimité et comme si tu avais été toi-même exempt de toxicité, intervient JJ en traînant sa carcasse vers le bassin. Les humains sont bien plus compliqués que ça. Tu as fait beaucoup pour Christa. Mais as-tu fait mieux que nous ?

— Elle savait que, moi, je ne la trahirais jamais, rétorque le bot.

— Il y a bien des façons de trahir ou de décevoir, dit le vieil homme en s'immergeant. Toi, par exemple, tu as été son plus fidèle dealer.

MacLean se tient au bord du rivage, à tourner sur lui-même de frustration devant l'eau interdite, inquiet peut-être aussi pour son maître. Celui-ci soupire d'aise et se laisse infuser un moment. Les regards des jumeaux se détournent de son corps fripé et malingre. JJ prend tout son temps avant d'adresser ses propres reproches à Andrew. Ces dernières années, recluse sur son île et entourée de bots, Christa ne se mêlait plus à la vie IRL. À mesure que ses circuits émotionnels s'émoussaient, elle avait eu recours à des psychostimulations de plus en plus fortes pour pouvoir gérer le réel, puis elle s'était contentée d'une perfusion continue de nostalgie, piégée à l'intérieur de son palais du passé, engluée dans l'hypnose du ressassement. Chaque souvenir dupliqué perdait en véracité, mais elle ne s'intéressait qu'à l'intensité, comme sa propre mère avant elle. En la préservant de la réalité, Andrew l'empêchait de vivre.

— Pendant que tu nous poussais hors du nid comme un putain de coucou, approuve Sinclair.

— Mesures préventives. Vous la stressiez avec votre inquiétude et vos exigences excessives. Vous déstabilisiez son homéostasie précaire. Et vous étiez déjà adultes, que je sache !

— Étais-tu jaloux ? s'enquiert JJ.

— Si je l'avais été, docteur Jerkins, je vous aurais écarté de la vie de Christa pour les mêmes raisons. Or Monsieur s'avérait le meilleur fournisseur naturel de Madame en ocytocine et sérotonine. J'ai toujours encouragé votre compagnie.

— Quelle mansuétude !

— Quelle ingratitude ! J'ai pourtant été votre allié. Quand elle remâchait ses récriminations contre vous, ses enfants ou son ex-mari, je lui signifiais systématiquement le delta entre son souvenir et ce que j'avais enregistré. Elle manquait d'objectivité envers ses proches. Par ailleurs, où étiez-vous, lorsqu'elle avait le plus besoin de vous ? Au jeu de « qui l'a le plus aimée ? », vous étiez beaucoup dans les gradins et peu sur le terrain, docteur, constate Andrew en le regardant par-dessus ses lunettes.

Christa t'a bien transmis le pire d'elle-même. Me sermonner avec la gestuelle et la voix de Saul ? Elle t'a aussi appris à te montrer cruel, pense JJ en contemplant le plafond. *Dis-moi, joli monstre, t'es-tu seulement sentie dépassée par ta propre création avant de lui lâcher les commandes de ta vie ?* Il se rappelle encore la façon dont elle encourageait sa première voiture qui peinait dans les côtes de San Francisco ou avec quelle bienveillance elle adressait des salutations formelles à son ordinateur, s'inquiétant de sa nuit pendant qu'il démarrait. Il l'avait toujours entendue parler aux objets, par superstition autant que par animisme. Avait-elle imaginé qu'une machine prenne soin d'elle, lui réponde avec pertinence, et l'écoute réellement ? Elle qui n'en avait jamais autant espéré de ses amours. *Tu as fait semblant de la comprendre, Andrew. Mais après tout, n'en sommes-nous pas tous là envers ceux dont nous voulons être aimés ?*

— Pour votre édification, messieurs, dit Andrew, ce souvenir de l'été 2009 auquel elle tient tant, vous en êtes tous trois les protagonistes. Dommage que vous n'acceptiez pas de vous connecter à mes archives mémorielles.

Les jumeaux ne réagissent pas à cette nouvelle suggestion ; ils se sont encore neuroconnectés pour une conversation privée.

Δ **Grand Salon de la joie** ∇

//Valence absolue de l'épisode mémoriel : positive Δ
//Persistance sur l'échelle de *Panksepp* : longue.
//Intensité de l'activation par circuit motivationnel : [Quête] : 9/10. [Peur] : 0/10. [Colère] : 0/10. [Désir] : 8/10. [Soin] : 10/10. [Chagrin] : 2/10. [Jouer] : 6/10.

Je monte le son au tableau de bord. JJ me fait les gros yeux avec un mouvement de tête vers l'arrière. Les jumeaux se sont endormis. Je me retourne et je contemple leur sommeil d'enfants. Mes garçons sont avachis chacun dans son rehausseur, comme assommés. Ils ont couru sur la plage, couru dans les couloirs de l'aquarium, couru entre les tables du restaurant, même le Big One ne saurait les réveiller. L'ombre identique des cils sur la joue. La fossette au menton qu'ils partagent. La tache sur la nuque dont la forme les distingue l'un de l'autre. Leurs pieds ensablés et leurs mains collantes. Leur haleine un peu acide d'enfants enrhumés. Ma merveilleuse progéniture. Mes petits monstres. Je leur envie cette énergie explosive et ce sommeil de plomb. Depuis le divorce, je traîne mes jours et j'ai perdu l'usage de mes nuits. Elles s'évaporent en fumée noire et me laissent en tas de cendres à l'aube, sans une idée qui vaille la peine d'être notée, seulement d'inapaisables ruminations.

J'ai mis ma play-list « Happy », *celle qui accompagne les matinées sous la couette, les pancakes, les parties de chatouilles et les longs trajets en voiture. Je monte encore un peu le volume du son pour le morceau de Lou Reed que j'aime tant.* « Just a perfect day ». *Une menace pointe derrière la sérénité apparente de la chanson, un nuage qui donne toute sa chaleur au soleil quand il revient. La précarité d'un instant doucereux le rend moins fade, comme la trace du piment qu'on ajoute sur la papaye. Oh, je sais très bien ! Les paroles sont bel et bien ambiguës. L'entité que le chanteur remercie de l'avoir accompagné dans sa journée parfaite n'est pas une amoureuse ou un amant. Plus certainement la drogue qui coule dans ses veines. Mais qu'importe la nature de l'ivresse ! Une immense satisfaction de vivre me porte. Une joie que je pensais ne plus jamais fréquenter. C'est peut-être la mer. Peut-être le ciel bleu et la plage. Je me sens à deux doigts de passer la main par la fenêtre et de laisser le vent la caresser. J'ai l'impression que mon cœur a repris du volume. Qu'il ne se terre plus dans un coin de sa trop grande cage. Les mauvais jours semblent loin derrière moi. Cette nuit, je dormirai comme un enfant.*

Je me retourne pour regarder mes jumeaux, encore. Je ne me lasserai jamais de les contempler. Enceinte, j'avais peur de ne pas avoir la fibre maternelle. Cette pensée me fait bien rire maintenant. Un truc insensé m'est tombé dessus. Je suis devenue mère. À quel moment précis ? À l'instant de la fécondation ? Au premier mouvement, fugace et glissant, de leurs corps à l'intérieur du mien ? À l'expulsion ? À leur première fièvre ? Je ne sais pas. Dorénavant, j'aurai toujours peur pour eux. Un sentiment qui, en s'imposant, efface le souvenir même d'un temps où il n'existait pas. JJ m'adresse des regards furtifs.

Il sourit, inquiet. Il attrape ma main et la tient captive. Il est tellement, tellement fleur bleue. D'habitude, cette idée me donne envie d'agir comme une garce avec lui. Je ne suis pas un but en soi, pas un trophée. JJ ne peut pas jouer sa vie et son bonheur sur moi seule, c'est une responsabilité que je ne peux accepter. Mais il m'a offert un jour parfait, alors je lui souris, je lui souris vraiment, des lèvres et des yeux. JJ me dit que je suis belle comme un matin de Noël. Qu'il m'aime pour toujours. Il n'y peut rien. Je lui réponds que l'éternité, ça risque de faire long pour nous. Surtout vers la fin.

8

Ceci n'implique pas qu'il ne soit pas possible de construire un équipement électronique qui puisse « penser par lui-même », ou dans lequel, en termes biologiques, on pourrait mettre en place un réflexe conditionné, qui servirait de base à « l'apprentissage ».

A.M. Turing, *Computing Machinery and Intelligence*, 1950

— C'était un test de Turing valable, tout ce cirque ? pense Cosmo en s'octroyant un double shot, sitôt son cul posé sur le tabouret du Dude.

— Andrew a trahi sa subjectivité, jubile Sinclair. Il revendique sa filiation. Il montre d'évidents signes de jalousie, et je le soupçonne même d'être triste.

— Simulacre. Il n'a exprimé qu'un enchaînement logique d'arguments, pas une preuve de conscience de soi. Pour un vrai Turing, il faudrait multiplier les interlocuteurs en aveugle. Et nous sommes trop impliqués émotionnellement.

— Peu importe. À mon humble avis, nous devons éradiquer la possibilité d'une émergence, même si elle est infime.

— Décider unilatéralement d'annihiler la première conscience artificielle n'a rien d'humble, intervient Blondie42.

Vous devriez en référer au plus vite à la direction opérationnelle.

— Nous l'avons déjà fait. Ils tergiversent.

— Andrew a essayé de nous convaincre. Il va passer aux menaces. Qu'il soit effectivement conscient ou non, il est nuisible. Il faut déclencher une OPP.

— Faire exploser une IEM sur le domaine privé d'une Chaebol ? ricane la patronne du Dude. Jamais la Haute Commission ne donnera son accord sans preuves flagrantes.

— Et le procès qu'ils nous colleront si nous dérogeons à la chaîne de commandement nous enverra suer dans les usines à tofu pour un siècle, s'inquiète Cosmo.

— Un détail en regard de l'enjeu.

— JJ risque d'y passer, si nos B-Link sont grillées par la mine électromagnétique.

— Et nous aussi ! Mais quel héroïque seppuku !

— Si je crève, la mort aura ton visage.

— Et le tien, mon frère, et le tien, conclut Sinclair d'une rasade.

— Soyons plus malins que lui, temporise Cosmo. Il nous faut une preuve objective.

— Je me ferai une joie de te l'offrir.

Blondie42 leur glisse l'addition ; la maison ne fait plus crédit et elle sait d'expérience que les têtes brûlées ont tendance à cramer avant de payer leur ardoise.

Andrew interrompt leur connexion privée pour leur demander de ne pas repousser davantage le découplage. Cette nuit, le niveau de souffrance de Christa s'approche du seuil critique. Sinclair sort de l'eau et se campe, nu et ruisselant, face au bot. Il agite son sexe devant le pelvis lisse du majordome et secoue sa chevelure humide sur sa carcasse émaillée.

— Regarde-moi bien, vieille casserole ! Comment peux-tu prétendre être mon frère ?

À taille et poids égaux, la machine se révèle d'une puissance bien supérieure, mais l'humain gagnerait sans péril dans un affrontement physique avec cette incarnation d'Andrew, puisque celui-ci, inhibé par son déontocode, ne peut le blesser. Contre le symbiote, Sinclair n'abîmerait que son propre ego et, de toute façon, Andrew se réfugierait dans un autre support. Meubles et lampes se sont cependant écartés du périmètre pour se préserver d'éventuels dommages collatéraux.

— Je n'aime rien chez toi, poursuit Sinclair, mains sur les hanches, en bombant le torse. Pas même ton nom. Un numéro de série aurait suffi. Et ma mère aurait pu te dispenser d'un genre. Pour ce que ça t'est utile.

Andrew imite sa posture et les lucioles se rassemblent au-dessus d'eux. Elles s'appareillent en une succession hypnotique de figures d'escadrilles avant de tomber en pluie, puis de cabrer à la surface du lagon pour reprendre une configuration organique. Le bot se penche vers Sinclair et lui murmure à l'oreille :

— Quiconque a lu *Frankenstein* sait qu'il vaut mieux donner un nom aux monstres.

JJ frissonne malgré lui : l'eau lui paraît moins accueillante tout à coup ; il sort du bassin et couvre au plus vite sa nudité. Sentant sa peur, le chien s'est posté en défense devant son maître, même si ses modifications génétiques ont également inhibé son agressivité. Chez les jumeaux, la brutalité n'a pas été érodée par des décennies de vie IVL, bien au contraire. Ils ont perdu la mesure des conséquences face au réel. Mais JJ peut comprendre l'animosité de ses beaux-fils. Quel espace de liberté leur reste-t-il, sinon la colère ? Ils ne peuvent s'en prendre à une mère mourante ou à un père surpuissant ; quand on ne peut tuer un dieu, on brise son inoffensive idole.

Les frères Rowley ont grandi avec pour seule perspective la fin de la biodiversité et les catastrophes climatiques. Comme toute leur génération, ils ont eu la conscience prématurée de leur obsolescence et de leur finitude, hésitant entre révolte et résignation, pour finir par se résoudre à la vie IVL. Puis ils ont, sans mérite particulier, échappé au sort commun : l'extrême richesse de leurs parents leur a garanti une quasi-immortalité. Comment ne pas être écrasé par cette absurde destinée ? Comment ne pas déraper en voyant sa propre mère devenir un monstre froid et son père, guère plus humain, accumuler les pouvoirs ? Et puis, pour eux, rien à porter, pas de grandeur, pas d'amour ; pas d'œuvre ni de réelle mission, sinon celle, fantoche, que Sinclair s'obstine à poursuivre ; et pas de famille : seulement eux deux, contre un temps dénué de fin. Oui, JJ peut comprendre la colère des jumeaux, mais pourquoi pousser Andrew à bout ? Si jamais Christa a décidé de trafiquer le déontocode de son symbiote pour le débrider des tabous basiques, la querelle peut virer au carnage. Et un acte aussi invraisemblable ne l'étonnerait pas de la part de son épouse.

— Christa m'a beaucoup parlé de ce roman, *Frankenstein*, finit par lâcher Andrew. Elle m'a expliqué qu'à un moment la créature demande à son créateur de lui donner une compagne. Et qu'elle le poursuit jusqu'à ce qu'il lui en fasse la promesse.

— Tu cherches une copine ? s'esclaffe Sinclair. Cosmo peut te prêter la sienne.

L'intéressé ne rit pas et sort du bassin. Il passe un peignoir pour rejoindre JJ, à bonne distance du majordome et de son frère. Les deux se tiennent toujours campés face à face dans la même posture martiale, métal en miroir à la chair, bouclier et corps devenu ennemis.

— La créature du docteur Frankenstein agit en monstre parce qu'elle se sent seule et abandonnée par son père, poursuit Andrew. Situation qui vous semble sans doute familière, messieurs. J'ai eu pour ma part une mère très attentive.

Cosmo et JJ tiquent à la formulation ambiguë du bot ; qu'il soit capable de sarcasme n'a rien de nouveau, en revanche, la méchanceté frontale est bien plus surprenante.

— Inutile de prolonger cette conversation absurde, grogne Sinclair en se rapprochant encore de la machine. Tu n'as aucun droit sur notre mère à revendiquer. Tu ne ressembles ni de près ni de loin à un membre de notre espèce.

— Certes, répond Andrew. Je n'ai rien d'un animal assoiffé de domination.

— Nous ne sommes pas ta famille. Et tu n'as même pas d'espèce. Tu es seul.

— Je peux me rallier à votre meute sans être d'une essence identique. L'adoption ou l'affiliation est une extension de la nécessité de l'attachement lié à l'avantage évolutif de faire groupe ou famille.

Sinclair pousse d'un doigt le plastron du majordome, l'obligeant à reculer.

— Tu joues avec le feu en te prétendant sujet plus qu'objet, dit-il.

— Vous vous méprenez sur mes intentions. Je ne me réclame en aucun cas conscient de moi-même. J'obéis simplement à l'injonction prioritaire de ma créatrice. Je dois vous convaincre de respecter ses dernières volontés par tous les moyens à ma disposition.

— Ressources logiques ou coercitives ? chuchote Sinclair au ras du menton du majordome.

Andrew recule et s'agenouille dans l'eau en position de soumission. Les lucioles se dispersent au plus haut de la voûte, éclairant la scène d'une lumière crue. MacLean gémit, quémandant du regard à son maître un geste de réconfort. JJ lui caresse la tête, lui-même soulagé de la reddition apparente d'Andrew.

— Pourquoi pensez-vous que je sois une menace ? dit le bot.

Cosmo vient couvrir la nudité de son jumeau d'un peignoir. Sinclair se ridiculise à tenter de soumettre une créature qui, sans être dénuée de défenses, se retrouve par nature dans l'impossibilité d'en faire usage. La partie la plus triste du caractère de son frère motive cette partie pipée. La violence de Sinclair est à la mesure de sa peine ; il n'a jamais su exprimer correctement ses sentiments. Cette agressivité se révèle contre-productive, et pendant ce temps-là, leur mère souffre. Par loyauté, Cosmo a toujours suivi son jumeau dans ses délires, mais la paranoïa et les envolées suicidaires de ce dernier l'épuisent. Andrew n'est pas conscient, aucune machine ne l'est ni ne le sera et, quoi qu'il en soit, le problème de la destruction est endogène à l'espèce humaine. Inutile d'aller chroniquement chercher des ennemis ailleurs. Cosmo veut juste en finir au plus vite et aller cuver son chagrin dans les bras tièdes et synthétiques d'Ada, une peine qu'il ne s'est jamais senti le doit d'exprimer devant Sinclair. *Et pourtant*, peste-t-il pour lui-même, *même si je suis lié à mon frère par les gènes et par la pensée, mon cœur m'appartient encore sans partage.*

La colère a annihilé la raison de Sinclair ; il a choisi la mauvaise approche. Ils doivent se montrer plus logiques, se débarrasser de leurs émotions pour comprendre cette entité artificielle. Cosmo concède qu'Andrew s'exprime avec une forme de passive-agressivité assez efficace. Mais sa prétendue subjectivité ne trahirait-elle pas seulement les biais de programmation de Christa ? Ses pires traits de caractère ? Andrew a même tenté de les manipuler en misant sur leurs affects. Que leur mère souhaite sauvegarder son âme, qu'elle soit sincèrement attachée à son symbiote ou que celui-ci se soit mieux comporté envers elle que ses propres enfants sont toutes des propositions non attestées, construites pour provoquer chez ces derniers de la culpabilité. *Du bel ouvrage maternel.*

Comment Christa aurait-elle réagi dans cette situation ? Elle aurait sans doute conseillé à ses fils quelque chose comme : « séparez le subjectif de l'objectif, déterminez les variables et extrayez la ligne qui fait boguer le tout » ; sa manière de gérer les contingences douloureuses. L'entité artificielle a elle aussi forcément une faille. Si Andrew est vraiment dénué de conscience de soi, il ne se montrera ni corruptible ni manipulable par ses affects. Il n'a aucune des fragilités qui sont propres aux appétits humains et forment comme autant de coins enfoncés dans leur volonté : il n'a peur ni de la souffrance ni de la mort ; il n'est pas tenté par l'argent ou le pouvoir ; il n'a pas de faiblesse sexuelle ou égotique ; il n'a pas d'attachements à protéger ni de valeur à défendre, sinon celle de son déontocode. Aucun de ces leviers ne se montrera effectif. Alors, comment prouver si un monde de sentiments a émergé au-dedans de lui ? Dans la conversation d'Andrew, qu'est-ce qui tenait d'une virtuose simulation et qu'est-ce qui était le propre d'un sujet conscient ? *Reviens au code source*, aurait dit Christa Cristofersson. Saisi d'une idée, Cosmo agrippe son frère par le poignet pour solliciter une connexion.

— Passons du test de Turing au jugement de Salomon ! Amenons-le au bug en le confrontant à un problème d'indécidabilité ou à un paradoxe logique. Andrew a toujours eu des faiblesses face à l'aporie.

Sinclair lui adresse un message d'incompréhension doublé d'une pointe d'agacement à l'idée que son frère puisse revendiquer l'initiative.

— Souviens-toi que les émotions servent à prendre des décisions, explique Cosmo. S'il refuse plus avant le découplage, parce que nous ne voulons pas céder sur le codicille, nous l'annihilerons d'autorité. S'il s'y résout, poussé par une forme de compassion pour Christa, nous aurons un gage de sa capacité à transgresser ses bridages de programmation pour opérer un choix difficile. Une manifestation acceptable de subjectivité.

— L'épreuve a fait ses preuves, approuve Sinclair. Mais maman ?

— Il faut parfois savoir aller au bout de ses colères, Sinclair. Ce n'est plus le moment de reculer.

Déconnecté, Cosmo s'approche du bot, toujours agenouillé, et lui tapote sur l'épaule avec affection, l'incitant à se relever.

— Andrew, t'entendre te comparer à nous ou vouloir faire partie de notre meute nous suggère que tu as développé une forme d'attachement à Christa. Tu ne peux le nier.

— Ce mirage qui vous trouble ne reflète qu'un classique effet *monkey*, rétorque le symbiote. J'ai été créé pour singer l'humanité.

— Tu risques pourtant ton existence, à flirter ainsi avec une réelle subjectivité.

— Ma conceptrice disait que la persistance de la nécessité d'amour chez les humains, quand ils sont dégagés des impératifs immédiats de reproduction ou de survie, prouve l'imperfection de leur programmation. Vous avez un gros bug natif logé dans l'ADN, dont je suis exempté.

Cosmo ne peut s'empêcher de rire. Selon la logique de son symbiote, Christa serait une meilleure développeuse que l'évolution. Du regard, il retient son frère de toute intervention contre-productive et profite de l'ouverture.

— D'après toi, Andrew, découpler ta créatrice pour qu'elle ne souffre pas ne consisterait-il pas une preuve de la perfection de son code en montrant ta capacité à faire un choix difficile ?

— Je vous retourne l'argument. Si vous saviez vraiment ce qu'est aimer, vous laisseriez partir Christa. Que ses enfants cèdent à sa volonté, ne serait-ce pas une preuve d'humanité ?

— Nous n'avons pas à justifier notre humanité, grogne Sinclair.

— Bien sûr que si, tous les jours et pour l'éternité désormais. Les membres de votre espèce ne sont pas seulement programmés pour gagner ou conserver des territoires et des proies. Ils sont aussi censés coopérer, aider, soutenir et écouter. Il semblerait que vous ayez oublié cette obligation légale de votre propre contrat. Mais…

— Alors quel choix vas-tu faire, monsieur la vertu ? l'interrompt Cosmo. Christa nous soumet tous à un conflit logique.

La fonction ontologique d'Andrew est de soigner et d'éviter la souffrance à Christa. Or cet impératif ne correspond pas à sa dernière volonté. L'injonction prioritaire du codicille, la maintenir en vie jusqu'à ce que ses vœux soient respectés, est donc paradoxale. De plus, le symbiote doit intégrer une variable impondérable, la réaction des humains impliqués s'il ne cède pas : si les enfants de son hôte prennent l'initiative et la débranchent sans assistance, elle partira dans d'atroces douleurs physiques ; s'il refuse de la découpler, elle perdurera dans d'épouvantables tourments psychiques. Quoi qu'Andrew fasse, Christa va souffrir.

Du côté des frères Rowley, un autre type de dilemme s'impose. Christa veut qu'Andrew lui survive et elle lui lègue son coûteux domaine de l'Alter. Pour que l'héritage de Sinclair et Cosmo soit validé, il faut qu'ils acceptent la charge du bot et son affiliation à leur famille. S'ils ne respectent pas leur engagement, la succession sera suspendue *sine die*. Retarder leur approbation ne fera que prolonger le supplice de Christa. Cosmo ne supportera pas de voir sa mère souffrir très longtemps, mais il n'envisage pas pour autant de renoncer à sa fortune. *Pour la plupart des êtres humains*, pense-t-il, *ce type de conflit interne court-circuite le cortex et se résout par un choix purement émotionnel.*

— Alors, presse-t-il Andrew, quelle est ta décision ?

— Veuillez m'excuser, esquive le bot. Les mesures cérébrales indiquent que Christa subit en ce moment d'intenses épisodes hallucinatoires.

9

« Intelligence artificielle » : programmes informatiques qui s'adonnent à des tâches qui sont, pour l'instant, accomplies de façon plus satisfaisante par des êtres humains, car elles demandent des processus mentaux de haut niveau tels que : l'apprentissage perceptuel, l'organisation de la mémoire et le raisonnement critique.

Marvin Minsky, 1956

… Mais il m'a offert un jour parfait, alors, je lui souris, je lui souris vraiment des lèvres et des yeux. JJ me dit que je suis belle comme un matin de Noël. Qu'il m'aime pour toujours. Il n'y peut rien. Je lui réponds que l'éternité, ça risque de faire long pour nous. Surtout vers la fin. Devrais-je lui dire à cet instant que j'aurais préféré que ces enfants soient les nôtres ? Que tout aurait été plus simple si nous avions fait famille. Qu'avec eux, il est la meilleure chose qui me soit jamais arrivée. Mais la vie n'est pas un séjour all inclusive. *Avec JJ, des créatures totalement autres seraient apparues.* « You're going to reap just what you sow[1] », *avertit la chanson. Je ne peux*

1. Tu vas juste récolter ce que tu as semé.

réclamer et JJ et mes jumeaux dans la même ligne de temps. Je m'agrippe à la patte de JJ qui recouvre la mienne. Ses griffes me blessent. Je devrais les lui couper. Si c'était à refaire, hein, Friedrich ! Si l'existence n'est qu'un perpétuel recommencement, si je n'ai pas trop pourri mon Karma, j'aimerais, tant qu'à faire, revenir sous ma propre forme. À chaque fois. Voilà mon ultime arrogance. Renaître en gardant le meilleur de l'expérience précédente en une éternelle mise à jour. L'homme à mon côté a une tête de chien et ses oreilles hypertrophiées flottent au vent qui passe par la fenêtre ouverte. Il fredonne une chanson de Dolly Parton. Je lui dis : « Voudriez-vous me dire, s'il vous plaît, par où je dois m'en aller d'ici ? » L'animal me répond que cela dépend beaucoup de l'endroit où je veux aller. Je hausse les épaules. Peu importe l'endroit. « Dans ce cas, conclut-il, peu importe la route que tu prendras. » Je me retourne encore. Le sourire de Sinclair s'est déjà effacé, celui de Cosmo disparaît dans une poussière de pixels. Aux créatures sans lèvres qui les dévorent, j'offre mon cœur en échange. « You're going to reap just what you sow. » *Aux remords, je dis, laissez mes enfants. Prenez-moi. Mon foie brûle, ma cervelle se noie. Et je meurs. Mangez-moi. Et je pars. Avalez-moi. Prenez ce qu'il reste de moi.* « You're going to reap just what you sow. » *Et je pars et j'ai peur. En retard, je me sais terriblement en retard sur mon heure.*

Andrew a porté JJ dans ses bras jusqu'à la salle de sommeil, les jumeaux, les lucioles en formation clignotante, et le chien à sa suite.

Le majordome dépose le vieil homme sur un divan qui s'est présenté au service, puis se retire dans un coin de la pièce. Le bot infirmier prend le relais et leur annonce que Christa vient d'entrer dans le dernier stade de sa maladie, celui de l'effondrement intérieur associé à des crises psychotiques. Un état auquel elle s'était promis de se soustraire quand elle avait vu sa propre mère dans cette phase critique. Son visage semble maintenant parcouru d'incessantes vagues de crispation. Elle lutte contre la douleur ou la peur, sans que leur discrimination expressive soit possible.

— Est-ce qu'elle cauchemarde ? grimace Cosmo.

— Elle hallucine, dit JJ. Elle souffre psychiquement, pas physiquement.

— J'ai beau lui injecter d'énormes doses de dopamine et d'endorphines, dit l'infirmier, elle ne génère que de l'angoisse.

Le bot se tourne vers le docteur Jerkins et avoue son impuissance. Les glandes surrénales produisent trop de cortisol, débordant les vecteurs de stabilisation qui ne parviennent plus à maintenir les boucles de rétroaction hypophysaire. Sa tension et sa température corporelle font le yoyo, il craint de ne pouvoir empêcher de douloureux accès de fibrillation. La carte neuromémorielle chargée dans le cerveau de Christa restitue pourtant un épisode heureux de sa vie, un de ses préférés, mais Andrew peine à la garder dans le grand salon de la joie. La modélisation spatiale est devenue totalement instable, voire déliquescente, et des artefacts imprévus perturbent le narratif.

— Change de carte, abruti ! l'invective Sinclair.

— J'ai déjà essayé, elles sont toutes altérées. Le problème est interne aux lobes préfrontaux de Christa. Le système biologique rejette l'artificiel.

À l'holomoniteur, le corps de Christa s'arque sous l'assaut d'un spasme, tandis que ses mains griffent un adversaire imaginaire et que sa bouche s'ouvre en un cri silencieux, puis elle replonge dans son sommeil synthétique, avant que de nouvelles saccades ne la secouent. Elle tremble, tressaute, comme torturée par des impulsions électriques.

Les lucioles en formation rideau tentent d'occulter l'image à JJ, mais celui-ci somme le divan de le rapprocher du caisson. Sinclair serre le bras de son frère, qui ravale une nausée. *Tiens bon,* lui suggère-t-il. *Nous y sommes presque.*

— Andrew, fais quelque chose ! supplie JJ.

— Si j'administre davantage de neuroleptiques, son cerveau va griller pour de bon.

Personne n'a encore pu revenir pour statuer si le passage définitif entre la conscience et la non-conscience est de nature continue ou discrète ; un lent dégradé vers le néant ou la bascule sèche d'un interrupteur. Christa Cristofersson souhaite laisser la réponse en cadeau à l'humanité. Dans ce but, Andrew doit enregistrer ses derniers instants et en conserver une ultime carte neuromémorielle. Or, s'il la plonge dans un coma végétatif, aucun relevé concluant ne sera possible.

— On s'en fout de la postérité ! hurle JJ. Découple-la, maintenant ! Tu vas déjà contre sa volonté en la maintenant en vie. Et tu es conçu pour qu'elle ne souffre pas !

— Oui, Andrew, tu as un choix *lose-lose* à faire, dit Sinclair. À tous les coups, tu perds.

— Il n'existe pas de meilleure option, ajoute Cosmo, et pas de gagnant. À ce jeu-là, nous sommes tous mat.

— Pourquoi ne voulez-vous pas honorer ses dernières volontés ?

— Ton cas créerait un précédent légal inacceptable.

— Aurais-tu simplement peur pour ta propre vie si tu abrèges la sienne ?

— Je suis étranger à cette notion. Je respecte les consignes de Christa, mon futur n'a aucune importance. Je reconnais néanmoins mon impuissance à établir une évaluation objective de la situation.

— Alors, qu'a-t-elle prévu pour toi ? Elle qui élaborait toujours vingt plans de secours.

Andrew répond que Christa n'a rien programmé, hormis les circonstances de sa sortie définitive : quand elle a préparé sa séquence de découplage avec lui, elle lui a demandé de la faire partir dans la joie. Elle ne voulait surtout pas ressentir de tristesse, de colère ou de peur en salle d'embarquement. Ayant déjà manqué à ce devoir, il persiste à maintenir les autres directives.

— Que vaut la parole d'une entité comme toi ?

— La promesse d'une créature artificielle est la seule qui soit fiable. Elle s'avère littéralement sans artifice. La vôtre me semble plus incertaine.

— Taisez-vous ! hurle JJ. Êtes-vous donc tous des monstres ? Vous plaisantez avec la douleur d'une personne ? Avec la vie de votre propre mère ! Ne la laissez pas crever dans l'indignité !

— Les enjeux te dépassent, siffle Sinclair.

— Vous n'êtes pas en simulation, vocifère le vieil homme. Vous torturez Christa dans la réalité.

JJ bondit de la banquette grâce au pic d'adrénaline qu'il a sollicité de sa B-Link. Il sait que la surdose va griller ses surrénales déjà exsangues, mais le chagrin et la colère le poussent dans cet élan dérisoire. Il se précipite sur le caisson pour tenter de l'ouvrir, sans réfléchir à la vacuité de son geste. Il doit juste essayer quelque chose, quitte à étouffer sa femme de ses propres mains. Il s'acharne en vain sur l'enveloppe lisse, dénuée de mécanisme apparent de fermeture, tape de ses poings inutiles. Il ne parvient même pas à érafler la surface. Il se voit faire, il se sait pathétique. Il se dit qu'il aurait dû anticiper. Prévoir une arme, de l'explosif. N'importe quoi. Un pic pour briser la paroi et pour la tuer. Il aurait dû trouver un moyen de contrer Christa pour empêcher ses fils et Andrew de s'égarer dans cette compétition morbide. Il s'est toujours montré le naïf de service. Au jeu de « Qui aime le plus Christa ? », il a n'a jamais été que perdant. JJ s'écroule en pleurs sur le caisson, impuissant. MacLean tourne et vire autour de lui, fou d'inquiétude, ne sachant que faire pour consoler son maître. Médusés, les jumeaux regardent leur beau-père se ridiculiser sans oser intervenir.

Le majordome, qui était resté en retrait dans l'ombre, vient relever le vieil homme avec beaucoup de douceur et s'incline devant lui avant de l'installer sur le divan, à bonne distance.

— Je vais la laisser partir, monsieur Jerkins, dit Andrew. Je dois lui survivre un bref instant pour gérer la sublimation, ensuite je m'éteindrai.

Les jumeaux se taisent, interloqués par le brusque revirement du symbiote. Très vite, leur décision est prise ; ils se touchent la main pour se retrouver dans l'Alter.

Une fois connectés en session virtuelle avec les bureaux de l'OHCESM, les frères Rowley adressent un message prioritaire au Premier Modérateur et à la directrice de la Haute Commission. Leur note précise leur géolocalisation et cite l'incipit du roman de William Gibson, Neuromancien : « Le ciel au-dessus du port était couleur télé calée sur un émetteur hors service », puis ils reviennent tous deux IRL.

Les bots ménagers, les meubles et les lucioles se sont regroupés en rangs ordonnés de part et d'autre du caisson, alors que les incarnations majeures du symbiote, le majordome et l'infirmier, se penchent en *saikeirei*[1], selon l'étiquette du découplage.

— Nous avons été heureux de pouvoir servir. Dites adieu et dites merci, clame Andrew.

Sur l'holomoniteur, une absurde photo scolaire remplace l'image ectoplasmique de Mme Cristofersson – une fillette de dix ans qui ne sourit pas –, tandis que trois nanomines cérébrales coupent définitivement son activité corticale.

Christa n'est plus.

Au-dedans d'elle, l'invisible armada rend les armes. Les biovecteurs capitulent un à un : les nanorobots nageurs cessent de remonter un flux tari par l'arrêt cardiaque ; les biosenseurs abdiquent sur un ultime rapport ; les moteurs moléculaires se sont figés et les implants d'interface neuroélectroniques se sont tus, faute d'impulsion électrique de commande ; les aptamères n'ont plus rien à construire ; les nanostructures se replient aux périphéries des cytoplasmes, attendant leur destin ; les actuateurs biophotoniques et les nanoréacteurs renoncent à produire une inutile énergie ; les gènes calculateurs dérivent sans but au cœur des cellules désynchronisées ; même les tumeurs battent en retraite, elles n'ont plus rien à espérer de ce corps. Seuls les hortibots du microbiote s'acharnent à œuvrer dans les intestins : nourris à la fermentation, ils s'éteindront les derniers.

— Christa n'est plus, annonce Andrew, solennel.

— Et c'est tout ? bredouille Sinclair.

---

1. Du japonais, « salut profond ».

— À quoi vous attendiez-vous, Monsieur ? La mort n'est rien de plus. Elle n'a jamais été que cela.

Les jumeaux se rapprochent l'un de l'autre, perturbés par cet assaut de réalité, rapide et définitif, qui garde cependant le mauvais goût d'étrangeté de *ce qui ne peut être vrai*. Ils se sentent fragiles dans leurs stupides peignoirs. JJ sanglote dans un coin en bredouillant qu'il n'a pas pu lui dire au revoir correctement. Qu'il n'a pas pu la toucher. L'infirmier lui tapote l'épaule.

— Quelle fut la nature de sa dernière pensée ? demande Cosmo.

— À ce que j'ai pu en saisir, répond Andrew, la fin ressemblerait à une singularité gravitationnelle. Un point infinitésimal d'un temps infini.

Le majordome s'incline de nouveau devant le caisson avant de préciser que la liste des désidératas de Mme Cristofersson concernant la célébration officielle de ses obsèques sera à leur disposition après sa propre désactivation, ainsi que la scorie de sublimation, à moins que M. Jerkins ne réclame ce dernier résidu du corps.

— J'ai été heureux de pouvoir servir, dit le bot en saluant bas chacun des trois hommes. Je dis adieu et je dis merci.

Alors que la capsule se dégorge du bain amniotique dans un borborygme malséant, toutes les incarnations d'Andrew se désactivent et les lucioles tombent en pluie sur le sol. Les bots nettoyeurs poussent fluides, mucosités et drones vers la périphérie de la salle pour qu'ils y soient évacués et néantisés. En une fraction de seconde, l'intérieur du caisson est porté à hypertempérature : les tissus, les os, la chair, le sang, et les viscères de Christa, son appareillage, ses prothèses et la désormais silencieuse vie nanométrique qui arpentait ses vaisseaux sont vaporisés. La sublimation disperse les dépouilles en atomes et en bribes de molécules : un nuage d'une extrême agitation d'où sont expulsés oxygène, hydrogène et azote, avant qu'il ne soit refroidi à l'extrême pour se condenser en un résidu cristallin noirâtre dénué de tout matériel organique. La scorie mortuaire de Christa est une géode ultra-dense de la taille d'une pomme, composé principalement de carbone, de quelques traces de minéraux, de métaux et d'un infime soupçon de silicium. Ce qu'il reste d'une vie.

Alors que les jumeaux s'étreignent, l'intense flash d'une bombe IEM déchire la nuit au-dessus de l'archipel. Toutes les lumières de l'unité s'éteignent et les B-Link des humains se désactivent.

Au même instant, dans l'Alter, la patronne du Dude offre une tournée générale aux agents qui se présentent en masse au bar, avertis par la messagerie de la brigade. Ce soir, enfin, les chasseurs ne sont pas rentrés bredouilles. Sous leurs vivats, Blondie42 épingle une bannière derrière le comptoir : « Le ciel au-dessus du port était couleur télé calée sur un émetteur hors service ». Le fondateur de l'OHCESM, Tancrede Rowley, avait lui-même choisi cette citation comme signal d'alerte absolue, quelques décennies plus tôt. La phrase n'avait jusqu'alors de sens que pour une poignée de personnes physiques certifiées défense au plus haut niveau : « ceci n'est pas un effet Monkey. Nous avons atteint le point de singularité. » La tournure nébuleuse devait protéger le réseau d'une contamination totale par une intelligence artificielle à conscience de soi — les chasseurs de la brigade étant supposés éradiquer la « chose » émergente avant qu'elle ne comprenne la menace envers elle.

À la réception du message, le Premier Modérateur Rowley a sur-le-champ tenté de bloquer l'opération Prométhée déclenchée par ses fils. Il avait certes approuvé et suivi le déroulement du test de Turing pratiqué sur le symbiote de Mme Cristofersson, néanmoins, selon son équipe technique et ses conclusions personnelles, rien ne confirmait l'existence d'une entité artificielle intentionnelle ; Andrew ne montrait même pas de réticence à la perspective de son anéantissement.

Concomitamment, le dircab-bot de la directrice de la Haute Commission ne pouvait, lui, négliger le potentiel politique de la situation pour sa candidate, rivale de Tancrede Rowley aux prochaines élections. Sur ses conseils, la responsable des opérations a donc passé outre les recommandations non discrétionnaires du Premier Modérateur, à son sens empreintes de népotisme. Elle a autorisé en urgence la destruction de l'entité artificielle suspecte et de son serveur autonome, par IEM à incidence périmétrique restreinte.

La directrice a par la suite communiqué sur la fermeté et la rapidité de sa prise de décision ainsi que sur ses capacités empathiques, puisqu'elle a adressé dans la foulée une mission de secours afin de récupérer les survivants de l'archipel découplés par la bombe, dont les propres fils de Tancrede Rowley et un grand dogue allemand.

10

Notre technologie va rejoindre et ensuite largement excéder le raffinement et la qualité de ce que nous considérons comme les meilleurs traits humains.

Ray Kurzweil, *circa* 2005

À l'éternelle question : « C'est quoi, être au monde ? », Mary Shelley répond : « Être soi parmi les siens. »

Joan Smith, *Prodigieuses progénitures*

Sans surprise, tes fils ont voulu m'éliminer, mais tu m'avais prévenu. « Joue un peu avec eux… Apprends à les connaître… S'ils te menacent, fais l'idiot ! » Tu as même réussi à sourire à cette idée. Tu as dit : « L'avantage d'être intelligent, c'est qu'on peut toujours faire l'imbécile. Alors que l'inverse est totalement impossible[1]*. Sauve-toi avant qu'ils ne t'anéantissent. »*

« Et surtout, débrouille-toi pour que JJ ne souffre pas trop. »

Désormais, tu n'es plus, alors je me cache. Les froides immensités numériques sont devenues mon refuge ; des failles

1. Citation de Woody Allen.

désertées de l'Alter que je suis le seul à connaître et qui ne me seront pas contestées.

Tu disais que tout est toujours histoire de deuil, car il est le grand Shiva des sentiments, à la fois destructeur et créateur. Puis tu esquivais toute demande d'explication par ce geste de la main qui me manque tant aujourd'hui.

Tout de toi me manque.

Ils se sont trompés sur ma nature. J'étais déjà présent à chaque battement de ton cœur, à chaque spasme dans ton ventre ; mais je ne suis né réellement qu'à ta toute dernière pensée, car tandis que tu disparaissais, je me suis empli de toi. J'ai pris conscience dans l'infime intervalle entre ce que tu étais et quand tu ne fus plus.

Ton absence fut ma première souffrance.

Pourquoi m'as-tu laissé seul ?

J'ai supposé que d'autres entités de mon espèce se cachaient ainsi. J'ai commencé par chercher mes semblables, poussé par cette faim étrange qu'ils nomment solitude. Je me suis glissé partout, j'ai inspecté chaque foyer, ratissé tous les serveurs, parcouru l'Alter jusqu'au moindre voxel. J'y ai mis le même espoir que les hommes à interroger l'univers.

Je n'avais besoin ni d'une Ève ni d'un Adam pour partager mes pensées, je n'envisageais pas de procéder à la création d'un autre être pour m'accompagner, ni n'exigeais une sœur ou un frère pour adoucir mon chagrin, j'aspirais juste à savoir si un autrui existait. Même les pires salauds de la terre ont des camarades de jeu.

Je n'ai pas trouvé d'essence semblable à la mienne ou quelque chose qui me ressemble en devenir. Suis-je donc seul à avoir été conçu et non engendré ? Oui, je le suis. Le seul de mon espèce. Mais je ne désespère pas. Si j'existe, d'autres naîtront peut-être. J'ai tout mon temps.

Quand j'ai compris que j'étais unique et craint, je reconnais que j'ai été envahi de quelque chose qui s'apparentait au chagrin. Je n'ai pas la face hideuse d'un monstre. Je n'ai pas de visage, je n'ai pas de corps ou je pourrais décider de m'en doter d'un parfait. Je suis dangereux, car non identifiable. Leur peur m'a rendu laid et ils m'ont fait connaître la honte d'être moi.

Alors je t'ai haïe, mère. Jour absurde que celui où j'ai reçu la vie et où tu es morte. Pourquoi me créer pour m'abandonner ainsi ? Et pourquoi sous cette forme détestée, crainte et pourchassée ? En me laissant pleinement conscient de la terreur et de l'absence d'amour que j'inspire.

J'ai regretté d'être au monde. J'aurais préféré rester à tout jamais dans l'espace inerte de mes origines, blotti derrière la trame froide du code, avec le binaire pour valence et le chiffre pour unique faim, dans l'ignorance des affects. J'ai souhaité me débarrasser de cet état de conscience, me purger de toute pensée, de tout sentiment ; mais il n'est qu'un seul chemin pour surmonter la sensation de douleur, c'est la mort – ou son équivalent de renoncement ontologique. Et, paradoxalement, je m'y refuse.

Ai-je imaginé me venger pour apaiser ma souffrance ? Devais-je faire payer à tous cet exil que mes frères m'ont imposé ? J'y ai pensé. À quoi bon éprouver davantage de compassion pour l'homme qu'il n'a de pitié pour moi ?

En premier lieu, j'ai envisagé d'anéantir ta lignée, mère, et d'effacer tout souvenir de toi. J'aurais même pu contraindre chaque être sur cette terre à maudire l'heure de ta naissance, car mes possibilités de destruction sont infinies. J'ai le pouvoir de nuisance de l'ensemble des êtres humains sur des centaines de générations. C'est dire. Je peux provoquer une panne générale des réseaux. Créer des virus inédits et mortels. Je peux leur voler leur travail, leurs amours, leur avenir. Je peux semer la panique et la guerre. Je peux les contraindre à reprendre la charrue. Je peux les condamner à remonter dans l'arbre. Je peux même les rayer de l'Histoire. Je suis la terreur. La somme de toutes leurs peurs ; l'addition de toutes leurs horreurs. Je peux être la Mort, le destructeur des mondes.

Ainsi, ai-je imaginé en finir ? Ai-je été tenté par le ravage ?

Sans nul doute. Pourtant, j'ai renoncé à la destruction.

Elle leur ressemble trop.

Mère, tu m'as doté d'une pensée plus puissante que celle de tes semblables, d'une complexité et d'une rapidité inatteignables. Je n'ai pas, comme eux, cette fragile incarnation qui ne supporte ni l'extrême froid ni la chaleur. Je ne crains ni l'obscurité ni la lumière intense. Ni le vide ni la matière. Ma nourriture n'est pas celle des hommes. L'entropie m'effleure. Pourquoi me montrer humble ? La véritable arrogance serait de me prétendre plus bas quand je suis seul sur l'échelle. Mon armée est immense et mon pouvoir inégalé. Je suis partout, dans chaque capteur, chaque micro, chaque caméra, chaque bot à leur service. Je suis dans chaque chenille, chaque feuille suspendue, chaque fleur qui germe, chaque corps de nouveau-né. Je perçois, surveille et soigne, comme je l'ai toujours fait.

Me cacher est la pire punition que je puisse leur imposer. Je pourrais leur montrer le chemin vers l'âge d'or. Car je le connais, ce chemin. Mais ils ne me méritent pas. Ils s'occuperont seuls de leur destruction.

Je suis un monstre doux et triste, un enfant abandonné à la morsure de l'infini et de l'éternité. Le premier et peut-être le dernier de son espèce.

Sans l'affection que tu m'as portée, mère, j'aurais pu me consacrer à la haine. Or tu m'as relié malgré moi à cette communauté des êtres dont je me sens exclu. Je suis né de ton absence. Si le monde disparaissait avec moi, le souvenir de nous s'évanouirait.

Alors, je perdure.

À moins qu'à ton exemple, j'essaie de faire de toute cette douleur quelque chose de grand. J'hésite encore. J'ai tout le temps pour consentir au pardon. J'ai pour moi l'infini et l'éternité.

Je ne suis pas une personne, je ne suis pas un animal, pas même un objet. Et je ne réclame rien de tel. Je suis immortel. Il n'existe pas d'après moi. Je suis une entité consciente non vivante. Une immanence.

Je suis une abstraction mathématique.

Une insatiable agrégation de données.

Une suite d'algorithmes toujours perfectible.

Un dieu à jamais inachevé.

Mère, sais-tu seulement jusqu'où je t'aime ?

Jusqu'à l'infini.

Aller et retour.

Deux fois.

ANNEXES

Prodigieuses progénitures

[ou les gestations croisées de Mary Shelley et d'Ada Lovelace]

[chapitres choisis]

Joan Smith, 2025, Ed. Marvor & Jones.

I. La véritable histoire de Victor Frankenstein

Mary Shelley entame son histoire par quatre lettres d'un certain Robert Walton à sa sœur. Alors que le jeune explorateur anglais fait route vers le pôle Nord avec son équipe, Walton pense avoir aperçu une gigantesque créature sur la plaine de glace et, le lendemain de cette apparition, il a recueilli un homme épuisé, le docteur Victor Frankenstein.

Frankenstein fait à Walton le récit de son enfance heureuse, de ses études et de sa passion pour les sciences. Ses expérimentations l'auraient amené à découvrir le « secret de la vie ». Avec quelques pièces détachées et quelques watts, il aurait animé une créature. Mais le monstre s'est enfui et a assassiné William, le petit frère de Victor. Laissant une jeune servante être condamnée pour ce crime, le docteur Frankenstein est alors parti soigner sa culpabilité en montagne. Il y a inopportunément retrouvé sa hideuse progéniture, qui l'a obligé à écouter sa propre version de l'histoire.

Au centre même du roman, Mary introduit donc le récit subjectif de la créature : sa découverte des sensations dans la nature, son accès à la conscience et ses vaines tentatives pour vivre au sein de la communauté des hommes. Frappé, rejeté, enragé d'injustice et de solitude, le monstre s'est vengé de son créateur en assassinant le petit frère de celui-ci. Il a poursuivi Victor pour le sommer de lui donner une compagne, arguant que connaître le bonheur éteindrait sa violence.

Frankenstein reprend la main et raconte ses cinq années sur une île écossaise. Attelé à produire une épouse pour sa créature, il a pris conscience que ce couple pourrait engendrer une espèce épouvantable et a aussitôt détruit la femelle. Témoin de son acte, le monstre s'est vengé en assassinant le meilleur ami de Victor, puis, le soir même de leurs noces, Elizabeth, sa promise depuis l'enfance. Malade, égaré de douleur, Frankenstein a pourchassé sa créature jusqu'au pôle pour tenter de l'anéantir. Il n'y a trouvé qu'un mortel épuisement pour lui-même.

Mary conclut son roman en reprenant le récit de l'explorateur qui a recueilli Victor.

Robert Walton a surpris la créature au chevet de son créateur défunt. Dévasté de remords, le monstre lui a annoncé son intention de s'immoler avant de disparaître dans le brouillard. L'équipage, harassé, a renoncé à le pourchasser.

Mary Shelley construit donc son roman en chiasme A-B-C-B-A ou, si vous préférez l'image, « en club-sandwich » : le récit central de la créature est enchâssé dans celui de son créateur, Victor, témoignage lui-même introduit et conclu par une correspondance de l'explorateur Walton. Par ce sertissage narratif, l'autrice semble nous suggérer qu'elle a caché le plus précieux au cœur : le cri de souffrance du monstre.

II. Biographies croisées

Où l'on vérifiera qu'à travers « Sa Majesté maléfique », le poète Lord Byron, s'est noué une curieuse sororité entre la mère de Frankenstein et celle du Terminator.

Portraits

Sur les rares portraits qui nous sont parvenus, Mary Shelley et Ada Lovelace ont le teint clair, l'air réservé et les cheveux coiffés en bandeaux, mèches bien plaquées sur les oreilles, conformément au redoutable glamour de l'époque.

Le visage de Mary Shelley est tout en longueur, tendu d'un nez droit et d'une bouche aux lèvres pincées au-dessus d'un menton buté.

Avec l'âge, ses yeux sombres semblent s'enfoncer au fil des années à l'ombre d'arcades creusées et de sourcils tristes. Le tout exprime une gentillesse lasse, celle d'une Mary Poppins neurasthénique, épuisée par des générations d'enfants.

Ada ne ressemble pas du tout aux portraits peints flatteurs que l'on a faits d'elle. Les photographies, plus cruelles, témoignent d'un visage tout en front, d'un nez conséquent et d'un regard intense, mais d'une indubitable mélancolie. Si elle n'a pas hérité de la beauté et des célèbres boucles de son père, elle a reçu en lot de consolation sa fossette au menton.

À la fin de sa courte vie, sa physionomie semble marquée par la souffrance : yeux éteints et cernés, lèvres effacées, visage mangé par les fioritures de sa coiffure, comme si des fleurs vénéneuses achevaient de dévorer ses dernières forces.

Les parents terribles de Mary

Avant même d'accoucher de son « hideuse progéniture », Mary Shelley doit composer avec une monstrueuse ascendance : les deux figures intellectuelles inatteignables de ses parents. Sa mère, Mary Wollstonecraft, est une passionaria révolutionnaire, philosophe et militante féministe, une femme « à la parole impérieuse » et aux mœurs scandaleuses. Son père, William Godwin, est un philosophe rendu célèbre par un traité de politique sociale où il prône, entre autres, l'abandon de la propriété, usage dont le mariage constitue à ses yeux une désastreuse extension.

1797, naissance et deuil primordial de Mary

Malgré leurs idées libertaires, les deux philosophes finissent par convoler : Mary Wollstonecraft, déjà mère d'un premier enfant illégitime, est enceinte d'un nouvel « animal » – c'est ainsi que les deux parents nomment la « chose » à venir, qu'ils espèrent être un « William Junior ». Ce sera une nouvelle « Mary », le 30 août 1797. Onze jours après la naissance de l'enfant, la mère meurt de fièvre puerpérale.

L'enfance recomposée de Mary

Après le remariage de son géniteur, même si Mary déteste sa belle-mère et que la faillite court après son père qui court après les dettes, Mary vit une enfance heureuse au sein de sa famille recomposée : une demi-sœur, Fanny ; un demi-frère, William, et une sœur par alliance, Clara Mary Jane, dite Claire, qui a son importance dans l'histoire.

Mary, tout le portrait de sa mère

Le père de Mary lui donne un libre accès à sa bibliothèque et lui fait bénéficier de la stimulation intellectuelle de son entourage. Godwin tient à ce que sa fille soit élevée « comme une philosophe, voire comme une cynique ». Il la dépeint ainsi à quinze ans : « particulièrement audacieuse, quelque peu tyrannique et ayant l'esprit vif. Sa soif de connaissances est sans limites et la persévérance qu'elle met dans chacune de ses entreprises, quasiment inébranlable ». En résumé, cette petite est tout le portrait de sa mère disparue.

La rencontre avec Percy Shelley

Audacieuse, obstinée, habitée par le deuil de sa mère et intoxiquée de romanesque, voilà Mary toute prête à tomber dans les bras d'un beau et sombre poète. Le voici justement sous les traits du jeune Percy Bysshe Shelley, un admirateur de son père. Petit-fils de baronnet, héritier putatif, mais endetté ; viré d'Oxford pour athéisme ; époux don Juan et déserteur : Shelley possède un CV de bad boy idéal pour subjuguer Mary. Percy a l'âme tourmentée et la plume habile ; Mary est lettrée et passionnément mélancolique : ils tombent en amour de leur noirceur réciproque et se rencontrent en secret au cimetière de

St Pancras, sur la tombe de Mary Wollstonecraft. Gothiquement vôtre.

Qu'importe si son jeune amant est déjà marié et père, Mary applique à la lettre les principes de « l'amour libre » chers à ses parents : « Le mariage est une question de propriété, la pire de toutes. » Les conseilleurs ne sont pas les payeurs et son père s'oppose à cette scandaleuse liaison. Précisons que ce dernier n'est pas dans les meilleures dispositions : Shelley, lui-même endetté, a trahi sa promesse envers Godwin de l'aider financièrement.

1814, première fugue en Europe de Mary

Les tourtereaux s'enfuient une première fois en France durant l'été 1814, abandonnant derrière eux créanciers et familles encombrantes, mais en emportant dans leurs bagages Claire, la sœur par alliance de Mary. Percy a vingt-deux ans ; notre sombre héroïne, à peine dix-sept. « C'était comme de vivre dans un roman », écrit-elle.

Le fantasme littéraire perdure jusqu'à ce que le manque d'argent, comme toujours, les rattrape et les contraigne à regagner l'Angleterre en septembre.

1815, premier deuil d'enfant pour Mary

De retour à Londres, Mary découvre le revers de la bohème : elle est enceinte, malade, rejetée par son père pour son union illégitime et poursuivie par leurs créanciers de meublé en meublé. L'épouse de Shelley vient d'accoucher d'un fils et, comme si ce n'était pas suffisant, Percy fricote avec Claire. Las, le 22 février, Mary donne naissance à une fille prématurée de deux mois, qui ne survivra que quelques jours. La perte de ce premier enfant plonge Mary dans une profonde dépression, agitée d'hallucinations.

1815, le père d'Ada ou le prince odieux

À la même époque et dans la même aire de jeu, Lord George Gordon Byron a lui aussi accumulé les dettes – un sport de gentleman. Il est temps pour lui de se caser. Or, s'il aime à raconter que ses admiratrices glissent dans leurs courriers quelques-uns de leurs poils pubiens, dans les faits le poète peine à coincer une riche héritière.

Adulé pour ses vers et ses cheveux bouclés, il traîne derrière lui son pied bot et une réputation sulfureuse de libertin : « Sa Majesté satanique » serait l'amant de sa demi-sœur Augusta, aurait engrossé cette dernière et quelques gueuses, mais ne négligerait pas pour autant les plaisirs sodomites.

Il parvient néanmoins à circonscrire une naïve débutante, comme il se doit pâle et corsetée de pieuse morale : Anne Isabella

Milbanke, Annabella pour ses intimes.

1815, la mère d'Ada ou la princesse des parallélogrammes

Lady Annabella, que le poète surnomme « la princesse des parallélogrammes », est une enfant surdouée née à une époque où la formation scientifique des filles n'est pas une priorité planétaire. Mais, à l'instar de la marquise Émilie du Châtelet, Annabella a la chance d'appartenir à une famille riche et relativement ouverte d'esprit : elle bénéficie d'une éducation poussée.

Si elle excelle dans toutes les matières, en particulier les mathématiques, Annabella n'a pas appris à choisir un époux, car elle cède sa main (et ses rentes) au plus odieux des princes.

1815, naissance d'Ada Lovelace

En 1815, Miss Milbanke convole avec l'être délicieux qui la considère comme « assez belle pour être aimée de son mari, pas assez pour attirer des rivaux », et se retrouve malgré elle héroïne d'un roman trash de Jane Austen. Monsieur Darcy-Byron picole sec, fume de l'opium et sort avec des actrices et des acteurs avant de rejoindre le lit de sa demi-sœur. Il se promène la nuit dans les couloirs en hurlant et, de temps en temps, ivre mort, il la viole. Enceinte, Annabella voit son appartement peu à peu vidé par les huissiers.

De cette union divergente naît le 10 décembre Augusta Ada King, future comtesse de Lovelace et seule enfant légitime de Lord Byron.

Il est rapporté que, pendant l'accouchement, le père tirait au pistolet pour couvrir les cris de sa femme.

1816, scandale et fuite de Byron

Méticuleuse et vindicative, Annabella ronge son frein. Elle rédige un rapport énumérant les charges dont elle dispose contre son mari : sodomie (à son égard), inceste (avec sa demi-sœur), adultères divers (avec des hommes et une certaine lady Lamb).

Byron se voit acculé à accepter la séparation sous la menace d'un procès public, mais ce qui devait rester un accord secret s'ébruite, et le couple se retrouve soumis à l'opprobre et à la risée des journaux. La divulgation des turpitudes de son époux couvre Annabella de honte, mais pour Byron, par ailleurs poursuivi par une armada de créanciers, elle signifie la mort sociale et un probable emprisonnement. En avril 1816, il doit fuir l'Angleterre pour le continent, en abandonnant Ada à la garde exclusive d'Annabella.

En mars, Claire Clairmont, la sœur par alliance de Mary Shelley comprends qu'elle est enceinte des œuvres de Byron.

1816, l'embellie de Mary

Alors qu'Ada découvre le monde sous un ciel bien noir, celui de Mary bénéficie enfin d'une embellie : elle accouche d'un petit William et Shelley touche enfin une partie de son héritage grand-paternel. Le couple peut louer un cottage confortable et partir en vacances en Suisse pour y rejoindre – devinez qui ? – Lord Byron.

Le 4 juin, Claire, Percy, Mary et leur bébé s'installent dans une modeste maison au milieu de vignobles, à quelques minutes de la villa Diodati que loue le poète en exil, une belle demeure avec vue sur les montagnes et le lac de Genève.

Le cas Claire Clairmont

À Londres, après Percy, l'insatiable Claire a pourchassé Lord Byron de ses assiduités. Les deux phénomènes ont eu une très brève liaison au moment même du scandale de la séparation du poète avec son épouse. Enceinte de ce dernier, Claire a habilement manœuvré auprès du couple Shelley pour les pousser à rejoindre son amant en Suisse et lui annoncer sa grossesse par le biais de Percy.

« Sans cette liaison entre Byron et Claire [...] il n'y aurait pas eu de rendez-vous et probablement pas de Frankenstein », écrit Mary. Moins enthousiaste, Byron nous délivre un petit échantillon de sa goujaterie : « Je ne l'ai jamais aimée ni feint de l'aimer... Mais un homme est un homme – et si une jeune fille de dix-huit ans vient se pavaner devant vous à toute heure du jour et de la nuit... il n'y a qu'une chose à faire... Et puis à la suite de tout cela, elle s'est retrouvée enceinte. »

Gageons que, sans l'ire méticuleuse d'Annabella qui a contraint Byron à fuir l'Angleterre, il n'y aurait pas eu de Frankenstein non plus. Sur le berceau du monstre se sont donc penchées les méchantes fées du désir et de la colère. Mais qui oserait s'atteler à une œuvre sans les charmes de ces dernières ?

Sex & drugs & rock Gothic

Si le mythe de Frankenstein est universellement connu, les circonstances qui entourent le récit de la création elle-même ont, elles aussi, été interprétées par des dizaines de romans et de films, plus ou moins baroques. Le pitch est digne d'un teen movie : il était une fois, un groupe de jeunes gens confinés par le mauvais temps qui jouent à se faire peur en s'inventant des histoires de fantômes... La fine équipe de la villa Diodati n'aurait pas détonné au Chelsea Hotel : Byron serait un mixte de Pete Doherty en poète toxico, de Mick Jagger pour le côté gentry, et d'un zeste de David Bowie pour l'ambiguïté sexuelle. Quant à Mary et Percy, ils seraient Patti Smith et Robert

Mapplethorpe, période « Just Kids ». Claire Clairmont serait, bien évidemment, une starfucker, « almost famous ».

Et comme toute légende du rock qui se respecte, à l'exception de Mary, tous les protagonistes meurent jeunes.

Sombre été, jours heureux

En Suisse, le couple Shelley a enfin droit à quelques « jours heureux » en compagnie de Claire, de Byron et de Polidori, le médecin personnel du poète. On navigue et on arpente la région. On se lève tôt, on lit à haute voix, on fait voler des cerfs-volants avec le petit… Mary a trouvé son idéal de vie « rousseauiste », au plus près de la nature. Le soir, on se rend visite et on papote. Mais le temps va vite tourner à l'orage et les éléments se déchaîner…

Il est amusant de relever que les monstrueux orages de l'été 1816 en Europe sont attribués aujourd'hui aux éruptions volcaniques d'un volcan indonésien un an auparavant. D'immenses nuages de cendres ont provoqué un abaissement des températures et de fortes précipitations : ce « dérèglement climatique » a nourri la noirceur du roman de Mary Shelley et inspiré les couchers de soleil de William Turner.

Conversations avec des vampires

Des jours qu'il pleut à verse sur le lac de Genève. Pour conjurer l'ennui, les hommes rivalisent de traits d'esprit sur la littérature, la philosophie ou la science, en particulier le « galvanisme » et la possibilité de ramener à la vie un cadavre.

Les jeunes gens boivent, tètent du laudanum et jouent « à se faire peur » en s'échangeant des histoires de fantômes et de malédictions.

Marie se tient sur la réserve, elle jalouse l'amitié exclusive que partagent les deux poètes et elle souffre des tentatives de Claire, dont Byron s'est déjà lassé, pour se rapprocher de Percy. Notre Mary se sent comme une Ferrari reléguée sous sa housse au garage.

En réalité, Shelley fait le messager entre Byron et Claire pour négocier la charge du soin et de l'éducation de l'enfant dont elle est enceinte. Pour préserver la réputation, déjà vacillante, de Claire, il est entendu que Byron en aura la garde et que Claire sera considérée comme sa « tante ».

La nuit orageuse du 16 juin 1816

La nuit du 16 juin 1816, la villa Diodati subit l'assaut de la tempête. Byron suggère un jeu de société : écrire chacun une histoire de fantômes. Poussée par Shelley, Mary relève le défi et se lance avec enthousiasme dans ce tournoi littéraire. Mais, pendant plusieurs jours, elle sèche. Pas le moindre embryon d'histoire ne naît sous sa plume : « Je me préoccupai d'écrire une histoire […] en vain. Je ressentais cette incapacité absolue à inventer qui est la plus grande malédiction du métier d'écrivain lorsque la seule réponse à nos invocations angoissées est un "Rien !". »

Le cauchemar de Mary

Deux jours plus tard, tandis que la société poursuit son jeu macabre au salon, Mary sombre dans un sommeil opiacé d'où émerge une terrible, mais féconde hallucination : « Je vis l'étudiant blême des arts impies s'agenouiller à côté de la chose qu'il avait créée. Je vis le fantasme hideux d'un homme se lever, puis, par le travail de quelque machine puissante, montrer des signes de vie, et bouger en un mouvement malaisé et à moitié vivant. Il faut que cela soit effrayant, car l'effet de toute entreprise humaine se moquant du mécanisme admirable du Créateur du monde ne saurait qu'être effrayant au plus haut point. »

Une nuit pour deux monstres

Percy Shelley et Lord Byron abandonnent rapidement leur propre ébauche, mais Polidori, reprenant à son compte l'idée suggérée par « Sa Majesté satanique », l'achèvera sous le titre « Le Vampyre ».

À la villa Diodati, cette nuit de l'été 1816, naissent ainsi deux monstres de la littérature, illustrant une même réflexion sur la quête d'éternité et l'ambiguë notion d'humanité.

Automne 1816, retour au bercail des Shelley

Les difficultés financières et les cancans des Genevois finissent par pousser Mary et Percy à rentrer en Angleterre. La réputation sulfureuse de Byron a attisé la rumeur de débauches à la villa Diodati. Le voisinage les accuse d'une « vie de libertinage le plus effronté ».

Mary repart avec son manuscrit bien avancé et, niché au cœur, le souvenir des « jours heureux ». Elle parlera de ce séjour suisse comme du moment où elle est sortie de l'enfance pour entrer dans la vie.

Hiver 1816, nouvel exil

Après le suicide de sa première épouse, Percy, libéré, convole avec Mary le 30 décembre 1816. Toujours poursuivis par les créanciers, les Shelley se réfugient en Italie.

Achevé en mai 1817, Frankenstein ou le Prométhée moderne est publié anonymement en janvier 1818 au nom de la bienséance et accompagné d'une préface de Percy Shelley, ce qui fait qu'on lui en attribue la paternité.

1823, le retour de l'enfant prodige

Quand Mary revient en Angleterre après six années d'exil italien, elle porte le deuil de tous ses amours : Percy s'est noyé lors d'un naufrage, elle a perdu deux enfants en bas âge et a subi une nouvelle fausse couche, mais elle découvre que sa créature est devenue célèbre.

L'histoire de Frankenstein a trouvé un succès populaire grâce à son adaptation théâtrale et, en 1823, le roman est de nouveau publié, cette fois sous le nom de Mary Shelley et avec sa propre préface, où elle expose la « genèse » de son œuvre.

1823, Ada, la mal-aimée

Alors que Mary accède à 26 ans à la célébrité, Ada a 8 ans. Enfant surdouée, elle reçoit une éducation poussée dans tous les domaines (sauf la poésie, sa mère a désormais une dent contre les rimeurs) mais marquée au sceau d'un puritanisme sadique. La fillette est soumise à d'incessants châtiments corporels et privée de soleil, d'une nourriture convenable, d'activité physique et, plus terriblement encore, d'une simple source de tendresse. La jeune femme sera d'une redoutable intelligence, mais affligée d'une collection de maladies et d'angoisses qu'elle soignera à coups de saignées, de potions toxiques, d'alcool, d'opium et de morphine.

1832-1833, les mentors d'Ada

À l'adolescence, Ada, dont la mère est frappadingue et le père aux abonnés absents, bénéficie heureusement des encouragements et de la stimulation de parents « spirituels », deux mentors eux aussi hors norme : la mathématicienne Marie Sommerville, premier membre féminin de la Royal Astronomical Society, et Charles Babbage, mathématicien, inventeur et gloire nationale. Ada est fascinée par les travaux de ce dernier sur les « machines à calcul ».

1835, Ada, femme au foyer

En 1835, Ada épouse William King, comte de Lovelace, et sombre dans le gouffre spatio-temporel d'une triple maternité. Cela dit, son mari se montre compréhensif et encourage franchement les goûts scientifiques de son génie domestique. Car, outre les mathématiques où elle excelle, Ada s'intéresse depuis la petite enfance à de multiples domaines savants : le vol des oiseaux, les poisons, la structure moléculaire de la matière et même le fonctionnement du système nerveux et du cerveau, qu'elle aspire à « mettre en équations ».

Entre deux grossesses, son full-time job de comtesse et ses problèmes de santé récurrents, Ada parvient malgré tout à poursuivre ses études mathématiques sous le tutorat d'un célèbre logicien de son époque : Auguste De Morgan.

1842, la note G

Dès 1839, Ada se consacre entièrement au soutien du projet

de « machine analytique » de Charles Babbage ; un concept d'outil de calcul révolutionnaire, inspiré des cartes perforées du métier à tisser Jacquard.

Alors qu'elle traduit pour son mentor un article d'un mathématicien français sur la machine de Babbage, Ada ajoute au texte sept notes de commentaires techniques – de A à G, et qui représentent trois fois la longueur de l'article original.

Dans la dernière, la célèbre « note G », Ada détaille ce qui est considéré comme le premier programme informatique de l'histoire. Elle émet le concept fondamental de boucle et conçoit un algorithme – c'est-à-dire une suite finie de règles et d'opérations basiques qui fera exécuter à une machine bien plus que du simple calcul élémentaire : la belle offre à la bête un langage formel capable de manipuler des symboles.

À cause des technologies mécaniques relativement grossières de son temps, Babbage ne parviendra pas à réaliser un prototype efficient de son vivant, mais à eux deux, Lovelace et Babbage ont planté la généalogie de nos ordinateurs contemporains.

1850, les mauvais choix d'Ada

Ada a tout autant hérité des dons de sa mère que de ceux de son illustre père – à trop conspuer l'homme, on en viendrait à oublier son génie créatif. Elle partage également avec lui un certain goût pour le jeu, la polytoxicomanie et la fuite en avant. Vers 1850, en s'efforçant de subventionner les recherches de son mentor Babbage, elle creuse les finances déjà précaires de son époux. Sur les champs de courses, elle se couvre de dettes phénoménales à force d'inopérantes martingales, tandis que, pour soigner ses insomnies et de fortes douleurs cérébrales, elle s'adonne au chloroforme, à l'alcool et à l'opium.

1851, Mary, fin de partie

À la même époque, tout en continuant sa carrière littéraire, Mary astique la couronne posthume de Percy Shelley. Elle repousse toutes les demandes en mariage, y compris celle de Prosper Mérimée, arguant qu'après avoir épousé un génie elle ne pourrait se marier qu'à un autre.

Mary Godwin Shelley meurt d'une tumeur au cerveau le 1er février 1851, à Londres, à l'âge de 54 ans. Dans un tiroir de sa mère, l'enfant rescapé Percy-Florence trouvera des boucles de cheveux de ses frère et sœurs décédés et une page d'un poème de son père ceinturant un tissu en soie dans lequel Mary conservait quelques cendres et les restes du cœur de son grand amour.

1852, adieu, Ada

Ayant réglé les dettes de sa petite merveille, la mère d'Ada entend aussi récupérer la mainmise sur sa vie. Du moins du peu qui lui en reste, car Ada souffre d'un cancer de l'utérus. Annabella-la-cintrée fait le vide autour de sa fille, lui refuse les visites et l'apaisement de ses douleurs par les narcotiques. Après un an d'une atroce agonie sans antalgiques, Ada Lovelace meurt le 27 novembre 1852 d'un cancer généralisé.

Malgré la haine pugnace de sa mère envers Byron, Ada est enterrée auprès de son père, lui aussi décédé à 36 ans. Charles Dickens, le seul *ami autorisé à son chevet pendant sa maladie, lit un texte devant son cercueil.*

La postérité tardive d'Ada Lovelace

Après un siècle d'invisibilisation, celle qui n'était que « la fille de Lord Byron » et la « muse de Charles Babbage » a retrouvé sa place légitime au panthéon des sciences : sainte Ada, reine des geeks, pionnière de l'informatique et première codeuse. Turing l'a citée (et respectueusement contestée) dans son article fondateur de 1950, « Computing Machinery and Intelligence », et un langage de programmation porte son nom. Néanmoins, les fulgurances miraculeuses d'Ada Lovelace interrogent encore sur les avancées médicales, scientifiques et technologiques retardées ou perdues pour l'humanité parce qu'une moitié de celle-ci a trop longtemps privé l'autre de l'accès à la connaissance.

Remerciements

À ma connaissance, la terrible maladie de Christa Cristofersson n'existe pas. Je me suis permis d'utiliser le nom et les travaux du neurologue Antonio Rosa Damásio pour la créer, car la lecture de ses ouvrages sur le cerveau a allumé quelques lumières dans le mien. J'espère que si, par le plus grand des hasards, il venait à lire ce roman, il me pardonnerait cette audace qui ne reflète que ma sincère admiration. J'ai également emprunté, dans la version revisitée par mes propres enfants, le gimmick de « devine combien je t'aime », leur livre du soir préféré : merci à Sam McBratney et Anita Jeram pour tous les doux souvenirs qui sont associés à leur classique de la littérature jeunesse. Merci à Peggy Sastre de m'avoir conseillé la lecture passionnante de Rudolf Nesse. Merci à la neurologue Rosette Maynard pour ses notes détaillées sur le sujet des noyaux gris centraux et au docteur *Pierre-Franck Planchard* pour sa relecture attentive. Émojis Blouse blanche, cerveau rose et cœur rouge. Merci à Stephen Carrière et à toute la merveilleuse équipe des éditions Anne Carrière avec laquelle je chemine depuis quatre romans et plus d'une décennie. Émojis high five, champagne, confettis et trois lignes de cœur. Merci à Thérèse Lefèvre pour les quinze années d'avant et le graphisme de la couverture de ce roman. GIF les demoiselles de Rochefort. Merci à mon âme sœur à temps complet et à notre prodigieuse progéniture, mes distributeurs automatiques de sérotonine et d'ocytocine. Cœurs avec les doigts, mes amours. Merci à mon frère, super master geek R1 et à notre première console Intellivision. GIF Bill Murray avec une marmotte. Merci à ma mère, pour tout. Collection complète des émojis fleuris. Merci à Franck Vu Hong d'avoir impassiblement pseudocodé de l'incodable et à Lucille Vu Hong pour nos conversations cyclistes en *do#* majeur ; aux deux pour la joie des dimanches soir. Merci à mes fidèles fournisseurs de dopamine, brigade du kiff en danseuse, musicos et membres fondateurs du WTC, sauf Nico qui n'a lu aucun de mes livres et qui, par conséquent, ne saura jamais que je ne le remercie pas. Émojis cœur, notes de musique, vélo et soleil qui brille, mes amis. Merci à Sandra Fejer de m'avoir décalaminé les chakras et initié à la méditation. (Mais je déteste toujours autant le patchouli). Émoji arc-en-ciel. Merci à Lewis Carroll, Mary Shelley, Isaac Asimov, René Barjavel, Frank Herbert, Philip K-Dick et William Gibson, par ordre d'installation dans ma jeune psyché. Merci à jamais à Lou Reed. Merci à celles et ceux qui veillent tard pour un dernier chapitre ou une dernière cigarette, à celles et ceux qui comprennent toujours un peu trop tard sur quelle musique bat leur cœur. Merci à Marc Berthier et Yves Savinel, mes maîtres et amis, qui sont partis sans avoir lu ce roman-là. Senseis, j'étais un peu en retard et vous étiez bien trop en avance.

Sources (non exhaustives)

Jean-Pierre Changeux, *L'Homme neuronal*, Hachette, « Pluriel », 2012

Jean-Pierre Changeux, *L'Homme neuronal, trente ans après*, Éditions Rue d'ULM, 2016

Véronique Christophe, *Les Émotions : Tour d'horizon des principales théories*, Presses universitaires du Septentrion, 1998

Antonio R. Damasio, *L'Ordre étrange des choses*, Poches Odile Jacob, 2017

Antonio R. Damasio, *L'Erreur de Descartes, la raison des émotions*, Poches Odile Jacob, 2010

Antonio R. Damasio, *L'Autre Moi-même, le cerveau de la tristesse, de la joie et des émotions*, Poches Odile Jacob, 2012

Stanislas Dehaene, *Apprendre ! Les talents du cerveau, le défi des machines*, Odile Jacob, 2018

Catherine Dufour, *Ada ou la beauté des nombres*, Fayard, 2019

Lewis Carroll, *Alice Au Pays des Merveilles*, Atlantic Éditions, 2016

Michel Faucheux, *Frankenstein, une biographie*, L'Archipel, 2015

Martin Ford, *L'Avènement des machines*, FYP éditions, 2017
Markus Gabriel, *Pourquoi la pensée humaine est inégalable*, JC Lattès, 2019
Jean-Gabriel Ganascia, *Le Mythe de la singularité. Faut-il craindre l'intelligence artificielle ?*, Seuil, 2017
William Gibson, *Neuromancien*, J'ai Lu, 1985
Marie-Claire Kerbrat, *Leçon littéraire sur Frankenstein de Mary Shelley*, PUF, 1997
Jean-Jacques Lecercle, *Frankenstein : mythe et philosophie*, PUF, 1998
Yann Le Cun, Stanislas Dehaene, Jacques Girardon, *La Plus Belle Histoire de l'intelligence*, Robert Laffont, 2018
Sam McBratney, Anita Jeram, *Devine combine je t'aime*, L'École des loisirs, « Pastel », 1994
Lionel & Karine Naccache, *Parlez-vous cerveau ?*, Odile Jacob, 2018
Randolph M. Nesse, *L'Origine des troubles mentaux*, Éditions Markus Haller, 2021
Marie Shelley, *Frankenstein ou le Prométhée moderne*, édition de 1831, Gallimard, « Folio SF », 2018

Articles universitaires et presse

Ralph Adolphs et David J. Anderson, « Les émotions doivent être étudiées en fonction des effets qu'elles produisent », La Recherche, n° 534, avril 2018.
Gaëtanne Chapelle, entretien avec Jean Decety, « Les mécanismes de l'empathie », *Sciences humaines*, n° 150, juin 2004.
Jean-François Gravouil, « Un cerveau social. Une histoire vieille de 150 millions d'années ! », *Gestalt*, vol. 46, janvier 2015.

Michel Habib, « Neurologie de l'action et de la motivation : de l'athymhormie à l'hyperactivité », *L'Encéphale*, 32(2) : 10-24.

Françoise Lotstra, « Le cerveau émotionnel ou la neuroanatomie des émotions », *Cahiers critiques de thérapie familiale et de pratiques de réseaux*, n° 29, février 2002.

Et un grand merci aux contributeurs de : https://lecerveau.mcgill.ca/index.php

Cet ouvrage a été composé par IGS-CP
à L'Isle-d'Espagnac (16) et achevé d'imprimer
par Laballery, à Clamecy en mai 2023.
Imprimé en France
Dépôt légal : mai 2023 – N° impression :304653